EU ▶ DEUS II

Sidney Garambone

EU ▶ DEUS ‖

EDITORA RECORD
RIO DE JANEIRO • SÃO PAULO
2006

CIP-Brasil. Catalogação-na-fonte
Sindicato Nacional dos Editores de Livros, RJ.

G193e Garambone, Sidney
       Eu, Deus / Sidney Garambone. – Rio de Janeiro: Record,
       2006.

       ISBN 85-01-07412-8

       1. Romance brasileiro. I. Título.

                          CDD – 869.93
06-1556   CDU – 821.134.3(81)-3

Copyright © 2006 Sidney Garambone

Capa: Tita Nigrí

Direitos exclusivos desta edição reservados pela
EDITORA RECORD LTDA.
Rua Argentina, 171 – Rio de Janeiro, RJ – 20921-380 – Tel.: 2585-2000

Impresso no Brasil

ISBN 85-01-07412-8

PEDIDOS PELO REEMBOLSO POSTAL
Caixa Postal 23.052
Rio de Janeiro, RJ – 20922-970

EDITORA AFILIADA

"Mentira e realidade são uma coisa só. Tudo pode acontecer. Tudo é sonho e verdade. Tempo e espaço não existem. Sobre a frágil base da realidade, a imaginação tece sua teia e desenha novas formas, novos destinos."

Helena Ekdahl, em *Fanny & Alexander*, de Bergman

Para Alice, Cristina e Raphaela

TPM UM

Gênese.

Mudarei tudo. Que eu encarne Deus, ventríloquo, *metteur-en-scène*. Que sejam eles as marionetes, que sejam deles os títeres, que sejam eles... os atores.

Mas que seja minha a história. E todas as palavras. Agora e para sempre. Pois fui eu quem as pariu. De mim brotaram. E o vômito não foi deles. Muito menos a traquéia queimada com tanta dor e remorso. E o esôfago dilacerado pela repentina falta de amor.

Ei-la:

O convite de Gustavo foi visceralmente carioca.

"Aparece lá em casa na terça. Vão rolar uns filmes."

Apareci.

Detesto pontualidades e certezas. Mas apareci. Estranho.

Paulina também. Pink idem.

Gustavo Henrique, o do convite, mora em Botafogo. Gustavo Henrique Valente da Cruz. Legítimo representante da malfadada geração brasileira do nome duplo. Maria Cristina, Paulo Roberto, Carlos Eduardo, Letícia Helena, e por aí vai a criatividade. O apartamento de Gustavo é um três-quartos simpático.

Devidamente arquitetado para ser uma casa de solteiro. O DVD é na sala. Não é um home-theater estereofônico de penúltima geração. Quanto mais uma telona plana, de muitas polegadas e alta definição. Melhor assim. Gustavo tem mestrado em Cinema, mas trabalha numa financeira. De lá tira o sustento e a frustração de não fazer o que quer: escrever sobre cinema. Mas é um bom emprego, que sustenta o tal três-quartos, os livros e os luxos acessíveis à classe média brasileira. Gustavo também é um cínico profissional. Por isso aceitei o convite.

Paulina também. Pink idem. É inegável a nossa atração pelos cínicos.

Perco a lógica, mas não a métrica. Com vírgula.

O bom salário também permite a Gustavo ser dono do próprio nariz e de um Clio prata.

Pink não sei se tem carro. Ainda não sei. Ainda não sabemos nada uns dos outros. Ainda. Para não ser hipócrita e misteriosamente literário, alguns se conhecem. Ou achavam que se conheciam. Ou passaram a se conhecer muito mais. Ou nunca mais se conheceriam. *Never more*. Poe. Pink. Também não sei se Pink tem sobrenome. Ou se Pink é sobrenome. Ou pseudônimo. Mas é Pink.

Conheci Pink na primeira noite da TPM. A primeira noite de um homem. É atriz, tem um filho, fala pouco e muito observa. Uma atriz que fala pouco? Duvido. Mais duas TPMs e certamente tagarelará. Como não me conhecia nem à Paulina, era uma estranha no ninho. Tinha suficiente percepção para saber que éramos um ninho, mas não de cobras. Péssima. Melhor deletar. Não, não, deixa aí para futura autocrítica. Mania de escrever muito, delirar e sair do trilho.

Dane-se. Ninguém vai ler.

Cínico.

Perco a lógica. Mas não a métrica. Agora com ponto.

Somos, pois, quatro. Solitários, solteiros, convergentes. Niilistas, jamais. Jogadores, talvez. Fingidores, certamente. Todos os quatro sabem que o mundo acabou faz tempo. Mas fingem que não. Que o globo roda como se nada tivesse acontecendo. Pois sim. Niilistas, sempre.

O filme.

O filme era *Lolita*. O do Kubrick, 1962. Stanley Kubrick: *Laranja mecânica*, *2001*, *O iluminado*, *Full metal jacket*... Escolher um dos primeiros filmes do cineasta nova-iorquino e exibi-lo na primeira TPM foram decisões tiranas do anfitrião. Não tão tiranas, vá lá. Afinal, ele também propôs *Sem Destino*, 1969, e *O Processo*, versão Orson Welles, de 1963. Votei por Dennis Hopper e seu famoso filme das motocicletas sem destino guiadas por ele, Nicholson e Fonda. Paulina também. A trilha sonora era espetacular e uma das mais tocadas no meu carro. Pink não tinha carro e ficou em cima do muro na hora de escolher.

Para ser franco, votei em *Sem destino* não exatamente pela trilha. Votei porque não gosto de Nabokov. E não tenho a menor vergonha de assumir meu lado reacionário. Ainda mais depois da virada que trouxe um século frio, incapaz de se emocionar com passeatas e idealistas. Saudades de quando via um filme vermelho e saía do cinema querendo ajudar o primeiro mendigo e passar a mão na bunda do guarda. Saudades de mim. Quem foi que trancou nossos corações e escondeu a chave? Nem cheques assinamos mais. Saudades das assinaturas. Este aqui, ó... sou eu. Saudades de mim.

Odeio Vladimir Nabokov porque o russo, além de roteirista e bom escritor, é um pedófilo escroto de outrora relançado e cultuado no presente, com direito a coleções e capinhas de livro estilizadas. Ódio e amor, naturalmente, são sentimentos oriundos da leviandade. Mas meu ódio não é leviano. E não me interessam releituras de professoras iranianas, californianas, sebastianas... que consideram *Lolita* um libelo contra o totalitarismo e o cerceamento da liberdade individual. Loucas. Nabokov é um tarado doentio. Não gosto dele.

Bem, esta é a versão oficial para o meu voto. Bonita, radical e polêmica. A verdadeira eu conto depois. Ou, quem sabe, um dia. Cobrem-me.

Acho que estamos indo muito rápido.

Stop.

Meu nome é Victor Vaz. Obviamente, sou escritor. Famoso ainda não, mas já reconhecido pela crítica, por amigos, pelos leitores desconhecidos, e capaz de usar a estante para algumas conquistas. Não tão canalha assim. Mulheres interessantes, e desinteressantes, aproximam-se, seduzidas pela falsa aura dos escritores. Como se houvesse um mundo à parte dentro de nossas cabeças. Quanta bobagem. E muito menos estamos à parte do mundo real. Talvez sejamos apenas o fio condutor do sofrimento humano. Ah, caminho maldito que insisto em percorrer enquanto escrevo! Crateras, subsolos, sótãos e porões. E sempre caio. Sempre caio. Pavimentem, pavimentem rápido!

Alçaram-me.

O que escrevo agora é absurdamente sedutor. Para mim. Escrevo reproduzindo, escrevo experimentando, escrevo às quartas-feiras. Sempre depois de um encontro destes, patrocinado por Gustavo Henrique. Escrevo o que eles falam. E o que eu quero. Eles vão descobrir. Eu confessarei, mostrando o que escrevi, como numa sincera homenagem. O curto-circuito será inevitável e o incêndio, iminente. Mas acho que controlarei a tempo. Criadores não perdem o controle jamais. Só quando deixam de criar.

No primeiro encontro, coube a mim a artesanal tarefa de preparar as pipocas. Nada de microondas. Fazer pipoca é como fazer cinema. Os detalhes, os detalhes! Óleo de girassol, milho premium e sal, muito sal. E colher de pau, muita colher de pau.

Internado na cozinha, eu tateava em busca da infra-estrutura necessária. Penei. A panela era pequena, colher de pau nem pensar, e a famosa enorme tigela para abrigá-las tão logo saíssem quentes do fogo era apenas um sonho. Malditos solteiros. Parênteses. Os detalhes da minha chegada. Marcamos nove da noite. Cheguei cinco minutos antes. Pus o carro na garagem de primeira, vaga de visitante. Chovia. Muito. Ventava. Um pouco. No corredor do sétimo andar, errei a porta e, conseqüentemente, a campainha. Não era 705, era 701. Sabe-se lá a razão, toquei no apartamento número 705. Nada. Súbito, passos atrás de mim, ecoando no corredor cinza-claro com chapiscos que arranham cotovelos. Pink. Acabara de sair do elevador social. Para quem já esqueceu ou é daltônico, era a primeira vez que a via.

— Olá — saudou-me, extremamente simpática.
— Oi.
— 701?
— Não. Acho que não. Ninguém atende. Claro, este aqui é o 705! Estou perdido. A casa do Gustavo?
— Acho que é ali, ó...

Tocamos. Era.

E nada de alguém do 705 atender a campainha. Deve ter viajado.

Eis que Gustavo abre a porta. Solícito, feliz, ele nos recebe com um sorriso de duas dezenas de dentes. Estava de chinelo, bermuda e camiseta branca.

Dois beijinhos, aperto de mão, e em cinco minutos estou na cozinha fazendo pipocas enquanto Gustavo, na sala, pipoca a rolha de um Saint-Emilion. Pipoca com vinho tinto. Para quem gosta...

Gostávamos.

Estaquei, paciente, sobre o piso branco, de pequeninos hexágonos, da cozinha setentista. E sorri em seguida, feliz com os primeiros pulos. Espevitados, eróticos, assanhados, os milhos saltavam corajosos, destemidos, em direção à metamorfose. Cada um deles arrebentava a testa sem medo e sem capacete na parte interna da tampa da panela e seguia seu papel secular.

Enquanto isso, na sala, Pink e Gustavo conversavam sobre a vida e bebericavam o tinto. Conheciam-se fazia tempo.

Toca a campainha.

Paulina entra, é apresentada a Pink, abraça Gustavo com afinco, saúda-me timidamente com um aceno e sente o cheiro da pipoca. Mandona, exige vinho, meias, e se aconchega no sofá à esquerda da televisão. Pelo jeito como se mexe, aflita, exigente, nervosa, é a TPM que está para começar.

Estranha saudação a de Paulina. Apesar do hiato, éramos velhos conhecidos. Não exatamente amigos, mas tendo estudado no mesmo colégio, há familiaridade suficiente para me cumprimentar de modo efusivo. Estranho.

Paulina é uma mulher inteligente, rápida, sagaz. Passou anos e anos fora do país. Cabelo abóbora, olhos bolas de gude, pretas. Na adolescência, tocava harpa, o que a fazia absurdamente diferente. Mas, na adolescência, isto causa curiosidade. Na maturidade, cobiça sexual. Só que ela deixou a harpa de lado. E ficou careca. Raspou tudo por vontade própria. Na adolescência dos anos 80, era uma porrada na mesmice. Causava curiosidade e asco em alguns meninos. Na maturidade, contava pontos no currículo de qualquer maluquinha intelectual. E fez sucesso no rol das mulheres interessantes daquela geração.

Hoje, nem violão toca.

Paulina é uma mulher inteligente. Gustavo, aliás, não tinha me dito quem eram os participantes do encontro. Apesar da frieza dela, gostei muito de tê-la reencontrado. Mulher que fustigue é artigo raro.

Como de praxe, não esperei muito tempo para dar uma gafe. Desde criança, possuo esta espetacular característica. Não sei o que me dá. Falo alguma besteira instintivamente. Ah, como me lembro delas. Ou deles. Os chamados, por mim mesmo, furos históricos:

"Guilhermina é um nome horrível."

"É o nome da minha mãe..."

"Bicho, a Isa está muito gorda... Deus me livre!"

"Você acha?"...

"Ih, Isa, foi mal, não sabia que você estava aí..."

A mais recente foi assim:

Eu havia levado Coca-Cola para a primeira TPM. Coca-Cola normal, rótulo vermelho.

— Tem Coca-Cola! — avisei da cozinha, enquanto retirava as pipocas da panela.

— É Light? — perguntou Paulina de longe.

— Claro que não. É Coca-Cola de macho — falei, olhando com desdém para Gustavo, amigo antigo de tantas sacanagens e cheio de Coca-Cola Light na geladeira.

E, para estocá-lo ainda mais... naquele que talvez fosse o primeiro dos infinitos *rounds* que lutaríamos na presença delas, ataquei.

— Pelo jeito, Paulina, você não sai com um macho há muito tempo — emendei, com a tigela na mão, como um dois de paus, debaixo do batente da porta da cozinha.

Repito, era para sacaneá-lo! Ele ali, em pé no canto da sala, Gustavo. Que tinha o hábito de tomar seus chopinhos e suas coquinhas Light com Paulina, era amigo íntimo dela e tal... Mas em dois segundos percebi a imbecilidade, a falta de raciocínio rápido, e engatei três vagões de desculpas. Sem perceber, acabara de chamar a mulher interessante, a possibilidade de sexo, a "gatinha" do encontro... de encalhada.

— Ai, meu Deus, ai, que merda, ai...
Paulina riu. Levantou-se e veio, felina, ao meu encontro. Olhou fundo nos meus olhos e sussurrou:
— Eu nunca saí com o Gustavo.
Risos.

Aí o sacaneado anfitrião aproveitou meu momento de fraqueza no jogo e começou a dizer que quem gosta muito de sair com ele e se entupir de Coca Light é a minha mãe. Mas poupou os detalhes sexuais desta tara senil por respeito às duas senhoritas ali presentes. Não por respeito à minha mãe.

Filme decidido. Papo posto em dia com a frivolidade habitual. Aos seus lugares. Eu, já saciado do vinho francês, vigio meu copo de Coca-Cola, normal, com a esquerda, enquanto a direita afunda sexualmente os dedos no potinho plástico, individual, improvisado, cheio de alvas e ainda quentes pipocas. Como a singela heroína francesa Amélie Poulain mergulhando os dedos finos no saco de cereal, numa quitanda qualquer de Montmartre, no filme que leva o nome dela.

Que veadagem. Deve estar ficando exagerada esta analogia cinematográfica de cinco em cinco parágrafos. Como é difícil não ser *over*.

Gustavo Henrique Valente da Cruz se esparrama num pufe branco em forma de saco de pipoca. Ah, como eu já sacaneei este sobrenome. Eu e a torcida do Flamengo. O Valente da Cruz é muito bom. Ele era chamado desde Jesus até estafeta de macumbeiro. Tinha também o Valente da Cruz Enfiada no Rabo. Como todo homem, Gustavo enlouquecia com os irritantes apelidos infantis, mas foi crescendo e passou a rir também dos trocadilhos risíveis dos colegas idiotas.

Pink está no mesmo sofá que eu.

Por instinto, deixo minha coxa esquerda esbarrar na direita dela. Custa nada.

Pink também está sentada à direita do *Play*.
Play.
Começou o filme.
Eu ainda não tinha decidido, nem percebido, que tudo aquilo poderia virar um livro meu. Senão teria evitado o roçar desprentensioso das pernas.
Começou a TPM.
Eu ainda não estava prestando atenção em cada movimento, olhar ou palavra naquela sala. E meus ouvidos, preguiçosos, até então só ouviam os diálogos e a trilha do filme.
Começou em preto-e-branco.
Num fim de ano abafado no Rio de Janeiro.
Lá fora ainda chovia. E as vidraças continuavam chorando. Acho que isto é Barão.
— Alguém tem maconha? — sussurrei.
Silêncio na sala.
O filme já começara.
Espevitada, erótica e assanhada, Sue Lyon exibe seu corpo, seus pés e sua sonsa libido inocente. Lolita. Do livro para a tela, surgia ali um mito, um sinônimo de adolescente gostosa, um fenômeno da mídia. Mais uma grande babaquice pop. Antes de se tornar esta grande babaquice pop, a loura Lolita transitava pela grande casa do interior americano ao mesmo tempo em que passeava pelos sonhos proibidos de gerações e gerações. Uma musa do onanismo.
James Mason, interpretando o velho babão Humbert, *alter ego* do pedófilo russo, mostra nas primeiras cenas a que veio. Comer Lolita. Shelley Winters, que errou a mão feio na interpretação exagerada da viúva frustrada Charlotte, mãe de Lolita, cumpre o que o papel e Kubrick exigem. Irritar Humbert, Lolita e o espectador. Eis o triângulo inicial. O velho babão estupefato com a repentina paixão por um corpo ainda cheirando a leite.

A encalhada Charlotte, querendo caçar e dar umas beijocas no novo hóspede, que chegara para morar no quarto de aluguel. E a suculenta Lolita, cínica, única, dissimulada, escancaradamente sedutora e manipuladora, jogando com a libido descontrolada de Humbert. Vai dar merda.

Mais tarde, na trama, Peter Sellers aparece como o pansexual Quilty, morto logo no início, num *flashback* duvidoso e confuso. Ele voltará para roubar a cena, ou melhor, as cenas, enfim, o filme inteiro. Quilty possuirá Lolita sem Humbert saber. E Lolita usará Humbert para tentar viver com Quilty. Só tem filho-da-puta nesse mundo.

Duas horas e trinta e dois minutos depois, fim de filme. Fim da primeira TPM. *Tuesday Party Movie*. Festa do Cinema na Terça. O nome, em inglês, me veio depois, sozinho, no carro, voltando para casa naquela mesma noite. É o cacoete profissional de nomear, batizar, rotular. Não sei se será aprovado. Afinal, estou escrevendo isto tudo aqui de madrugada, ainda excitado, não com Lolita, mas com a jovem TPM. Poderia também ser chamada de, digamos, FHC! Farra Hedonista do Cinema. Porém, todos ali votaram em Lula, e a língua portuguesa seria posta de lado em nome da sugestiva sigla.

— Mas eu votei no Serra — alega Gustavo.

Então, ao inferno com a língua portuguesa.

Cabe explicar que, sem mim, sem Paulina e sem Pink, este tipo de evento cinematográfico já havia acontecido algumas vezes, três anos atrás. Ou quatro, sei lá. Eu já conhecia Gustavo na época. Conhecia bem. Era meu amigo havia tempo. Entretanto, ele morreu de medo de me chamar para esta primeira versão. Com razão. Ao comentar o que fazia certas noites, reunindo-se com amigos para ver filminhos, cansei de mangar dele. Dizia eu que era mentira, um álibi para a suruba homossexual entre eunucos babilônicos capitaneada por ele.

Nunca me chamou.

Como os eunucos morreram, Gustavo resolveu, anos mais tarde, ressuscitar a prática de reunir gente amiga para ver filmes e papear depois, sem compromisso.

Ou melhor.

Um compromisso.

Discordar sempre e discutir com elegância.

Outro compromisso.

Surpresas sentimentais, cagadas, brigas, mágoas...

Estou indo rápido demais novamente. Como se eu já soubesse que o que escrevo agora será transformado em algo público, mas com conhecimento prévio dos três. Se ainda formos três até lá.

Eis o inesperado terceiro compromisso.

Alguém resolve pôr no papel as verdades, e as mentiras, dos encontros. Eu.

A nova versão da TPM surgiu de repente, originada na carência intelectual do anfitrião e na nostalgia da iniciativa anterior, que, aliás, trouxera para ele uma inimizade eterna de um participante. Mas isto é ele que tem que explicar. Ou não. Que escreva, pois, um livro sobre alguém em quem confiava e que, de uma forma torta, aproveitou-se da fraqueza dele, Gustavo, para, vejam só, ter um romance com alguém ainda fresco e presente no coração do meu amigo. E ainda vem a Legião cantarolar que não existe razão nas coisas feitas pelo coração...

Eu acreditei.

No DVD, sobem os créditos quatro anos depois.

Fim de filme.

Fim de *Lolita*.

Breu vocal.

Ninguém abre a boca, ninguém ouve.

O que aqueles primeiros quatro membros da TPM falariam? Quem desvirginaria o silêncio e entraria para a história? Como não eram críticos de cinema, ou pelo menos pensavam que não eram, não tinham compromisso com o moderno, com o coleguinha do outro jornal ou com a insegurança de quem começou ontem e adota o subjetivismo como principal ferramenta de um texto que se propõe crítico.

A TPM era formada por pessoas que gostavam de cinema. Diferentemente de alguns críticos.

A TPM era formada por pessoas temporariamente frustradas, abandonadas, largadas no mundo, sem perspectivas sentimentais imediatas. Pessoas carentes. Pessoas fáceis. Dispostas a amar ao primeiro sinal de conforto e confiança. Podem negar à vontade. Aqui, a vontade é minha. E as paixões também.

Fim de filme e silêncio.

Paulina, que durante a "sessão" me perturbou profundamente porque ficara descalça e, como Lolita, pusera meias, ficara descalça, pusera meias, falou. Paulina tem uma vocação para entrar na história. Pelo menos na minha história.

Pink, que ficara descalça, andara descalça, falara ao celular durante o filme e tomara bastante vinho, ouviu.

Era outro par de pés que também me perturbara durante o filme inteiro. Preciso dar um jeito nesta tara. Se bem que tara não tem jeito. Elas nos acompanham até a morte. E pensar que certa vez, conversando com uma amiga, dizia ela que estranhara um certo namorado que tinha fixação nos pés dela. "Eu, hein, gostar de pé, que maluco." Como é imbecil. Ela, não ele. Larguei de mão a amizade. Prefiro os pés. No plural. E os dela nem eram lá essas coisas.

E, descalça, Paulina falou.

Ainda no escuro. Bem no finzinho dos créditos.

Gustavo, que pôs uma meia mesmo estando de Havaianas, ajeitou a bermuda. E ouviu.

Eu, de sandálias franciscanas de butique, calça de sarja e camisa vermelha da Ferrari, também ouvi.

— Achei os atores muito ruins.

Até então, eu não estava anotando mentalmente o que todos ali falavam.

Mas esta frase ficou cravada na minha cabeça. Nada mais óbvio do que a crítica pela crítica. Paulina jamais começaria falando "amei, gente", "adorei", "gostei"... sua alma francesa não deixaria.

— Achei os atores muito ruins.

Assim Paulina iniciou a conversa sobre o que acabáramos de ver, ou de rever, para alguns ali.

— Os atores? — rebateu Gustavo, num tom quase irritadiço que eu conhecia bem. E Paulina conhecia muito mais.

— O melhor do filme são os atores! — continuou ele, louvando Peter Sellers e fuzilando a amiga ruiva com um olhar de reprovação.

— A Lolita é péssima, não seduz ninguém — lascou Paulina.

Ridícula. Estava tendo ciúmes de uma personagem lendária do cinema. Só as mulheres serão capazes de bazófias assim? Eu mesmo acho o Bogart um canastrão sem graça em *Casablanca*.

— Pelo amor de Deus, aquela cena no jardim, bem no comecinho do filme, em que ele a avista pela primeira vez, é soberba, maravilhosa — derrete-se meu camarada, numa observação dispensável e punheteira.

— Será? Aquela tiradinha dos óculos escuros, com a olhadela sensual dela para ele, deitadinha de bruços na grama, me pareceu meio canastrona também — disse, juntando-me a Paulina.

Complô ou interesse descarado meu em aliar-me rapidamente àquela que já mexia com a minha curiosidade masculina?

— Olha. Os atores são muito bons, mas o filme foi feito para o Peter Sellers, que está genial — diz Pink, a atriz.

Há uma divisão clara na primeira TPM. Ainda bem. Pink e Gustavo adoraram rever o filme, gostaram do roteiro e da direção e foram seduzidos por toda a trama. Eu e Paulina, agora lado a lado no sofá, preferimos destacar alguns momentos inesquecíveis de *Lolita*. E não da Lolita. O choro de Humbert quando ela, de uma vez por todas, chuta-lhe a bunda depois de contar o que fizera para poder ficar com o tal pansexual diretor de cinema hollywoodiano. Um choro copioso, humilhado, estilhaçado, aos frangalhos.

Quantos de nós, quatro, oito, doze, mil, já não foram informados assim, de repente, pelo oposto amado que a solução, unilateral, era o fim. Choro, humilhação, propostas ridículas de reconciliação. Orgulho. Porém, em *Lolita*, o tom pastelão de algumas cenas expulsava o lirismo e a densidade da história do professor de literatura francesa que ao chegar na pequena Ramstade, em New Hampshire, procurou uma residência familiar para se hospedar. Logo na primeira casa, tromba com uma viúva carente, mãe de uma ninfeta loura, peituda, olhos claros e esperta. Kubrick se apóia excessivamente no humor pouco sutil e quase perde a sedução implícita, o desejo contido, a loucura incontrolável da mente pela carne. Bom, isto é o que eu acho.

— Mas é esse o segredo do filme. Extrair humor de uma história como esta — alega o outro homem da sala.

— Muitos filmes usam este recurso do *flashback*, mostrando o desfecho logo no início — defende Pink.

— Tudo bem, mas *Lolita* podia ser mais curto; quando você descobre, na metade do filme, que o fim se encaminha para ela trocar o padrasto-amante pelo diretor-maníaco, vira um filme de uma nota só — critico.

— Claro que não. Você sabe o que vai acontecer, mas não sabe como — insiste Gustavo.

A vida é assim também.

Paulina lembra que o repertório de caretas de Mason é limitado, duro, de uma interpretação tão clássica que a irrita.

O futuro da atriz que fez Lolita é um mistério para os quatro.

— O que ela fez depois deste filme? — pergunta Pink.

Ninguém sabe.

— Mas a Shelley Winters é aquela gorda que entala na janela de *O destino do Poseidon*, de 1972 — completa o sabe-tudo Gustavo. Este saber enciclopédico dele me irrita.

Quem levará o próximo filme? As TPMs serão temáticas? Por ator, diretor, tema, movimento?

— Eu gosto disso. Esgotamos a *nouvelle vague*, o *neo-realismo* — caga uma regra Gustavo, claramente querendo dirigir os encontros. Desde o princípio, ele mostrara esta tendência à indução. Logo comigo. Logo com elas. Lá, naquele apartamento, manda ele. Aqui, mando eu. E acabo de decidir que ele se estrepou de verde e amarelo.

— Escolhemos uma linha de estudo e vamos nela durante um tempo — concorda Pink.

— Estudo? Vocês estão loucos. Luzes no lugar-comum! Nada de linhas, estudos... Viva o pós-moderno, nada de temas, uma surpresa a cada terça — defendo, dando uma de sabe-tudo. Também.

Todos concordam. E sou o eleito para a próxima. Devo levar os filmes para serem escolhidos.

E agora?

É uma e meia da manhã. Dou carona para as duas mulheres. Sentada na frente, Paulina esvazia a cabeça de cinema e dá seqüência ao papo inicial que tivera com Pink logo que chegara à casa de Gustavo. Haviam descoberto que se conheciam de outros carnavais.

Meu carro é um Twingo cyan. Pronuncia-se Tuingô. Ainda chove. E o pára-brisa chora. Dentro do Twingo, conversa frugal depois da primeira curva desvirginando o bairro de Laranjeiras. Aparece a Rua Pinheiro Machado, em seguida, Rua das Laranjeiras e Cosme Velho. Bairro sagrado, bairro do Cristo, bairro dos flanelinhas no trenzinho do Corcovado. Se Pink tem um filho, eu tenho uma filha. Dormirei com ela hoje, aliás. Graças a Deus e à semana que a mãe dela passa em Belo Horizonte.

Chove muito, já falei. Mas dirijo com cuidado e não atropelo ninguém. Assim, a cidade se livra de uma morte como a da viúva Charlotte do filme, atropelada num dia de temporal para felicidade de Humbert, que momentos antes pensara em disparar uma bala na testa da megera falante. O destino às vezes é muito cortês e abrevia decisões difíceis e, por vezes, impossíveis de serem tomadas de supetão. O velho babão havia se casado com ela, a velha babona, para poder ficar mais perto de Lolita. Um truque sórdido.

Foi um momento sensacional do filme.

— Todo mundo sabia que ele não a mataria. Não fazia sentido pela construção e temperamento do personagem. Mas em seguida ela morre atropelada e, digamos, resolve a vida dele, na cabeça dele, claro, pois o caminho ficaria livre para ele comer durante anos e anos a ninfeta amada — dissera o nosso crítico oficial meia hora antes de eu engatar a primeira marcha no carro para levar as meninas em casa.

Deixo Paulina numa esquina do Cosme Velho. Pink passa para a frente e se preocupa com um grupo que conversa alegremente perto do prédio da mãe de Paulina. Abaixo o vidro da janela. E para assustar ambas, brinco com a paúra da violência urbana.

— Aquele velho gordo de camiseta branca e bermuda marrom é perigosíssimo. Matador conhecido no bairro.

As duas riem.

Paulina confirma presença na terça que vem. E ruma em paz para a casa da mãe. Não sem antes me dar um beijo molhado na face. Não mora com ela. Mora longe. Acho que na Tijuca, ou na Barra da Tijuca, sei lá, esqueci. E resolvera dormir mais perto para acordar mais tarde na quarta-feira. Pink ganha um beijo menos molhado e acena, cordial.

É a vez de levá-la até o começo da Rua Marquês de Abrantes. Antes de sair do carro, um papo rápido e pronto. Comento que passei minha infância num prédio perto dali. Pasmo. Ela é amiga de uma tal Giselinha que morava no quinto andar. Eu morava no quinto andar. E ainda temos uma outra amiga comum, atriz, e uma professora de teatro dela que eu conheço.

E assim, a primeira frase que falei para ela, ainda na sede da TPM, volta a fazer sentido:

— O mundo não é pequeno. Pequena é a burguesia carioca, que cabe inteirinha num balde.

— Só a carioca? — provoca ela, que, claro, já tinha ouvido essa mesmice que não consegui conter.

Chega uma idade em que é bom descobrir pessoas. Ou redescobrir.

Volto sozinho. Não sem antes receber outro beijo molhado.

Penso besteira no trajeto de volta para casa. Um triângulo sexual e intelectual.

Mas logo esqueço.
Lembro da TPM.
Daquela noite.
Estou feliz.
Escrevo isso.
E durmo.
Gostei da TPM.
Gustavo também.

Dois dias depois, mandou o seguinte *e-mail* para os que lá estavam:

"*Fala, galera! E aí, gostaram do* Lolita*? Às vezes o filme fica melhor alguns dias depois (tipo estrogonofe na geladeira)... Eu sou suspeito porque adoro o Kubrick. No dia seguinte, acabei vendo também o* Easy rider*. Sensacional!!! Tinha um* making of *no DVD com ótimas entrevistas do Dennis Hopper e do Peter Fonda. A fotografia é sensacional, a trilha também, e a maconha rola solta (de verdade! Os caras compraram quilos de erva antes de saírem pela estrada para filmar. Tem cenas do Jack Nicholson doidão que são espetaculares).*

Bom, na próxima terça é o Victor quem vai levar o filme (e fazer mais pipoca premium na minha panela — que não é premium).

Beijos e abraços a todos!

P.S. A lolita Sue Lyon nunca mais obteve o mesmo sucesso que experimentou com o filme de Kubrick (aliás, a criatura tinha apenas 14 anos quando foi escolhida para o papel). Só fez filmes menores a partir de então, e a maior publicidade que teve depois de Lolita foi quando se casou com um presidiário que cumpria pena de prisão perpétua por assassinato (essa menina gosta de encrenca!)."

Decididamente, gostei da TPM.

E mesmo tendo tido experiências terríveis com a tensão pré-menstrual de certas namoradas, nunca pensei que iria viver o suficiente para pensar, falar ou escrever isto.

Decididamente, vou escrever sobre a TPM.

Gustavo, Paulina, Victor e Pink.

Gosto da TPM.

Mesmo com duplo sentido.

Mesmo sabendo que estou mexendo com pólvora.

Bum!

TPM DOIS

Foi difícil digitar "Bum!" e conter a tentação de anexar o texto e enviá-lo, de madrugada mesmo, para Gustavo, Paulina e Pink. Foi irritante me perceber inseguro depois de quatro livros publicados, três de razoável sucesso e críticas positivas e um, o último, alvo de porradas contundentes. Patrícia Melo escreve "quem era mesmo que dizia que todo contemporâneo é detestável?". O meu editor também cansou de me prevenir.

Depois que você já não é mais uma novidade, a crítica se traveste de abutre, passa a ser mais crítica, mais exigente, mais intolerante.

Mas o livro é uma merda mesmo. Caí no engodo da pesquisa detalhada de um assunto inusitado. Lá fui eu passar horas acompanhando o trabalho de um apicultor, atrás de metáforas idiotas entre picadas e uma negra africana que enfeitiça um chileno exilado em São Petersburgo. Tudo insólito, tudo inverossímil; o livro é refém de um gigantismo épico que jamais tive. Mesmo rancorosa, a crítica teve razão.

Mas agora era diferente. Era eu nos três primeiros livros. Não era eu no quarto. Era eu novamente agora. Mas não só eu. Éramos eu, Paulina, Gustavo e Pink. A decisão de transformar a

TPM num livro foi repentina e oportunista. Na semana passada, numa palestra que dei para pseudo-intelectuais, contei nos dedos a perguntinha fatal: "E aí, Victor, e o próximo livro?" É como a seqüência burguesa idiota: "E aí, Victor, quando vai namorar?", "E aí, Victor, quando vai trepar?", "E aí, Victor e Manoela, quando vão casar?", "E aí, Victor e Manoela, quando vem o herdeiro?", "E aí, Victor e Manoela, quando vem o segundo?"... Ninguém perguntou "E aí, Victor e Manoela, quando vocês vão se separar?".

Faltavam-me idéias. Ou melhor, sobravam-me idéias naquela pastinha cretina criada no Word. "Idéias". Saí revisitando clássicos em busca de inspiração. Madrugadas insones ao lado dos grandes. A alma ocidental, nossos traumas e chaves, estão todos nos clássicos. Virei noites lendo Homero, Goethe, Machado, Dostoiévski, e naquela madrugada de terça-feira vi que meu futuro do pretérito estava no cinema. Mal bati a porta de casa, liguei o computador, o ar-condicionado, e refleti. Até quando vão estes encontros promovidos pelo Gustavo? Não importa. Vou escrever sobre este primeiro. Repetir falas, inventar falas, anexar personagens, destruir e construir almas. E mostrar imediatamente para Pink, Gustavo e Paulina. Eles certamente vão gostar. E aprovar!

Como assim, aprovar?

Se sou eu o narrador. Se é minha a visão. Por que "aprovar" brotou dos meus dedos? Se o olhar é meu, a história é minha. E é sempre bom contar a minha história, sempre me ajuda a não repeti-la.

Não vou mostrar imediatamente nada. Acabei de conhecer melhor duas pessoas conhecidas e uma não. Já são duas noites com elas. E já prevejo um bom livro.

Livros, livros, livros. Como pude perder o pudor e deixar que publicassem o último? Em certa passagem, digo que "como uma abelha, rondando aflita o miolo de uma flor, Nara picou Juan, sem saber se o envenenava ou apenas sugava seu conteúdo para transportá-lo a outras paragens".

Virei uma abelha. Virei uma barata. Presa fácil para as solas imponentes da crítica recalcada. Mas o livro é uma merda mesmo.

E comecei a escrever a imponente TPM 2.

Duro foi conter os dedos depois do "Bum!". Algo me diz que não devo enviar aquele texto, aquele capítulo 1, aquela TPM 1, para ninguém, muito menos para eles. Agora tenho certeza.

Não se trata da velha alegoria infantil do diabinho e do anjo, um em cada ombro. É pragmatismo profissional. Mandar agora pode escangalhar o projeto ou turbiná-lo de vez.

Bom, ninguém precisa saber que minha intenção é um livro.

Afinal, um escritor escreve, treina, vive dialogando com o próprio ego e o dos outros. Porém, não custa esperar.

Um pouco.

Algum dia eu envio tudo isso de uma só vez. Para ver a reação deles. E dela extrair novos parágrafos.

Fiquemos com a TPM 2.

São duas da manhã de terça. Cá estou novamente na frente do computador, debaixo do ar-condicionado, escrevendo o que aconteceu. E o que não aconteceu.

Ah, isso vai ser muito engraçado. Quando eles souberem, quando eles forem lidos por eles mesmos.

Isso. Vai ser apenas engraçado.

Uma semana depois da primeira *Tuesday Party Movie*, levei a panela. Nova. Comprada nas Lojas Americanas minutos antes da segunda terça-feira. Dentro dela, quatro bombons de chocolate. Quatro presentes para quatro pessoas queridas. Ou quatro cachês pela participação no meu texto. Incluindo-me de propósito.

Sai culpa, sai!

Eram minhas novas paixões, apenas isso. Num momento de absurdo breu sentimental, de amor apenas pelo copo, da carência absoluta de um beijo honesto, eram apenas três novas paixões.

O milho sobrara da inesquecível última terça-feira, o óleo de girassol intacto, no mesmo lugar, na mesma prateleira do armário de fórmica vermelha herdado por Gustavo do antigo proprietário. Meu amigo não gosta de cozinhar. Malditos solteiros.

Levei os filmes. Velhos. Antigos. Clássicos. Alugados na locadora do cultuado Paissandu horas antes de comprar a panela para pipocas. Paulina me ligara à tarde. Engraçado. Anos e anos sem nos falarmos, apenas encontros furtivos em festas, bares ou praia. E desde a terça passada até hoje, conversas freqüentes, número armazenado no celular. Clima. Pois não é que Paulina me ligara à tarde por puro terrorismo? Quis saber se eu estava nervoso. Como bom peladeiro, não tremi na hora do pênalti contra os inimigos da rua de baixo.

— Claro que não, mulher. Já estou com os filmes aqui na cabeça.

O primeiro que escolhi, fazendo um *sightseeing* pelas estantes da locadora, era um DVD. *Otelo*, versão Orson Welles de 1952. Ansioso, conversando frivolidades com Gustavo enquanto preparava a pipoca na panela nova, saudei Paulina, que acabara de chegar, com um abraço especial, sem beijos, e esperei Pink. Esperei Pink por consideração. Para explicar minhas escolhas cinematográficas. Recluso ao lado da panela e dos primeiros pipocares, ouvia Paulina e Guga trocando amenidades na sala.

— E aí, foca? — brinca ela, numa linguagem só deles.

— E aí, foca? — responde ele, também em código.

É uma relação misteriosa a desses dois. Nem mesmo os amigos mais próximos sabem se eles já namoraram, foderam, ou são apenas grandes companheiros. Costumam brigar. Feio. Ficam dias sem se falar. Ambos, porém, alimentam um caso simbiótico de ajuda punk. Já os encontrei no Leblon, num canto de um restaurante da moda, escondidos numa mesa afastada. Um chorava, a outra o consolava. Um perdera a chance de acabar com a solidão que o persegue. A outra o consolava. Trocavam apertos de mãos, desses que se trocam frente a frente numa mesa. Mãos opostas. A da direita segura a da esquerda, como que a salvando do abismo. Já os encontrei num boteco do Catete, em pé, abraçados. Uma chorava, o outro a consolava. Uma tivera que abandonar alguém pela quinta vez, mesmo gostando, refém que é de suas exigências e idiossincrasias. O outro a consolava. Beijavam-se no rosto. Na boca, jamais. Pelo menos em público. Já os encontrei na praia, em Ipanema, ambos felizes, sacaneando Beltranos. Cumplicidade irritante essa. Tenho ciúmes. De ambos. Gosto quando brigam. E aposto que já transaram. Não comungo do chavão de que mulher e homem trucidam a amizade depois da penetração. Acho que dá para ficar amigo. E ainda trepar de vez em quando. Basta abstrair.

Na sala, nesta terça, estavam bem. Combinavam pedaladas futuras. Ambas as almas andavam em paz naquela época. Almas em paz pedalam mais depressa. Continuei na cozinha, sem interferir naquela perfeita amizade matematicamente imperfeita.

E nada de Pink.

Curiosamente, chovia também. E Pink, atrasada como a lua. Quando estava na Rua Pinheiro Machado, andando apressada, ligou para o telefone fixo de Gustavo, ofegante.

— Estou chegando, estou chegando!

Ficamos tranqüilizados. Já nos empanturrávamos de pipoca, digo, de conhecimento cinematográfico, desde as oito e quarenta e três. Foi o primeiro de muitos atrasos na TPM. Este, porém, não causou gastrite em ninguém. Tudo se perdoa no começo de uma relação prazerosa. Tudo.

Com Pink não conversei durante a semana, não chegamos a trocar os números dos celulares. Mas apurei o seu sobrenome, um pouco de sua história, um pouco de seus apuros.

Já eram nove e meia da noite e Pink Starr ainda não tinha chegado. Pink Starr. Assim ela se chama. Tinha que ser atriz com esse nome. Numa certa TPM, roubei sua bolsa e me enfiei no banheiro buscando a carteira de identidade. Era isso mesmo. Pink Starr. E os pais não tinham Starr no nome. O filho, Bruno Starr, nasceu, cresceu e a afastou dos palcos. Filhos nascem, mudam nossas vidas, nos afastam da esbórnia e do prazer, e mesmo assim os amamos incondicionalmente. Ainda capazes de formular teorias sobre a real importância da esbórnia e do prazer. Bruno crescia e a urgência financeira também. Se você não trabalha em televisão, já era. Salvo uma peça de sucesso espetacular, não dá para viver só de amor ao palco. Fez propaganda de magazines populares, drogaria, e chegou a aparecer num outdoor vendendo protetor solar. Ah, sim, Pink era gostosa. Mas não tanto para voltar ao outdoor, porém tombaria fácil em minha cama.

Ô, baixaria! Ou não. Eu adoraria ouvir duas mulheres conversando sobre minha barriga, minhas entradas e rugas, e ainda assim comentando que eu morria fácil.

Pink não atua há algum tempo. Passou no vestibular para Direito. Precisa de dinheiro. De nós quatro, é a que está menos equilibrada. Mas, de nós quatro, é a que finge melhor estar equilibrada. A campainha toca.

Finalmente! Guarda-chuva na mão, risonha, pedindo desculpas, não explica o atraso. Tampouco perguntamos.

Logo que chegou à "sala de projeção" do três-quartos, a atrasada foi informada dos recentes acontecimentos, enquanto sacudia os cabelos molhados e entregava o guarda-chuva para Gustavo jogá-lo na área da cozinha. Como eu ocultara até o fim minhas três escolhas, apesar dos e-mails e telefonemas insistentes do ansioso anfitrião durante a semana, sofri um furto tão logo chegara. Ao colocar o saco plástico branco sobre a mesa, com os três filmes dentro, jamais imaginei que Gustavo, vil como Iago, pudesse ser suficientemente rápido para pegá-lo e sair em disparada apartamento adentro. Sumiu no corredor escuro. Curioso, traiçoeiro e traidor.

Voltou para a sala envergonhado, arrependido e ao mesmo tempo orgulhoso da traquinagem que fizera. E antes do primeiro panelaço de pipoca, tive que desvirginar minhas idéias, estuprado pela curiosidade de Paulina e Gustavo. Até nisso cúmplices. Ou seja, esperar Pink para contar quais filmes eu trouxera fora mera retórica. E tive que repetir tudo.

Levei dois DVDs e um VHS.

Sobre *Otelo* assim discorri, já com Pink presente. Parecia algo formal, eu sentado, sendo observado por três pares de olhos atentos. Todos castanhos.

— Bom, eu adoro Shakespeare, os textos são brilhantes e não perderei tempo explicando por que ele é bom. Acho que a TPM esbarrou em Welles na terça passada com *O Processo*, e realmente não me lembro se já vi ou não a versão dele — expliquei, com o DVD na mão, bisbilhotando de quando em vez a capa para não falar merda, fosse por ignorância ou amnésia.

Sou um esclerosado. Esqueço tudo. O passado recente então chega a ser piada. Não lembro o que almocei no dia anterior, o que combinei na semana passada. Talvez seja o absurdo volume de informações do começo de século. Talvez seja genética. Minha avó morreu esclerosada. Mas a esclerose me faz um cinéfilo perfeito. Tudo para mim é novidade, até mesmo os filmes que já vi. Pois não me lembro se já os vi. É como a vergonha de encontrar algum caso antigo, de outros verões, e ser lembrado pela amiga dela, num cantinho, em voz baixa, de que já a possuíra. Acontece. Aqui ou na Dinamarca. A podridão é universal. E isto é Hamlet, néscio. O *Otelo* por mim selecionado ganhou a Palma de Ouro em 1952; apesar disso, teve vários problemas de exibição nos Estados Unidos. Não perdeu nada. Quem perdeu foram os americanos. O filme é estrelado pelo próprio diretor. Quem faz Desdêmona, que nome maravilhoso, é Suzanne Clotier. Nunca vi mais gorda. Ou vi e não me lembro.

Antes que eu falasse dos outros dois filmes que levara, Paulina avisou, soberba e déspota como sempre.

— Não quero filmes tensos hoje — disse como quem diz "vou beber água". Levantou-se e foi beber água na cozinha.

Paulina Ribeiro do Couto. Sobrenome lindo, imponente, tradicional. Só que ela sempre fora da ala plebéia da família. Opulência só nos seios e na ceia de Natal, quando todos os Ribeiro do Couto se reuniam na casa do industrial, num condomínio pequeno, só de casarões, no Alto Leblon. Mas a empáfia estava lá, no sangue. Compraram a nobreza um pouco antes do fim da monarquia, mas desde então desfilavam pelas calçadas de pedras portuguesas como se fossem parentes de Pedro I.

Bom, a rainha Paulina dera o aviso. *Otelo* descartado.

Olhando com o terceiro olho para a bestinha charmosa, que ainda não voltara da cozinha, devolvi o DVD ao saco branco e peguei a fita VHS. Paulina voltou, olhou-me de um jeito superior, me provocando, parece que adivinhando todo o parágrafo que se passara na minha cabeça. O que ela não adivinharia ali, naquela hora, é que eu tudo registrava, seus mínimos gestos e poses. Para mim. E para o livro. Paulina adorava jogar? Então vamos jogar! Nunca vi isso. Era atávico. Toda frase que saía dos lábios dela parecia ter um segundo ou terceiro sentido. Nunca vi isso. Ou melhor, vejo. Diariamente. No espelho.

No famoso rol pessoal dos dez filmes inesquecíveis, que sempre abriga muito mais de dez, um é presença constante, imutável e indeletável na minha humilde listinha. E era este filme antológico a minha segunda opção. *Caminhos violentos*, dirigido por James Foley, e dane-se o diretor, porque o importante é a soberba atuação de Sean Penn, na época apenas o namorado de Madonna, e Christopher Walken. Filho e pai. Ambos ladrões. O primeiro, ladrãozinho, o segundo, ladrãozão. O primeiro, fã, o segundo, ídolo. O primeiro quase morto a mando do segundo. É pesado, maravilhosamente pesado, soberbamente filmado, e até hoje pasmo, com música-tema de Madonna funcionando perfeitamente, lado a lado com o roteiro. Digo pasmo porque a baboseira pop da ex-vagabunda se encaixou perfeitamente na trama. O filme é de 1986. E é muito mais que um belo filme na minha vida. E esta é a versão oficial para o fato de eu ter tentado emplacar o jovem Sean Penn na TPM 2. A razão verdadeira eu conto depois. Ou, quem sabe, um dia. Num boteco do Catete.

Aliás, cabem aqui duas historinhas paralelas sobre *Caminhos violentos*. Tenho 33 anos e trago no currículo o que qualquer cara de 33 anos digno e com vergonha na cara deve ter. Com 15 anos quis mudar o mundo. Com 21, fiz vídeo.

Com 25 escrevi meu primeiro filho.

Mudar o mundo é muito difícil. Pior. Os que o conseguem geralmente pertencem ao lado negro da Força. Entretanto, querer mudar é uma questão de caráter. Desconfie de qualquer um que jamais pensou em mudá-lo. Eis um mau-caráter.

O tal vídeo que fiz aos 21 anos ganhou prêmio. Uma maluquice *noir* chamada "Quando puderes assassinar alguém me avise antes, pode ser eu". Eu e mais dois malucos *noir*. A picaretagem era tão bem-feita que a Universidade Federal de Juiz de Fora convidou os "famosos" videastas do Rio de Janeiro Victor, Guilherme e Chico para proferirem palestra sobre o assunto. Fomos num Voyage, vomitamos baboseira para o alunato mineiro, saímos para beber na cidade mais carioca de Minas e não comemos ninguém. Mas causamos uma inveja de doer nos concorrentes. Havia uma outra produtora informal no Rio, também composta por malucos *noir*, porém estudantes da faculdade rival, que lançara belos vídeos. Era a Picareta Pictures. Mas não fizeram palestra em Juiz de Fora.

No dia seguinte, só eu e Francisco ficamos batendo perna em Juiz de Fora; Gui voltara para a cidade grande por causa da mala da namorada possessiva. E de repente num domingo. E de repente um cinema. *Caminhos violentos*. Chico falou.

— Acho que já vi. Acho que é muito bom.

Entramos. Vimos. Bom demais. Saí chocado. Andando pela mineirada como se andasse em território lunar. Mas ali, a gravidade era o dobro da terráquea. Em vez de flutuar, eu pesava, pesava, pesava.

— Mas hoje eu não quero nada tenso! — ratificou Paulina, brava.

Já vi que terei problemas com esta moça. Graças a Deus, fomos de classes diferentes no colégio.

O terceiro filme que eu levei também era um clássico. *O homem que sabia demais*, de Hitchcock, 1956. Ganhou. Só que nós é que sabíamos de menos. De nada adiantou a piadinha infame, não esta, mas a que rolou enquanto Gustavo apanhava de 5 a 0 do aparelho de DVD.

A razão?

A birra da doce Starr. Repito. Mais uma TPM e ela certamente tagarelará. Pois não é que a doce Pink Starr deu um chilique estético com 12 segundos de *Play*?

— O quê? Tela cheia, não, Gustavinho! Deve ter um botão aí para consertar isso. Não, não. Os atores ficam todos deformados, com cara de ovo.

Gustavinho? Será que ele a comeu também?
Porra, Guga, só eu nesta sala escapei do teu pau?
Mulher adora um mestradinho qualquer. E isso ele tinha.
Silêncio.
Tensão.
Paulina embarca no mesmo vagão patético da exigência estética descabida.
— Sem condição, sem condição. Tem que ser compridinho, igual cinema.
Gustavo tremeu. Logo ele, o fodão da Sétima Arte, tremendo.
Não sabia como ajustar o controle da tela.
Nem eu.
Mas juro que não estava ligando se a tela estava compridinha ou cheia. Sou um amador.
E elas, umas frescas. Amadoras frescas.
Se não fossem, diriam que o bom era ver qualquer filme em *widescreen* anamórfico. Mas não, vinham com este discurso patético da tela compridinha. Não impliquei nem retruquei; às vezes, é bom ignorar a ignorância. A visão plácida do mundo e suas babaquices previne úlceras desnecessárias. E eu, como escritor, autor, Deus, enfim, tenho tempo para pesquisar e enganar com classe. Todas as ferramentas são minhas. Até o real e o imaginário me pertencem. E isso ninguém tira de qualquer escritor, do brilhante ao medíocre. A nós, a criação. Ao leitor, a atenção. À inspiração, a ruminante passividade.
A solução para o grande problema da tela compridinha foi ligar para o Felipe. Sei lá quem é Felipe. Era um amigo da Pink que sabia tudo de DVD. O cara atendeu e foi orientando Guga passo a passo. Aperta aqui, aperta ali, isso.
— Agora, agora! — berravam as meninas olhando para a televisão quando parecia que resolveríamos a patética equação da noite.

E nada.

— Já tentei, caralho! — impacientava-se Gustavo Henrique.

Contra o estresse, um belo vinho de rolha estranha levado por Paulina. Era a minha diversão durante a baboseira. Um shiraz italiano. Não entendo bulhufas de vinho. Mas não tenho vergonha na cara. E detesto os entendidos contemporâneos, cujo grande diferencial é terem feito um curso básico de três meses numa associação qualquer de sommeliers. É como sempre ensinou meu colega Selim, da faculdade. "O segredo para ser aceito em qualquer lugar é ler quatro livros. Todos lêem apenas três."

— Já tomei shiraz australiano e chileno; italiano, nunca — falou o Renato Machado dos pobres, enquanto o trio continuava em volta do controle remoto, tentando esticar Hitchcock.

Digo isso e continuo me ocupando com a arte de abrir uma garrafa de vinho enquanto os iniciados ficam discutindo sobre tela cheia e tela compridinha. Morro de rir por dentro. A ilusão do saber é a pior das empáfias.

Finalmente, o tal Felipe, do outro lado da linha, consegue se fazer entender. E a tela fica compridinha. Como é delicioso imaginar algum cinéfilo tendo um ataque cardíaco lendo isto.

Vou repetir:

Compridinha, compridinha, compridinha!!!

E a segunda piada toma forma.

— Pelo jeito, o Felipe é que é...

— O Homem... — completa Paulina.

— Que... — eu.

— Sabia... — Paulina.

— Demais! — nós.

Infame e fraca. Mas demos boas risadas.

Dez e tanto da noite. E lá vamos nós para 120 minutos de filme. Agora em *widescreen* anamórfico! Mas por que nós sabíamos de menos e James Stewart, o médico abobado, marido da famosa cantora interpretada por Doris Day, sabia demais?

Primeiro, o e-mail de Gustavo nutrindo todos com mais informações dois dias depois. Enviado na tarde de quinta-feira, às dezoito horas e um minuto, ainda no trabalho, suponho:

Olha aí, galera, a propósito do Hitchcock, encontrei um artigo do Truffaut sobre Janela Indiscreta. Bem legal para sacar algumas características do velho Hitch. De repente a gente pode ver mais filmes do careca inglês. Seguem alguns trechos:

"Há duas espécies de diretores: os que levam o público em consideração ao conceber e posteriormente realizar seus filmes e aqueles que não se importam com isso. Para os primeiros, o cinema é a arte do espetáculo e para os segundos, uma aventura individual. Não se trata de preferir estes ou aqueles, é simplesmente assim. Para Hitchcock e Renoir, como para quase todos os diretores americanos, aliás, um filme só dá certo quando faz sucesso.

(...) Enquanto Bresson, Tati, Rosselini e Nicolas Ray fazem filmes à sua maneira e depois solicitam ao público o favor de "jogar seu jogo", Renoir, Clouzot, Hitchcock e Hawks fazem seus filmes para o público.

(...) Essa dosagem de suspense e humor fez de Hitchcock um dos cineastas mais comerciais do mundo, mas é sua enorme exigência em relação a si mesmo e à sua arte que fazem igualmente dele um grande diretor. (...) Como ama apaixonadamente seu trabalho, não pára de filmar e há muito tempo resolveu a questão da direção. Ele precisa, sob pena de entediar-se ou repetir-se, inventar dificuldades suplementares, criar novas disciplinas. Daí o acúmulo, em seus filmes mais recentes, de obstáculos apaixonantes, sempre brilhantemente superados."

Tudo esclarecido? Quase. Ignorávamos que o mesmo Alfred, 22 anos antes, havia filmado "O Homem que Sabia Demais", com Leslie Banks e Edna Best. E foi isso que um e-mail de Paulina nos ensinou dias depois:

E viva a panela de pipoca!

"Meu tio foi quem me contou que The man who Knew too much é uma refilmagem do mesmo, pelo mesmo Hitchcock, feito antes em 1933. O cara sabe tudo. Devia ser convidado para as nossas reuniões. Talvez deixe a gente com cara de estudante... Talvez a gente invente um TPM Open Session para visitantes eventuais..."

Uma porrada na pretensão de quatro amigos? Claro que não. Nada melhor do que acordar depois de uma noite bem dormida, bocejar, rolar na cama, beijar o travesseiro, olhar para o lado, encontrar alguém ou não, levantar, calçar os chinelos errados, estalar 17 ossos, escovar os dentes, coçar o saco, olhar para o espelho e afirmar, solene:

— Eu não sei de nada!

Qual a graça de nada aprender?

E, finalmente, o filme.

Mentalmente, comecei a fotografar a sala, para ambientá-la literariamente no meu projeto. Os quadros, a cor das paredes, como se colocavam no sofá minhas vítimas, a posição da janela, a vista da janela, filmes e livros na estante, o arranjo da mesa de jantar.

Quase perdi o começo do filme por conta disso. E com Hitchcock, qualquer descuido pode ser fatal.

O homem que sabia demais era perfeito, filmado com esmero impressionante, cada cor no seu lugar, cada ator no seu lugar, um show de técnica. Mas que não agradou. A história do médico que vai ao Marrocos com a família e é confundido com um espião, e por causa disso passa a ser vítima de uma rede internacional de terroristas, perde-se no humor na hora errada e na interpretação banal de Stewart.

— Mas talvez ele esteja tão bem que nos convença de que é um boçal — alega Paulina, sempre a primeira, sempre misturando conteúdo inconsistente e profundidade, não necessariamente nesta ordem. Como pode uma mulher inteligente como ela deslizar várias vezes nos chavões do "olhem como sou inteligente".

Pink, do alto de sua experiência cênica e dramatúrgica, também tenta nos ensinar.

— Fala-se muito deste rigor do Hitchcock, de como seus filmes são perfeitos, autorais, geniais. Mas nos bastidores do mundo dos elencos, também muito se reclamava dele. Atrizes e atores se sentiam bonecos, como se não importasse quem estivesse ali interpretando, já que o resultado final era cem por cento como Hitchcock queria.

Ela leu isto? Alguém falou isto para ela?

Olhem como é inteligente... Só esqueceu de citar a melhor das frases.

Ator é gado.

— Falando nisso, ele apareceu no filme? — lembra Gustavo, já que o *sir* sempre gostou de ser figurante dos próprios filmes.

— Acho que não — chutei.

Todos concordaram. Até que alguém — ou o enciclopédico tio da Paulina — nos prove o contrário. Afinal, ele é um Ribeiro do Couto.

— As cenas dele parecem quadros. Isso me impressiona muito. Como se cada *frame* merecesse um aplauso ou uma emoção em quem vê — teoriza bonito Gustavo. Sua vontade de vomitar conhecimento me assusta.

Como também me assusta esta minha má vontade repentina com pessoas de quem estou aprendendo a gostar demais. Resolvi relaxar e falar. Parar de ouvir, gravar, para escrever depois.

— Até me lembrou Magritte.

— Magritte... sei... — cutuca-me Paulina. Claro, só ela pode entender de pintura, de impressionismo; essa posse do conhecimento me irrita. Afinal, ela é uma Ribeiro do Couto.

— Magritte é surrealista, Victor.

Aliás, é da Ribeiro do Couto o vacilo mais surreal da noite. Estávamos todos concentrados no filme, na cena em que o médico encarnado por Stewart vai até uma igreja em Londres atrás do filho raptado no Magreb. Eis que Paulina cochicha para o dono da casa, no escurinho da sala. Aliás, diferentemente de *Lolita*, eu fiquei onde Pink ficara, Paulina ocupou meu lugar e Pink dominou sozinha o sofá que era de Paulina. O já famoso pufe em forma de saco de pipoca continuou sob a bunda do dono. Pois então. Paulina sussurra para Gustavo:

— Você me lembra de pedir o telefone da Germana depois que o filme acabar...

Não resisti.

Esperei 20 segundos.

E falei para ela, baixinho:

— Não esquece de pedir o telefone da Germana depois que o filme acabar...

Ela nada falou. Em vez de se sentir desrespeitando a atenção de todos no filme, ela se sentiu desrespeitada, desautorizada, desafiada, enfim.

Crispada, mexeu-se no sofá e abriu mão do cafuné carinhoso que recebia da minha mão esquerda.

E minutos depois, quando o médico já estava no Albert Hall tentando evitar o assassinato de um chefe de Estado, atirou na minha direção:

— Esta foi a coisa mais deselegante que ouvi hoje.

Foi quando me recolhi, envergonhado.

Aqui, de noite, comigo, são todos marionetes minhas. Eu mando.

Lá, na vida, no plano da carne, são apenas grandes amigos. Ninguém manda.

Mais tarde, quando o filme acabou, ela jurou que não falou isso. A doce arte da dissimulação tem lá seu charme. Só me ajuda... só me ajuda.... Quanto mais cinismo, melhor. Que surjam mentiras, conflitos e temores. Aqui, de noite, eles me pertencem.

— Mas ainda bem que você reclamou, Victor Vaz; assim eu me lembro de pedir o telefone novo da Germana.

Quem é Germana?

Ex-namorada de Gustavo, gente boa até dizer chega, mulher mais antenada da cidade. Tem balaco? Lá está Germana. Tem camiseta diferente que ninguém ainda tem? Germana já tem. Conhece o DJ mais descolado da *night*? Germana conhece. Acostumei-me a saudá-la, quando a encontrava, com a eterna brincadeira.

— Germana! Você está aqui? Ganhei a noite... *that's the place to be!*

E o Magritte?

Conto para todos que, na última vez que tive dinheiro sobrando, fui à Europa, e lá, em Paris, topei no Beaubourg com uma exposição chamada "Hitchcock e a Arte". Tratava da influência que movimentos como o surrealismo, o expressionismo, tiveram na obra do diretor inglês. As paredes do museu estavam repletas de cenas inteiras baseadas em quadros de Dalí, cores sugadas do expressionismo e tantas outras referências. Coincidência ou não, eu acabara de achar que o azul do surrealista belga estava presente em várias tomadas do filme, principalmente na parte que se passa no Marrocos.

Ninguém teceu comentário algum.

O filme acabou e conversamos sobre ele e nós. Sobre como a semana fora, de certa forma, boa para cada um. Cada um com seus infernos particulares, dramas e dúvidas. Pink, por exemplo, dispensou naquele dia a minha carona no Twingo porque já tinha quem a buscasse. Mistério. Cada um com seus mistérios.

E lágrimas. Somos quatro por enquanto. Alguns passaram a semana chorando, emocionados com a vida que passa e com a infelicidade que às vezes insiste em entrar sem bater. Mas a terça que passara e, melhor, a terça que se aproximava, já eram terças especiais. Qualquer homem brasileiro normal sabe o valor de uma peladinha semanal. Muitos passam seis dias falando da pelada anterior apenas para encurtar o tempo que falta para a próxima. Uma espécie de análise em grupo, catarse, chance de falar bobagem, de não ser chefe, de xingar o chefe. A sagrada peladinha.

A TPM virou isso. Por enquanto. Um estranho calafrio intermitente e a maldita consciência profissional me impediram de abrir o jogo com eles. Não eram idiotas. Não sei se compactuariam comigo. Aquela reunião me fez e me fazia bem. A eles também. Como um vício para o cérebro. Como uma peladinha intelectual. São quatro. Somos quatro. Quatro que se sugam, se gostam. Numa cumplicidade que já beira, de forma prematura, a possessão. Como um código construído por uma aldeia socialista, onde só os que a ela pertencem têm o direito de bailar a dança da felicidade. Nem que ela dure o tempo de um filme. E das parcas, rasas, fundas e deliciosas análises que o acompanham.

A próxima terça é ainda mais especial. Vamos falar de novos membros. Quanta responsabilidade desta maçonaria irresponsável. Parece que uma certa Marissa vai aparecer. Marissa, que nome. Larissa, Clarissa, não, Marissa. Não conheço, mas, se bobear, também dou carona. Ela é amiga de Guga e pertenceu ao grupo que, anos atrás, inaugurou esta idéia maluca que, de tão simples, seduz.

Devolvi os três filmes no dia seguinte. Custaram R$ 10,50. Eu não tinha dinheiro trocado. A moça atrás do balcão deixou por R$ 10 mesmo.

Dinheiro traz felicidade.

Devolvi Paulina no dia anterior. De novo na casa da mãe. É a vez dela de levar os três filmes. Na despedida, negou-me um beijo no rosto. Foi embora depressa.

Não vejo a hora de rever os três.

Os três filmes?

Já não sei mais.

Nem sempre é bom pensar no que anda acontecendo dentro de nossas almas. Do que anda aparecendo, do que anda nos confundindo.

Odeio gerúndio.

E ainda me esqueci de perguntar por que o Starr da Pink tem dois erres!

E mais uma vez na vida, cá estou fugindo do subsolo com subterfúgios e detalhes idiotas que não interferem em nada.

Odeio.

TPM TRÊS

Temi o pior. E isto é bom sinal. Pelo telefone, Paulina alerta: não vai dar tempo! Era a vez dela. Falha grave. Tem que dar tempo. Sempre. Se não desse tempo, o homem não teria chegado à Lua. E se essa lua fosse minha, eu mandava ladrilhar. Assim, quando chegasse bêbado em casa, vomitaria tranqüilo no reluzente ladrilho lunar.

Poesia da pior qualidade.

Por que eu não me controlo? Por que não releio e jogo fora?

Por que ainda não mandei meus textos para Paulina, Gustavo e Pink? Do que tenho medo? Perder o controle? Que eu saiba, não sou mocinha bêbada querendo dar no primeiro dia e inventando discurso de que com duas caipirinhas perde o controle Se aos poucos estamos erigindo uma irmandade, se sinto vontade de me masturbar depois de determinados parágrafos prazerosos, se já deixo escapulir uma generosidade perdida com relação aos três, assusta-me, mas não me afugenta, este pudor virginal em mostrar estes textos. Estou virando uma caricatura do meu próprio paradoxo.

Sejamos mais simples. Eles não vão entender. E não quero me decepcionar.

Já são dois textos. Completos, elípticos, bem resolvidos. Acho que boa literatura, por enquanto. Cheguei a anexá-los ao e-mail triplo, mas abortei a operação. Será que eles estariam preparados? E eu? Tudo é uma grande loucura. Qual o problema em escrever sobre o que vivemos? E mandar para os próprios personagens?

É cedo. Muito cedo para qualquer conflito autoral. Sigamos com a vida.

Temi pelo melhor. Paulina não conseguiria levar filme algum. Ficariam os quatro, cada um olhando para a cara dos outros. E quantas histórias veríamos. Nossas histórias. Nossos filmes. Dramas de De Mille, comédias de Allen, tragicomédias de Fellini, fantasias de Capra, sexos de Lyne. Ou apenas medíocres sessões da tarde?

A salvação era Gustavo. Estava o pobre trabalhando numa terça-feira ensolarada quanto tocou o celular.

— Guga! Fiz merda! Não vai dar tempo! Estou enrolada, trabalhando no Maracanã, não o estádio, o bairro. Você consegue levar algum filme bacana para a TPM de hoje? — pediu ela, aflita.

— Tranqüilo, Ninha. Sem estresse. Deixa comigo.

Um bom anfitrião. Também me tranqüilizei. Pois confesso ter sentido muita frustração. E me senti traído. Passara a quarta-feira anterior pensando na terça. A quinta pensando na terça, a sexta pensando na terça, o sábado... Não contei para ninguém, mas, na TPM 2, abri mão de um encontro nostálgico de velhos amigos de trabalho. Soube depois que tinha sido ótimo, para lá de divertido, gente se revendo, lembrando histórias, falando bobagem, tudo na presença do ex-patrão, outrora tirano. No dia-a-dia era um chefe cruel, rigoroso e mau. E, segundo relatos, foi dito a ele tudo isso. E ele ria baixo, tudo confessando também. O grupo até hoje se reúne eventualmente. Eu era uma das peças-chave, pois fazia a ponte e o filtro das broncas do chefe. Tive muita vontade de ir e, quem sabe, comer, anos depois, algumas das bonitinhas da época. Teve gente que comeu. Esses encontros servem para isso também.

Não fui. Furei de maneira estrondosa. Terça, não! Terça é impossível. A tímida colega que organizara o encontro ficou furiosa. Afinal, eram 25 pessoas a se rever contra quatro que se viam semanalmente. E eu fiquei com nós quatro. Feliz com a mais certa das decisões dos meus últimos quatro anos de vida. Não me importava ver de novo os olhos de Vera Fischer de Elena, dane-se a elegância de Regina, o riso solto de Clóvis, o riso preso de Paulo, o escracho de Sílvio e tantas outras idiossincrasias queridas de gente querida, que trabalhara comigo, na mesma sala, durante três anos, numa seguradora do Centro. Sem eles, eu não teria suportado a rotina burocrática de carimbos e sinistros. Sintam-se homenageados e me deixem em paz, sem mais esta culpa.

Mas era terça. E terça é dia de falar de cinema. E da vida.

No encontro dos ex-colegas, falaríamos só da vida. Dois a um.

Pensei em levar maconha desta vez para a casa de Gustavo. Desisti.

Terça de encontro marcado. Terça de fugir. Da vida através do cinema. Do belo filme. Do escurinho mágico compartilhado com outros eleitos. E mesmo assim, como quem pisa e come uma barata qualquer, Paulina Ribeiro do Couto tem a petulância aristocrática de dizer que não deu tempo de alugar um filme. Barata a gente pisa e mata. Há quem coma. O amor, não.

Love is simple.
Life is simple.
Simple is not simple.
Está dado o recado.

Afinal, ela vai ler tudo isso. Mais cedo ou mais tarde.

Eis que Gustavo Henrique, o incrível, o destemido, o mago de todos os problemas, não consegue passar em locadora alguma depois de sair do trabalho! Outro traidor. O mundo está cheio deles. E cheio de ansiedade também.

A ansiedade aniquila o homem. Não à toa, cheguei quarenta minutos antes do combinado no apartamento de Botafogo. Lá, em pé, como a estátua de Bellini, sem troféu, sem panela, sem milho, sem refrigerante, sem chocolate. Sentado na escada, pois ninguém atendera. Lá, entregue e ansioso. Apenas apaixonado por um dia da semana. E já refém do que andava escrevendo às escondidas sobre os meus personagens.

E sou traído assim. O barulho do elevador interrompe bruscamente minhas reflexões e meu sentimento de vítima, que costuma aparecer sempre que estou solitário. Gustavo abre a porta e me olha, surpreso.

— Caralho, que horas são?

— Cheguei cedo.

— *Vambora* que eu nem tomei banho ainda, seu veadinho.

Mal rodou a chave duas vezes, abriu a pasta e jogou no meu colo um saco plástico azul-claro. Comprara dois DVDs numa banca de jornal menos de meia hora antes, para tentar salvar a noite. Pois chegara mais tarde em casa.

Talvez Paulina cague e ande para nossos encontros às terças, talvez esteja querendo, na verdade, encontros particulares às sextas. Talvez Pink esteja apenas preenchendo o tempo; se der para ir, bom, se não der, igual. Talvez o próprio Gustavo esteja apenas me usando como álibi, pois sua verdadeira intenção é pegar todas e quem sabe ficar com uma para sempre. E não ficaria bem bolar este tipo de reunião sem outro cara legal. Talvez eu esteja carente, absurdamente carente, exagerado, dando valor excessivo, mastodôntico, a uma simples tertúlia inocente.

Difícil é explicar isso ao coração. Já estava apaixonado por todos eles e doía na alma achar que eles não estavam apaixonados por mim. Se na vez anterior eu tinha tido tanto zelo na escolha dos filmes, no tempo certo de as pipocas estourarem e até na forma falsa largada de me vestir para lá ir, como Paulina não tinha tido tempo de levar três filmes? Dois? Um? Se já perdi três madrugadas, com essa agora, escrevendo sobre eles, acariciando-os com palavras, pensando num livro com eles. Que belo retorno. E Gustavo, que tanto preza a estética e a dialética dos roteiros, deixa para comprar dois filmes numa banca de jornal!

Acho que devo ser um namorado, amigo, marido insuportável.

Cobro demais de mim.

Cobro demais dos outros.

— Gustavo?

— Oi — ele respondeu de dentro do banheiro.

— Você acha que a Paulina se esqueceu de alugar os filmes porque está cagando e andando para nossos encontros?

— Claro que não. É uma enrolada de marca maior.

— E a Pink sempre atrasada....

— Victor? Tá doidão?

Quietei.

Como é um tarado por cinema, Gustavo tem também alguns filmes guardados sob a televisão. Para estudo.

Que nada...

É apenas para comer mulher.

— Coleções de CDs e DVDs são as coleções de borboletas do século XXI! — berrei para ele ouvir dentro do chuveiro.

Não ouviu.

Não tem nem uma semana, caí de pára-quedas numa festa privada de um cantor. Lançara um CD e convidara poucos para ouvi-lo. Lá estava uma mulher. Bêbada. Mas mulher. Talvez até mais mulher. Pois estava bêbada. Olhando para o nada, largada num sofá, pernas abertas, cadarços desamarrados e olhando para o nada, como só os bêbados sabem olhar, disse-me:

— Essa estante de CD é irresistível.

Venal! Não estava olhando para o nada. Não estava bêbada. Estava olhando para a gigantesca estante que transbordava samba, choro, MPB e bom rock. Mas o dono dela, da estante e não da mulher, me garantiu outro dia, de pés juntos, que não a comera. A mulher, não a estante.

Escrevo tudo isto no início da madrugada. Tão logo chego das TPMs. Escrevo ao nascer das quartas-feiras. Mas hoje vai ser diferente. Vou beber. Com outros amigos. Estes desleixados da TPM não merecem minhas estantes... Escrevo depois. Quinta, sexta... É minha vingança. Está decidido. Não vou mais mandar para eles o que escrevo. Rá! Seria sensacional convencer a editora do meu projeto, publicar e chamá-los para o lançamento sem nada contar. Daria também um livro a cara de espanto deles quando percebessem que estavam lá dentro.

Já volto.

Já é quarta-feira. Não amanheceu ainda. Voltei para continuar escrevendo.

Foi espetacular o chope. Um amigo de noitada avisou que o Belmonte ia ser reinaugurado no Flamengo. O Belmonte é um daqueles botecos típicos do Rio, ou São Paulo, ou Curitiba, Santiago, Londres. Botecos que não estão no mapa, apesar de famosos. E nem querem estar. Pé-sujo mesmo. O Belmonte fica na Praia do Flamengo, lugar que já foi nobre um dia. Visual maravilhoso, luzes na medida certa e pouquíssima gente metida a besta. Bom, o Belmonte era assim antes da reinauguração. Era. Pouquíssimos atores, profissionais ou amadores, como os que se exibem no Baixo Gávea diariamente, estavam na reinauguração. Claro, o Flamengo é um bairro do Rio velho, do Rio antigo, do Rio ainda sem pose. Mas um bairro que não acaba. O Baixo Gávea acabou. Talvez o primeiro caso, ainda não catalogado, de autofagia geográfica. A própria Gávea, com suas modas efêmeras e falsos amores, se engoliu. Hoje é uma caricatura do que é moderno.

Lá chegando, no novo Belmonte, ao lado da amiga Gina, que acabara de visitar as pequenas gêmeas Luana e Marina, que, por sua vez, tinham acabado de chegar ao mundo, encontrei gente feia, que de tão feia é bonita. Boêmios, Nelsons Rodrigues Filhos, vagabas e amigos. Grande Belmonte, mesmo recauchutado era original. Aos poucos foram chegando General, Lombo, Zé Lima, Anel, Maria e chopes, muitos chopes.

Bebeu-se e falou-se muita besteira. O paraíso, enfim. Pessoas do século passado.

De volta à TPM 3. Ao teclado. À madrugada. À ilusão literária.

Como já escrevi há pouco, cheguei cedo na casa de Gustavo, incomodei o dono, sentei, cavuquei o saco azul e vi as propostas de filmes para aquela terça enquanto ele tomava banho. Vamos a eles.

Ainda não.

Paulina liga para o meu celular. Está num mercado. Ali perto, em Laranjeiras. Pergunta se falta algo.

— Você!

Não, não. Não respondi isso!

Tudo tem limite. Até o limite.

Mesmo puto dentro das calças, apesar de disfarçar no tom de voz, ofereci carona para ela. Carona, não. Mordomia. Afinal, dispus-me a buscá-la onde quer que estivesse. Ela topou, claro. Enquanto isso, Gustavo fechava o chuveiro.

Peguei trânsito, mas valeu a pena. Não há mulher interessante que não mereça um carinho, uma, vamos lá, consideração. Ela acabara de pagar as compras, na verdade, quitutinhos para a noite cinematográfica. E me abraçou com força na frente do mercado. E me emocionei. Acho que sou um bobão. Certos abraços me comovem.

No trajeto, conversas fúteis e profundas. Paulina jogava. Eu jogava. Não havia interesse mútuo. Havia uma estranha sedução. Uma espécie de testes em seqüência. Nenhum dos dois acreditava que podia haver tanta identificação em tão pouco tempo. E ainda sem desejo, sem tesão. Mas era instigante. Trajeto curto. Conversas longas. Risos, piadas, tiradas. Dois pavões. Bicudos que se bicavam. Eu ensaio uma implicância; afinal, era a vez dela de levar um filme. Digo que não teve coragem.

— Eu tenho mais coragem do que você pensa.
— Como assim?
— Ué, não estou aqui ao seu lado?

E, pela primeira vez, a pausa. Exatamente na hora do sinal vermelho. Vitória dos Ribeiro do Couto. Ela me deixou sem graça e buscando a réplica perfeita. Que não veio. Porque havia desejo. Havia tesão.

O sinal abriu.

E uma suspeita. Pink Starr talvez não fosse.

— Acho que a Pink não vai hoje.
— O que houve? Porra, eu dou um valor exagerado a essas TPMs. Aí um chega atrasado, a outra não vai, a outra esquece o filme.
— Êpa! Menos, menos. Você está me agredindo.
— Ô, Paulina. Menos, menos!

Minha revolta fez o que havia de desejo e tesão se esfumaçar e sair pelo cano de descarga.

— Por que a Pink talvez não vá? — perguntei, já calmo.

Ninguém sabe. Ninguém saberá. Para que saber? Não foi e pronto. Que bom seria se a vida não precisasse de explicações, satisfações, deduções.

— Não sei. Será que foi algo com o filho?
— Será que cansou da gente? — espetei.
— Você tá de sacanagem...
— Por quê? Acho que estou me deixando levar sentimentalmente por estes encontros. Viajando sozinho num barco para quatro.
— *Eita*. Melhor ficar quieta... o bicho está arisco hoje.
Bufei.
Estacionamos dentro do prédio. Ainda me sinto um privilegiado ao parar nas vagas destinadas aos visitantes. Ficamos felizes com muito pouco. Queria que a vida me desse sempre as vagas dos visitantes.

Paulina chega toda espevitada e cala a reprimenda de Gustavo ao erguer as sacolinhas com as compras carinhosas que fizera para a nossa reunião. Ele sorri.
— Ô mulher, tu é uma figura!!!!
Como detesto esta conjugação errada do tu. Tu foi, tu vai, tu é... fiz para tu, comprou para tu! Saudades de Belém, onde tudo se conjuga bem.

Os filmes.

Comprados em banca de jornal. Assim, sem o menor cuidado, nem tensão, nem preocupação em agradar a todos os integrantes da mesa-redonda do filme bacana. Mas o rabugento aqui se enganou. Apesar de escolhidos nas coxas, os filmes eram bons.

Paris, Texas. Wim Wenders. 1984. Pessoas sumidas. Pessoas achadas. Areia. Ritmo lento. Maravilhoso, longo. Talvez não seja o dia. Por mais que amemos, por mais que desejemos, muitas vezes o sono, o trabalho mecânico da manhã seguinte, a necessidade de acordar cedo e toda a teoria de que tudo vale para se assistir a um bom filme descem moviola abaixo.

La dolce vita. Fellini. Nossa Senhora. Pegou pesado. No bom sentido. 1960. Mais longo ainda. Pai e filho. Preto e branco. Imprensa e fama. Mastroiani e Ekberg. Roma e a Itália. Desvirginadas, defenestradas, escaneadas.

E toca a campainha.

Pink?!

Marissa. Era a novidade da noite. Pink realmente não iria. Gustavo confirma sem maiores detalhes. Pena. Pela primeira vez, o quarteto fantástico não se reúne. Dane-se também. Não é a primeira vez que um quarteto fantástico se desfaz, mesmo que temporariamente.

Marissa é morena, pequena, tímida. Mexe com ouro. Faz jóias. Fala pouco, por enquanto. Pede desculpas pelo atraso. Veio de carro. Ainda se sente uma intrusa. Até parece que já havíamos promovido dezenas de TPMs. Apenas duas. Porém tão intensas e já capazes de assustar forasteiros. O que tinham nossos olhos, que comunhão é essa, tão instantânea e já capaz de assustar?

Entretanto, pensei que a TPM 3 discutiria a vinda de um ou dois ou três convidados. A chegada de Marissa me assustou. Traído novamente. Ou excluído. Será que Gustavo desconfia de algo e se vingou de uma forma branda? Não contei nada para ninguém ainda sobre meu futuro livro.

Nossa eterna competição. Estimulante competição. Inspiradora competição.

— Victor Vaz, ao seu dispor — brinco, inclinando-me para a frente numa deferência à recém-chegada.

— Marissa Copec, *enchantée* — retribui a moça.

Ainda polida, Marissa pergunta se há lugares marcados na sala. Há e não há. Códigos. Inconscientemente, ela se esparrama com delicadeza no sofá que Pink possuiu na terça anterior. Coincidência. Paulina, aparentando cansaço, já se desmilingüe no mesmo sofá que fica em frente à tela. Eu, ao lado, ensaio repetir o cafuné da terça passada. Ela me atrai. Definitivamente, não sei para quê. Mas Paulina me atrai. E Pink não veio. Ficarei sem saber a razão do Starr com dois erres.

E, como Pink, a pipoca também não veio. Ficamos nos ovinhos de amendoim, divinos, e biscoitinhos de polvilho. Vinho tinto, Coca-Cola e um pão de queijo surpreendente que chega no meio do filme. Coisas de Gustavo. E se eu o conheço bem, para se preocupar assim é porque também foi fisgado de jeito pela TPM. Ou seria uma forma de fazer corte a Marissa? Será o Benedito que ele a comeu também?

Mas, afinal, que filme veríamos?

Um que já estava na estante da casa. Pior para a banca de jornal.

Um filme já visto pelo dono da casa há tempos.

Depois de um diretor nova-iorquino na primeira e do inglês do suspense, um italiano mais clássico que um *Chianti* ordinário. *Além das nuvens*. 1995. Michelangelo Antonioni. Melhor para mim. Ainda não o tinha visto, ao contrário das outras duas opções. Paulina, porém, era uma especialista na reunião de histórias sobre o quase-amor apresentada pelo velho italiano. Já vira a fita umas quatro vezes. Como Pink lá não estava com suas exigências técnicas e formais, Gustavo esqueceu de apertar o botão para tornar a projeção horizontal.

E Paulina não chiou.

— E quem disse que eu chiei da outra vez?

— O quê? Fez um escândalo, fazendo coro com a Pink — provoquei.

— Eu? — mentiu a menina dos cabelos abóbora e dos olhos de jabuticaba.

Marissa não se pronunciou. Ela falaria pouco no primeiro encontro, apesar de ser uma veterana em cinefilia, pois participara da primeira versão da TPM, também promovida por Gustavo, anos atrás, lembram? Mas ela mexe com ouro. Não à toa está ali. Conosco. Com ela. Marissa seria nosso maior ponto de equilíbrio a partir daquela noite. Marissa evitaria o caos mais de uma vez. Entretanto, Marissa seria a mais intolerante com o meu livro.

Play.

O filme é lindo. Logo começa com a morena Ines Sastre, desconhecida de muitos ali. Eu mesmo nunca a vira.

— Ela é a cara da Lancôme! — Paulina vibrou desproporcionalmente.

Nunca vi.

Silhueta delgada, discreta, e modo simples de andar e olhar. Ines Sastre ficaria na memória de qualquer um, por mais fugaz que fosse um encontro.

— Ela interpreta uma professorinha de uma pequena cidade italiana que tromba com um técnico de bomba hidráulica ou algo do gênero.

— Que romântico... — ironizo.

— Nas mãos de Antonioni, sim. Um desfile de imagens e poesias, encontros e desencontros, inseguranças e vinganças. O quase-amor, enfim — retruca Paulina.

— Que romântico...

— Por que essa agressão? — insiste ela.

— Porque você negou o beijo que nunca pedi.

Não foi bem isso que eu respondi.

— Sei lá, estou de TPM.

A professora e o bombeiro se apaixonam, mas não realizam o sentimento da melhor forma. Carnal.

O filme é polêmico. Abre mão de diálogos elaborados e realistas. Investe no onírico. Isto agrada em cheio e explode no meio do coração do calejado Gustavo.

— Eu sou suspeito. Este filme é sensacional. É uma declaração de amor — derrete-se.
— Do quase-amor — repito.
— Aprendeu, hein? Do quase-amor — ratifica Paulina.
Marissa ouve. Talvez não esteja amando ninguém. Ou quase.
O filme é biográfico. John Malkovich, soberbo como quase sempre, entra em cena na pele de um cineasta que roda o mundo, ou melhor, a Itália, em busca de novas inspirações, novas injeções na veia, novas motivações, depois de acabar mais um filme.
— É só isso que sei fazer — diz ele num dos episódios.
Será que é isso que estou fazendo agora?
Mais uma vez, porém, não temos a unanimidade.
— Gostei, entendo o que você fala quando ele abre mão de tudo em nome da imagem, mas, muitas vezes, a coreografia exagerada dos diálogos me enerva um pouco — pondero.
— Talvez. Mas eu já vi quatro vezes e sempre me emociono — diz Paulina.
— Você vai falar quatro vezes que já viu este filme quatro vezes — contra-ataco.
Ela só me olha. Furiosa. Definitivamente, esta desgraçada me atrai.
Já havíamos flertado com esta discussão em outros papos: a presença da câmera. É uma metadiscussão para lá de cabeçorra. Mas o que não é cabeçorra nestes encontros? Quando vemos um filme, queremos ter a percepção da câmera? Ou o objetivo é o estudo do movimento perfeito, num *zoom* ou numa *pan*, para que ela, câmera, passe completamente despercebida do olhar do espectador? Daí minha implicância com as coreografias de Antonioni. Cena primeira: o técnico da bomba postado atrás de uma coluna de um prédio do século XVIII. Cena segunda: a bela professora dá um giro e contorna a coluna. Ele aparece em cena pelo outro lado. Trocam olhares. Roubam a cena.

— Bom, já que sou eu o implicante da vez: detestei a interpretação insuportável, histérica, de dona Sophie Marceau. É um clone de Isabelle Adjani, esta sim uma francesinha linda de morrer. A Sophie errou no tom. Ou foi o diretor?

Interpretando uma vendedora de uma pequena loja de grife da pequena Portofino, litoral norte italiano, Sophie é seduzida e seduz Malkovich. Até confessar-lhe que matou o próprio pai com doze facadas. Pai ou mãe? Neste caso importa. No meu, então...

A essência da discussão depois que os outros episódios vão surgindo, como o do americano infiel de Paris, aliás interpretado pelo mesmo ator que fez "Robocop", Peter Weller. E infiel logo a quem? Fanny Ardant.

Alguma frase ficou sem verbo.

Achei. A essência da discussão, depois que os outros episódios foram desfilando pela televisão de Gustavo, era essa. A imagem pela imagem? A imagem conta tudo? A imagem refém ou senhora de um filme.

— Antonioni é completamente antagônico à estética de Hitchcock, por exemplo. Não tem nada a ver — garante o outro homem do recinto.

— Ué, e alguém falou de Hitchcock aqui?

— Você está falando besteira, Victor.

— Peraí, Guga, peraí! Você gosta e acabou? Está ficando velho e intolerante?

— Velho é o escambau!

— Há, há, há... escambau! Nossa, que expressão mais jovial!

Parei por aí. Gustavo estava há anos querendo namorar, casar, ter filhos. Mas não encontrava ninguém e andava com a paranóia de que estava ficando velho. Aos 35 anos, velho.

Essas duas frustrações dele são bons caminhos literários. A da velhice e o conhecimento ensimesmado de cinema. Tem uma terceira, que é sempre perder para mim. Mas isso sou eu que estou dizendo. E escrevendo. Logo, é verdade. Minha verdade.

Acho que já está na hora de mandar as TPMs escritas para eles. Ainda mais com Marissa chegando. Ela me pareceu tão doce que me senti mesquinho por esconder algo.

Preciso provocá-los. Estou ficando verborrágico. Preciso de diálogos!

Paulina também bate o martelo com relação ao amor. Ela não acha que *Além das nuvens* seja um filme simplesmente pictórico.

— É muito mais que isso. Não acho os diálogos tão soltos assim. Tem muitas histórias ali dentro, bem contadas. Repara que os homens sempre vão embora. Isso é perfeito. Principalmente o homem europeu — observa.

Ela já foi casada com um alemão. E desviou a conversa para o velho assunto homem/mulher, cheio de rótulos e de diferenças biológicas.

— Começou a palhaçada.

— Que palhaçada? Você está muito grosso hoje, Victor.

— Não sou eu que ameaço fugir para a Europa de mês em mês. Não necessariamente para a Alemanha, para o ex-marido. Para lá. Lá. Lá, bem longe daqui.

Marissa se assusta. Está constrangida.

Paulina se encolhe, magoada, coloca as pernas junto ao queixo e as abraça.

— Melhor ficar quieta...

— Desculpa, desculpa. Deixa eu voltar para o filme. E a freirinha assediada pelo sonhador? É ela que vai embora. Que opta por Deus e deixa o apaixonado a ver navios — cutuco, citando mais um episódio do filme.

— Tem razão. Não tem nada a ver com homem europeu, mulher americana, *gay* asiático. Eu sou assim. Mudo de opinião de uma hora para outra. E não sofro por isso — surpreende Paulina.

— Você está falando sério? — pergunto, desconfiado do cinismo.

Gustavo interrompe o *round*.

— Interessante que o Wim Wenders é assistente neste filme. E há uma certa convergência entre os filmes de um e de outro — esmiúça o tarado por créditos.

Marissa fala pouco. Continua observando.

— Mas concordo com tudo. Apesar de também não ter sido completamente fisgada pelo filme — diz.

Terça que vem é ela. Vai ter que falar mais. Vai ter que escolher três filmes. Vai ter que comer pipoca. Bem-vinda, Marissa.

Combinamos de chegar mais cedo no próximo encontro. Desta vez, por exemplo, começamos a ver o filme quase às dez da noite, saímos tarde. Expulsos pelo anfitrião.

— Você está nos expulsando? — brincou Paulina, mais relaxada.

— Sim — resposta seca, sonolenta.

Marissa, de carro, não precisou de carona. Só pediu instruções sobre como ir embora. Primeira à direita, depois outra à direita, e é só seguir direto até o Jardim Botânico. Era lá que ela morava.

Levei Paulina para casa. Dela. Pela segunda vez, reclamei suavemente do desleixo, também dela, com relação à TPM. Levei bronca. Parados em frente ao prédio da mãe, também dela, numa ruela do Cosme Velho, nos lixando para a violência urbana, resolvemos falar da vida. A minha. E a dela. Uma hora e meia. O mesmo tempo do filme. É mais fácil falar do filme.

Duas criaturas em pausa. Recém-separadas. Porém pouco ansiosas, negociando diariamente com o tempo, esta implacável fábrica de monstros. Ainda não tínhamos 40 anos de idade. Mas já não tínhamos mais 30. E a conversa fluindo. Os dois sozinhos, os faróis apagados, um chuvisco embaçando os vidros do carro, mas, de minha parte, em nenhum momento o famoso sinal de que fodeu. O choque no pau. A corrente elétrica entre queixo, pau e pé. Nada disso. O prazer estava só no teto do corpo, lá em cima, na mente. Ficamos uma hora e meia conversando, e só. Sem segundas e óbvias intenções. Passamos a limpo as rusgas. Ela ponderou que nós já nos conhecíamos, mas Marissa não era obrigada a assistir às nossas ceninhas.

Enquanto ela falava, falava, olhando para a frente, um fogo ateou minhas ventas. Daqueles que devastam cada costela sem encontrar resistência no âmago. O calor foi subindo, a pele se crispou, e quase desfalecendo, vomitando como adolescente, vi minha resistência e minha razão padecerem. Tenso, resolvi explodir. E interrompi.

— Você abre seus e-mails na casa da sua mãe?
— Abro, claro.
— Não, é que tem uns provedores enrolados...
— Por quê? Você me mandou algo?
— Vou mandar assim que chegar em casa.
— Ah, não! Essa não! Vai mandar o quê?
— Você vai ver...
— Peraí, Victor, já somos bem grandinhos.
— Tá bom, tá bom! Andei escrevendo sobre a gente.
— Eu e você???
— Não, não, metidona. Sobre a TPM. Fiquei tão excitado no primeiro dia que sentei a bunda no computador e saí escrevendo, escrevendo, escrevendo...
— Que legal! Manda, manda!

Ela ficou extremamente excitada. Talvez meus temores babacas não se justificassem.

— Chego em casa e mando.

Paulina saiu apressada, deu a volta pela frente do carro, mergulhou na janela e estalou um beijo.

— Eu te provoco por esporte. Sou meio maluca. Liga não.

Abriu a primeira grade da portaria e gritou:

— Não esquece de mandar para a Pink também!

Era tarde. As ruas estavam vazias. Véspera de feriado. Dia de Zumbi. Mal cheguei em casa, computador. Estava tão excitado que ignorei o ritual de ligar o ar-condicionado. Apenas tirei a camisa. Conectado, anexei as TPMs, inclusive esta, e enviei. Tinha tido o cuidado de pedir o e-mail de Marissa no fim da noite.

Respirei fundo. Imaginei Paulina aflita esperando a chegada do e-mail. Tive medo de que ela me ligasse. Desliguei o celular.

E dormi feito uma pedra.

De manhã, o despertador berrou e tive que duelar ferozmente com Sandman. Venci. E fui trabalhar na livraria. Engraçado se pretender escritor e trabalhar numa livraria do Centro, responsável pelo sebo. Abri as portas, acendi as luzes, liguei o computador e passei uma pequena mensagem para Marissa, Gustavo, Paulina e Pink.

"Pessoal, antes que vocês não entendam nada, mandei na noite de ontem três textos sobre nossos encontros. É um exercício bobo, enfim, que achei bacana compartilhar. Beijos, VV."

Vi que Paulina tinha mandado uma mensagem ainda de madrugada.

Não abri, cheio de cagaço. Não abri mais a internet a semana toda.

Que insegurança boba.

Não liguei o celular. E passei a quarta esperando a terça. A quinta esperando a terça, a sexta, o sábado...

Um beijo, Paulina.

Já estou com saudades. Por mais esquizofrênico que isto possa parecer.

Até terça.

TPM QUATRO

Dylan Thomas. Não era cineasta. Era irlandês. Bom irlandês. Bêbado, jornalista, emigrado para os Estados Unidos. Não, não. Estados Unidos, não. Dylan foi para Nova York. Morreu jovem. Um bar no Village até hoje o reverencia. Um bar daqueles com balcão de madeira enorme. Algum dia lembrarei o nome. Tomara que dê tempo de aqui entrar. Dylan tinha uma narrativa concisa e rápida, desfiava poesia em histórias simples. Histórias de conhecidos. Histórias de amigos.

Ele conseguia.

Gustavo amanheceu como o céu naquela quarta terça-feira. Tirou a camisa azul-clara e o blazer marinho do armário do meio. Tinha dormido cedo, acordara bem, animado. Era como se o dia, fizesse sol ou chuva, fosse impotente para chateá-lo. Tomou banho cantarolando Moby, que tocava, alto, no CD portátil do quarto. Corpo já seco pela toalha amarela molhada, partiu para a seqüência-rotina. Meias, cueca, calça, perfume. Dentes escovados, barba feita, mandou até uma beijoca para o espelho e saiu do banheiro rindo de si mesmo.

Ainda sem camisa, foi para a cozinha, tomou um iogurte natural de mel e laranja. Escovou novamente os dentes. Pôs o que faltava. Sapatos e camisa. O blazer burocrático, levou na mão. Refletiu depressa se ia de carro ou de metrô para o trabalho. Bateu a porta de casa. Iria de carro. Abriu a porta de casa. Tirou o CD do Moby do aparelho, pôs na caixa, e minutos depois estava isolado dentro do carro, na faixa interna do Aterro do Flamengo, tendo o Pão de Açúcar do lado direito e um punhado de prédios bonitos e feios, colados um no outro, do lado esquerdo. Cantarolava no ar-condicionado, rindo do calor alheio e repetindo para si mesmo:

— Esta cidade é de foder!!! De foder!!!

Estava feliz. Mas talvez ainda não tivesse percebido a razão.

Passara a noite sozinho. Lendo Clarice Lispector. Não é mole abrir os olhos de bem com a vida depois de Clarice. Pensou nas estagiárias. Nas vaginas das estagiárias. Na impossibilidade das estagiárias. Já começava a ser ridículo comer gente com menos de 21. Gustavo, que tinha mestrado, só queria mulher com pós. Pós-foda. Pós-gozo. Não dava mais para transar e tecer teorias sobre o nada. Isso é antes de transar. Depois da cópula, Gustavo queria falar. Estava precisando falar, ouvir, ser ouvido.

Trabalhava na Cidade. É assim que os mais velhos chamam o centro do Rio. Estacionou o carro, burlou o flanelinha, saudou o ascensorista, garantiu com a certeza maligna dos bruxos que o Flamengo ganharia no domingo e abriu o computador.

Sete horas depois, fechou o computador. Como o dia passava rápido quando havia TPM.

E mais uma vez uma borrasca desabou sobre o Rio de Janeiro no dia da *Tuesday Party Movie*. Gustavo tomou chuva, ensopou os sapatos, entrou encharcado no carro e berrou:

— Esta cidade é de foder!!!! De foder!!!

Foi para casa.

No Aterro, agora tendo o Pão de Açúcar à esquerda, dirigiu com cuidado e usou o ar-condicionado para desembaçar o pára-brisa. Os limpadores iam e vinham, iam e vinham, e ele passou a desconfiar que algo estranho estivesse influenciando, ou abençoando, nossas liturgias semanais. Ele não acreditava em seres elementais nem na ressurreição do América. Mas toda terça, toró. Toda terça, temporal.

Antes da chuva. Era um dos filmes desta terça. Da Macedônia. Marissa que levou. Em VHS. Brinquei, vingativo, relembrando meu preterido *Caminhos violentos* de duas terças atrás, descartado por algumas caretas preconceituosas.

— VHS não! Só vale DVD...

Levou também dois Fellinis. *Oito e Meio* e *Noites de Cabíria*. Ao que parece, a inédita unanimidade estava por vir.

Passei a olhar Marissa de um modo diferente nessa noite. Três grandes escolhas. A falta de assunto inicial, na terça passada, uma pretensa letargia e uma passividade irritante me deixaram desconfiado, sem saber se era uma pessoa digna de se juntar a nós.

Não foi difícil sumir naquela semana. Celular desligado, muito trabalho e a recusa a abrir os e-mails. Certa vez, na faculdade, quando liguei para um colega que tinha perdido o prazo de um trabalho importante e deixei um recado absurdamente desaforado na secretária dele, passei o dia mal. A perspectiva da reação, o mistério da reação, a octanagem da resposta que estava por vir do ofendido estraçalharam meus nervos. A mesma ansiedade se repetira agora. Apesar do primeiro sinal positivo de Paulina quando contei dos textos que eu escrevera, continuei aflito. Não sabia se ela lera e muito menos o que achara. Gustavo até me telefonou, preocupado, na véspera do quarto encontro.

Eu gelei.

— Ô maluco, está sumido? Liguei ontem para a gente pedalar na Lagoa, deixei recado, e nada.

— Cara, muito trabalho. Fiquei cansado. Dormi quase o dia todo, almocei tarde, dei um chega na casa da minha mãe. Essas funções básicas.
— Era dia de filha?
— Não, não. Só no outro fim de semana.
— Bom, você vem amanhã, né?
— Claro!
— A Marissa vai trazer uma amiga.
— Caramba, Gustavo. Só mulher...
— Deixa de ser mané...

E eu bem que gostava, claro. Se era para competir, que fosse com velhos adversários. Porém, fiquei desconfiado. Ele não falou nada. Claro que leu os textos, que tem opinião formada. Ficou chateado consigo mesmo porque não teve idéia semelhante. E porque sabe que esta é a minha seara. Minhas armas contra o conhecimento cinematográfico dele. É óbvio que é um exercício, que quero transformar isso num livro, que, de uma forma ou de outra, ter o retorno dos próprios personagens é uma experiência ímpar, mas jamais vou negar que existe uma síndrome de pavão contida nisso tudo. E uma autoconfiança exagerada. Não há ego que não adore ter seu trabalho comentado. Trabalho. É isso. Não preciso me preocupar com mais nada. Nem culpa. É o meu trabalho.

Naquela terça, jantei sozinho um prato requentado qualquer, matei o fim do suco de laranja de caixinha, já com gosto de borracha, e fui pegar Paulina na casa da mãe. De dentro do carro, assustado com os pesados pingos e olhando em volta para evitar multas, liguei para o celular dela.

— Já estou no começo da Rua das Laranjeiras.
— Posso descer?
— Não. Daqui a dez minutos.

Cheguei na casa da mãe dela meia hora antes das nove.

A cabeleira vermelha de Paulina está completamente fora de moda. Mas ela insiste naquele visual. Para ela, estar na moda é completamente fora de moda. Entretanto, tem as unhas muito bem-feitas e por vezes gosta de tingi-las de preto. Ama batas e desde o primeiro encontro usa os mesmos tamancos. Entrou no carro, conversou frivolidades, falou que nunca mais iria parar de chover no Rio, provocou pausas e percebeu muito bem minha ansiedade. Como se quisesse que eu perguntasse imediatamente a ela se lera ou não. Não perguntei. Até porque, na cabeça dela, eu já havia lido seus comentários mandados por e-mail durante a semana.

E eu li. E li os do Gustavo. Li naquela terça mesmo à tarde. Imprimi de manhã em casa, levei para a livraria e os li. Simplesmente porque cansei de ser covarde. Minha auto-suficiência era a vacina ideal para a recente insegurança. E jamais chegaria no quarto encontro sem saber o que aquelas pessoas, e principalmente Gustavo e Paulina, acharam das minhas TPMs.

Principalmente Gustavo.

Principalmente Paulina.

Nem Marissa nem Pink responderam aos e-mails.

A resposta de Ninha tinha vindo meia hora depois que eu enviei o texto. Passara a madrugada acordada. É engraçado ler algo que alguém escreveu seis dias antes, no calor de uma emoção qualquer, e encontrar este mesmo alguém três horas depois de ter lido. Lembra a época das cartas, dos selos, dos correios, da demora...

Foi um e-mail de puro incentivo.

"Gostei! Como é que vc conseguiu não mandar antes? Estou me sentindo a mulher mais intelectual da cidade! Você é muito observador, mas muito criativo também! Quero mais! Quero mais! Só li as duas primeiras. Imprime e leva para mim a TPM 3?"

Gustavo foi mais contido. E técnico.

"*Está bacana. bem escrito. mas continuo achando que você não entendeu nada de Lolita nem de Nabokov. Vc sustenta uma posição meio careta em relação ao russo. Domingo vamos andar de bicicleta? Terça tem mais e com mais uma surpresa!*"

E chegamos, antes da chuva, na casa do Gustavo. Desliguei o carro, o rádio, o ar. Desliguei também minha prepotência.

— Paulina, você vai voltar comigo? Deixou o texto que eu imprimi aqui no banco de trás.

A rispidez e a rapidez dela me impressionaram.

— Dá isso aqui! Não deixo aí de jeito algum! E não sei se vou querer carona hoje.

Subimos no elevador com uma dona gorda e um cachorro magro.

Tocamos a campainha do 701, mas percebi que a porta estava encostada. Entramos. Lá já estavam Marissa e Irene.

Irene?

Irene!

Maria Irene. Sobrenome desconhecido. Ascendência portuguesa. Nome de terceira princesa escondida no canto direito de um quadro qualquer de Velásquez. Cabelo curto, simpática, esguia e olhos expressivos, sem serem esbugalhados. Também castanhos. Linda. Dois homens e três mulheres, já que Pink, mais uma vez, não apareceria. O que anda fazendo a nossa atriz? Atuando ou contracenando? Dois homens e três mulheres. Boa essa TPM. O nome já tinha sido aprovado. Codificado como o próprio encontro em si.

Irene se apresentou. A presença dela ali não foi uma surpresa para mim. Mas o desconforto de Paulina era evidente. Dois homens e três mulheres. Apesar de organizada por Gustavo, um fio invisível, manipulador, emergia das mãos de Paulina. Não saber que teríamos outra participante provocou-lhe cólera. E pior, não conseguiu disfarçar. Soubemos que Irene trabalhava com Marissa, fazendo jóias. Gustavo é um excelente diretor de elenco. Concentrando pessoas mais que interessantes nos nossos encontros e desencontros. Pessoas generosas. Dedicadas. E, graças a Deus, perdidas e carentes.

Estou enfastiado de pessoas bem resolvidas. Felizes, alegres e contentes. Mentem. Ser feliz é uma chatice. Alguém te encontra na rua e pergunta: "E aí? Tudo bem?". E a resposta "tudo ótimo!" assassina o papo. "Então tá, tchau!". Bem mais sincero assim: "E aí, tudo bem?", "Não, quer dizer, mais ou menos", "Ué, o que houve?", "Bom, é que...", e cria-se a relação humana. O auxiliado e o auxiliador. Faz bem. E nunca está tudo bem.

Apesar disso, Irene parecia feliz, contida e curiosa.

Até quando?

Até o filme começar.

Mas, antes, um alvoroço.

Uma traquinagem. Uma grande sacanagem.

A curiosa Paulina. Bom nome de filme. A curiosa queria porque queria ler o texto da última TPM que eu havia escrito na madrugada anterior e ela não tivera tempo de ler. Ou, pelo menos, foi isso que me contou. Pedira que eu imprimisse e estava com as dez páginas na mão. Também me surpreendi com isso, fiquei até chateado porque ela pedira as cópias, que recebera no carro durante a carona para a casa de Gustavo e nada disse sobre ler em público o que acontecera conosco uma semana atrás. Votei contra. Tenho vergonha na cara. E horror a egocentrismo. Vê lá se me sentiria bem com três personagens lendo suas próprias histórias e pensamentos, descritos por mim, mesmo que exagerados e falsos? Na minha frente. E se ninguém risse? E se desmentissem? Minha incoerência era latente. É claro que eu queria ver logo a reação de todos ali. Inclusive, eu precisava disso para os próximos textos. Ainda era cedo para questionar e consultar se daria um bom livro, um romance, um apanhado de conversas interessantes sobre cinema e vida. Mas não assim. O desdém inicial que eu supunha haver fora substituído por uma exposição pública das minhas entranhas. E não estou sendo cínico. Apenas paradoxal. Ou acometido de repentina empáfia — quem é ela para me pôr à prova em público?

Não sou Deus para desfrutar de viagens egocêntricas. Votei contra e me enfurnei na cozinha. Claro, fazendo uma ceninha, mas realmente incomodado com a iminente leitura em voz alta do que eu andava pensando sobre aquelas pessoas das terças-feiras. Eu estava era me borrando. Logo eu. Encostei a porta da cozinha, como se não quisesse ouvir a voz alta e aguda de Paulina passeando, modular, por minhas letras. E me escondi atrás das pipocas. Enquanto mexia o milho, erguia as orelhas, ouvindo tudo o que se passava na sala. Eu estava lá em forma de escrita.

Teimosa e adorando o meu desconforto, Paulina quebrou a penumbra habitual acendendo todas as luzes e começou a ler o texto da TPM 3, esse mesmo que veio antes deste aqui.

— "Temi o pior. E isso é bom sinal. Pelo telefone, Paulina alerta: Não vai dar tempo! Era a vez dela. Falha grave..."

Dissimulado e absurdamente curioso para ver a face das pessoas enquanto a TPM 3 era lida, saí da cozinha segurando a tigela com a mão esquerda enquanto comia pipocas com a direita. Aparentando desinteresse, fiquei encostado na porta olhando a cena. Paulina, concentrada, lia sem pausas. Sem tirar os olhos das páginas, ergueu a mão direita em minha direção, clamando por pipocas. Ela as mastigava e lia. Na verdade, estava era me mastigando inteiro.

Gustavo, quieto, não sabia se gostava ou se detestava aquele momento de glória de apenas um de nós. Ciúme natural. Eu também teria. Éramos só um corpo. Sem apêndices, sem destaques.

Marissa ria, contida. Pois já lera em casa e tinha prevenido a amiga Irene de que as três primeiras reuniões haviam sido documentadas de uma forma muito estranha pelo maluco do Victor. Mesmo assim, Irene estava sem graça, assustada. Sem saber direito onde pôr os olhos. E, óbvio, já se imaginando retratada por um estranho se resolvesse participar das próximas TPMs. Aquela famosa sensação de "onde é que eu fui me meter..."

Paulina era uma incógnita para mim. Por que estava fazendo aquilo, me expondo? Meus quatro livros publicados não foram capazes de aniquilar esta hipocrisia tão comum nos que se pensam artistas.

— Se você tem medo de que leiam, por que escreve, ora? — disse alto, sem olhar para mim, enquanto terminava o texto.

Até isso a veadinha já aprendera a fazer. Ler meus pensamentos e perceber o crispar diferente do meu corpo.

E, solene, aumentando a voz, bradou a última frase do texto, como um político que acaba de declamar em palanque do interior as promessas de campanha.

— "Um beijo, Paulina. Já estou com saudades. Por mais esquizofrênico que isto possa parecer. Até terça."

Liguei o foda-se. Larguei a tigela na mesinha da sala, agachei-me e dei um beijo na bochecha dela, sussurrando:

— Um beijo, Paulina. Já estou com saudades.

Ela ficou completamente desconcertada.

Gustavo riu e pensou:

"Isso é um picareta."

Depois daquele beijo, uma pausa, desconfortante para uns e instigante para outros, preencheu todos os espaços da sala. Mas logo foi dissipada pela vontade de ver o filme.

Ansiosos, começamos a comer as pipocas ainda quentinhas e logo decidimos o que seria visto. Degustado. Bebido.

Nenhum outro comentário sobre a TPM 3. Estou realmente me preocupando à toa. Ou levando a sério demais. Que seja minha viagem apenas. Não preciso de aplausos, dicas e elogios. Paulina foi a que mais se empolgou. Não mais do que dez minutos, ou o tempo de ler o texto para todos ali. Na verdade, era ela que estava me usando.

E foi ela a primeira a se pronunciar. Com ar *blasé*, distante, superior. Nobre, enfim, o jeito dela de sempre.

— Serei o voto de Minerva.

A deusa da sabedoria.

Pois sim, uma bela tucana que adora ficar em cima do muro para depois seguir a maioria.

Marissa, no papel de roteirista da noite, passou a bola para a amiga Irene, que ainda estava amuada. Observando. Percebi que daquele mato não sairia cachorro e soltei os meus.

— Um voto para *Noites de Cabíria*. O meu! E você, Irene?

— Acompanho o relator.

Marissa sorriu, também votando na saga da prostituta italiana, mas não sem antes explicar que *Antes da chuva* era um filme que a seduzira muito anos atrás. Ela e a torcida do Flamengo. Pouco se conhecia de cinema na Macedônia, mas muito se conhecia sobre o sangue eslavo que insistiu em correr pelos Bálcãs durante os anos 90.

— *Antes da chuva* é lindo. Não à toa ganhou o Oscar de melhor filme estrangeiro. Não que o Oscar seja parâmetro, mas...

De forma elegante, ágil e poética, Milcho Manchevski mostrou ao mundo em 1994 como era imbecil a guerra na casa dele, a ponto de fazer o tempo retroceder e transformar até cantões agrícolas em trincheiras de ódio entre famílias de crenças distintas.

— Levou o Leão de Ouro em Veneza. Mortes inúteis. Morrer pela causa. Ô maneira besta de morrer. Não pela causa, mas pelo tempo de validade da causa. Que muda, sempre muda... inimigos ancestrais ontem, parceiros comerciais hoje.

Marissa falou sem pensar, provando que não é preciso entender de cinema para entender o cinema.

Pena que não caibam mais panfletos no novo século.

Gustavo votou Fellini, lógico. Ele se apega de forma exagerada aos clássicos, elege os "grandes do cinema" e passa a defender de forma pragmática as qualidades dos tais monstros sagrados. Mas respeito. Ele sabe mais do que eu. E votou Cabíria. E assim jogamos para escanteio *Oito e Meio*, feito em 1963, que mostra a angústia de um diretor de cinema sem idéias para o próximo filme.

— Sempre achei uma bobagem auto-retratos na pintura, compositores se colocando nas próprias letras, diretores fazendo filmes sobre diretores e escritores abusando da primeira pessoa. Mas mudei — disse aos quatro, sem citar Ana.

Foi Ana quem me convenceu do contrário. E é por Ana que perco o pudor e me coloco inteiro, vomitando minha alma aqui e sugando pedaços de almas alheias para montar este quinto livro.

Ana, pobre Ana. Que tanto me ajuda, que tanto me dá, e sempre excluída das partes mais intensas da minha vida. Ana, querida Ana, te prometo ainda um capítulo. Até porque você me cobrou ontem à tarde, no motel.

"Em que festinhas misteriosas o senhor anda indo às terças?"

"Vamos foder e não enche o saco..."

"Grosso!"

"Olha o grosso aqui!"

E o que se seguiu foram gargalhadas e gozo.

Pobre Ana.

Pobre e livre Ana. Ela não manipulo, com ela não crio diálogos. Com ela é impossível brincar de Deus. Brincar de escritor.

Vinte e quatro horas depois, o silêncio e o ciúme da bela Paulina. Seu voto de Minerva era dispensável. A matemática jogara contra o charme. Ela nem precisou votar.

Ou será que era essa a intenção?

— Que saudades da Pink — suspirou a caricata, esparramada no sofá, naquela posição estraçalha-coluna.

Por mais que ela disfarçasse, era evidente. Eu e Gustavo já tínhamos percebido quando ela chegou comigo. Paulina olhou torto para aquela novidade, aquela possibilidade de divisão de afetos, aquela rivalidade. Maria Irene.

O nome disso é posse.

Aliás, como Pink não fora, mais uma vez veríamos filmes sem a tela horizontal, como no cinema. Irene não se opusera. Talvez nem soubesse o que era *widescreen*. Dos cinco ali, era a neófita. E a que mais tinha a ganhar. É bom não saber nada.

Isto me lembra uma das minhas grandes besteiras profissionais. Que não foi publicada, mas me permitiu dar um fora gigantesco num chefe prepotente. Um caderno literário mensal pediu-me um artigo sobre vinho do Porto. Um artigo que misturasse história, geografia e casamentos. Vinho do Porto casa com quê? Com sobremesa, com charuto, com amigos, com mesa de centro. Aceitei porque a grana era boa, mas ainda guardava uma mágoa pela minha besteira e pela falta de sutileza do cara que fechava o caderno. Há dois meses, encomendaram-me outro artigo, sobre cinema e o que combinava com cinema. E num trecho do texto, redigi "Algo que a celulose do cinema jamais permitiria...". Celulose!!! Fatal escorregada. O chefe prepotente, com aquele risinho no canto da boca, me manda uma mensagem por computador. *"Celulose, Victor Vaz...? Acho, meu querido, que você quis dizer celulóide... Pelo jeito, você não entende muito de cinema."* Entubei. Envergonhado, puto, triste. Nem que fosse erro de digitação. De onde fui tirar celulose, de onde? E ser tripudiado por um frustrado. Semana passada, outro e-mail, comentando o artigo do Porto. E a mesma prepotência. *"Ao que parece, você não entende nem de cinema nem de vinho. Você escreveu vinho de porto. É vinho do Porto. Porto é uma cidade, não é um cais cheio de vinho."* Ah, essa eu não entubei. Pelo contrário, delirei e esfreguei as mãos. O mucamo de escritor quebrou a cara. Essa tinha sido erro de digitação mesmo. E desfiei conhecimento inútil na minha resposta: *"Caro chefinho temporário, sei que não é de porto e sim do Porto. Aliás, também não é do Porto. Este vinho aperitivo, ou digestivo, é produzido na foz do Rio Douro, quase na Espanha, no interior de Portugal. Porém, é armazenado e comercializado em grandes depósitos na cidade de Vila Nova de Gaia, ligada à cidade do Porto por uma grande ponte de ferro, projetada pelo mesmo Eiffel da torre parisiense."* Carreguei no didatismo de propósito. Alguns minutos depois, a resposta e o recibo. *"Ficou putinho, Victor Vaz?"*. E respondi com a mais maravilhosa das respostas para qualquer tipo de chefe. Temporário ou não.

Ok.

Eu sabia que um dia poderia transcrever este exercício de humilhação e vingança, mesmo sabendo que tudo não passava de uma implicância inconseqüente. Mas eu sabia. E estou aliviado agora. Mereço uma taça de Porto. Tawny ou Rubi?

Nenhum dos dois, tampouco um Bordeaux. A TPM 4 foi regada a cerveja preta. Xingu. Levada ainda gelada pela quente Paulina. E chega de adjetivos lascivos. Para que turbinar aquele egocentrismo? Aquele. O dela.

A cerveja preta parece voltar à moda. Engorda. Mas quem disse que um pneuzinho feminino, escapando sutilmente pela cintura, é fora de moda? Para os *demodés*, Coca-Cola e Guaraná Antarctica light. A poucos minutos da projeção, derrubo um copo. Paulina cochicha no meu ouvido. Confesso que arrepiei. Não há cochicho que não me traga arrepios.

— Gustavo vai ficar uma fera — disse, praticamente esbarrando a língua no meu lóbulo. Imediatamente me lembrei da terça anterior, quando ele mesmo, por descuido, derrubara e quebrara uma taça de vinho. E quantas pragas rogou.

Ele não ficou uma fera, mas me fuzilou com o olhar doméstico de quem mora sozinho e vê algumas regras serem quebradas, o cotidiano bagunçado por estranhos. Passado o pequenino mal-estar, estávamos todos prontos. E ansiosos.

Mas eu não gostei da frescura e do chilique contido.

Malditos solteiros.

Antes, Maria Irene explicou um pouco do seu ofício. Mostrou-me um anel feito por ela e falou da intenção das duas de terem uma loja. Aí, sim, dona Paulininha abandonou a tal posição estraçalha-coluna e se interessou.

— Minha irmã precisa conhecer vocês! Ela tem uma loja de quinquilharias. Digo, de coisinhas. Seria ótimo vocês venderem suas peças lá.

Não sei do desenrolar desta transação comercial.

Não sei se Irene ficou ofendida com "quinquilharias".

Não sei se Paulina estava interessada ou enciumada.

Saber eu sei, mas não vem ao caso escrever.

Pipocas no lugar, eu entre Paulina e Marissa no sofá maior, Gustavo no pufe de costume e Irene no sofá dos estreantes. À esquerda de quem olha a televisão.

Play.

Que filme!

Mesmo assim, as mulheres se levantam e abandonam a projeção várias vezes. Seja celular, seja xixi, seja lá o que for. São impacientes as mulheres.

Que filme.

Cabíria é uma meretriz. De nome marcante e perfeito. Um pseudônimo usado pela personagem Maria Cecarelli, interpretada por Giulietta Masina, mulher e paixão eterna de Fellini. Cabíria também é o nome de um filme mudo italiano, de 1914, sobre uma escrava siciliana que sofre o filme inteiro. A Cabíria felliniana apareceu nas telas em 1957 e inspirou um musical da Broadway, *Sweet charity*, que acabou virando um filme dirigido por Bob Fosse e estrelado por Shirley MacLaine em 1967.

Fim do verbete.

Mas o que a sala daquele três-quartos em Botafogo está exibindo numa terça-feira chuvosa de novembro no Rio de Janeiro é *Noites de Cabíria*.

Que filme.

Oscar de melhor filme estrangeiro. Talvez nos anos 50 o Oscar ainda fosse sinônimo de qualidade. Mas isso nada significa. Talvez a presença de Pasolini nos créditos dos roteiristas signifique muita coisa.

A protagonista habita um subúrbio romano quase desértico, de poucas casas, poucas crianças, pouca vida. A primeira cena já é uma bofetada lírica. Radiante e feliz, Cabíria rodopia nos braços do amante. Andam pela margem suburbana do Tevere, se beijam, se abraçam, e eis que o pulha joga a pobre alma no rio para roubar sua bolsa. Ela quase se afoga, é salva, dá uma bronca italiana nos que a resgatam e renasce para a vida. Mais uma vez. O filme é sobre renascimento, esperança, fé e dribles. Cabíria, dura e assexuada apesar de prostituta, leva diariamente bofetadas nada líricas da vida. Mas resiste, dribla, e basta alguém chamá-la para dançar um mambo que a tristeza morre. Olhar marcante, elétrico, expressões faciais hilárias, Cabíria é brava e desconfiada. Se para ela houvesse uma onomatopéia:

— Humpf.

Como todo bom Fellini, o universo circense está presente por intermédio de um hipnotizador ensandecido e uma platéia extasiada. Antes de lá parar e conhecer mais um homem da sua vida, Cabíria tromba com um grande ator de cinema, e de novo Fellini abusa da metalinguagem e fala do próprio mundo em que vive, como fizera na sua estréia cinematográfica, *O Sheik Branco*, no qual um ator boboca de fotonovelas se envolve com uma fã débil mental. Que casal. É por intermédio dele que passeamos pelo puro universo felliniano, daqueles de conversa de botequim, com mulheres estranhas, velhas gordas, etíopes elásticas e tantas outras figuras que de tão bizarras tornam-se comuns.

Dois parágrafos descritivos, rápidos e levianos para situar os que jamais viram.

O filme da doce puta acaba e o silêncio é geral.

O silêncio é insistente.

Quebrado por Gustavo, nosso guia e motorista.

— Fellini é foda.

Outras gotas de silêncio e Gustavo continua, denso apesar do olhar perdido e apaixonado.

— Eu acho este filme muito bom. Muito mesmo. E é um belo exemplo do neo-realismo italiano, com o foco todo na população marginal, na falta de esperança, no cenário pós-guerra italiano de dúvidas e falta de perspectiva. E a Giulietta Masina é brincadeira. Ela é espetacular. E o filme é lindo. Tecnicamente perfeito.

Marissa já começa a desabrochar. Deve ser a chuva. E arrisca:

— Fala de decepções, de renascimento, de uma forma muito legal. Ela conduz tudo isso a cada episódio, a cada renascer.

Acho que vou mudar meu nome para Cabírio. Para renascer das minhas viagens ao inferno. E digo:

— Vocês repararam que, na última cena, mais uma vez Cabíria é trapaceada e quase morre. Ao voltar para a estrada, e tome simbolismo, encontra uma trupe de músicos, e em pouco tempo está sorrindo e dançando em outra ressurreição instantânea.

— Mas ela procura tudo isso. Ela meio que se entrega para as pessoas que vão roubá-la. Consciente ou inconscientemente, sua psique busca a decepção, a roubada — teoriza Paulina, fugindo mais uma vez da crítica cinematográfica e mergulhando em cansativas teorias psicanalíticas.

— Será? — questiona Irene.

Finalmente! Irene falou e já deu uma rasteira bem dada na empáfia de Paulina, que contra-ataca, infantil.

— Claro! Como é o seu nome mesmo?

Patética.

— Irene.

— Então, meu amor...

Feminina.

— ...na hora em que ela mostra todo o dinheiro que juntou para o futuro marido, isso fica muito claro. Como se o destino colasse de tal forma no corpo dela que ela mesma o antecipa.

Ouso e falo de Almodóvar para dar um corte naquelas provocações bobocas de Paulina. Mais tarde Gustavo me repreenderia, dizendo que ela era assim mesmo, já eram folclóricas estas reações, e que eu estava perdendo meu tempo ficando irritado.

— Engraçado como Almodóvar sempre nos surpreende com histórias tiradas da cartola, as mais malucas possíveis. E Fellini, num filme só, nos mostra umas três ou quatro histórias, dentro de uma grande história, que por si só já valeriam filmes em separado.

Aproveitando a onda da analogia, Paulina recorre a Antonioni, ao filme que havíamos visto na semana anterior.

— No *Além das nuvens*, a gente viu uma penca de pessoas em trânsito, uma se encontrando com a outra e não construindo nada em comum, apenas passando uma pela outra. No *Noites de Cabíria*, uma série de pessoas, também em trânsito, passa pela vida de uma só. A da personagem principal. É um filme bem feminista. Nada disso aconteceria se fosse um protagonista.

Irene discorda.

— Você está generalizando.

Concordo; Paulina volta um pouco atrás, mas Gustavo estica a discussão.

— Acho que o componente crítico é bem forte. E é meio feminista mesmo. Aliás, ele bate feio na religião, na imprensa... como é de costume. Ele vai explorar muito isso em *La Dolce Vita*, que é um dos melhores filmes da história para mim. Mas é longo, talvez se o víssemos em duas partes...

— Duas partes não! Olha, o *Noites de Cabíria* teve sete minutos censurados, diz aqui o encarte do DVD — leio para todos.

A humildade de se ler os encartes. As orelhas. Os prefácios. Os cartazes. Os programas das peças.

Programa da peça! Programa da peça!

— E o figurino!!!??? Ótimo. O que é aquele sapatinho boneca que ela usa, toda serelepe, para lá e para cá...? — emenda Paulina.

E, finalmente, a unanimidade. Todos gostaram do filme. Comento sobre a perenidade que os grandes diretores têm. Um filme preto-e-branco, de 1957, com limitações técnicas evidentes e muitas vezes abusando de luz direta, sobrevive soberbo.

— E *Blade Runner*? Não é perene? — pergunta Gustavo.

— Claro que não. É muita modinha.

— Modinha??? Fico assustado com suas análises superficiais.

— Com raivinha não dá para discutir.

— Raivinha? Tá bom, tá bom...
Eu me levanto.
— Peço desculpas públicas ao sabe-tudo! *Blade Runner* é genial!
— Ah, não fode!
Dois búfalos dando chifradas. E as fêmeas se lixando.
— Meninos, meninos! Paz! Paz! — pede, caricata e se divertindo, Paulina.
A pipoca acabou, a cerveja também... restam alguns amendoins solitários. Caminho para esticar os ossos, jogo um amendoim para cima e abocanho. Mordo outros, mastigo, ouço. Paulina tem um pronunciamento a fazer:
— Todo mundo aqui conhece o Conrado K?
— O DJ? — anima-se Marissa.
Só eu não o conheço. Ando fora da noite. Tenho mais o que fazer. Ou melhor. Não tenho nada para fazer. E graças a Deus não conheço um cara chamado Conrado K. Deve ser pseudônimo. Pior ainda.
— O Conrado K é muito gente boa. Ele faz parte de um cineclube ainda restrito, com ar-condicionado, telão, no segundo andar de uma locadora, se não me engano. E ainda há vagas — alardeia Paulina.
Não me empolgo.
— Vou trazê-lo semana que vem para ver se ele é aprovado. Com dois filmes do Cassavetes.
Não me empolgo.
— Vem cá, tem que chamar o cara de Conrado K? Não é só Conrado?
— Ué, não tem Zé Ricardo, Maria Paula, qual o problema do nome duplo?
— Tá bom, Paulina. Eu que sou o Mané. Mané M.
Gargalhadas.

Conrado K? DJ? E ainda esta história de aprovar e não aprovar. Quem somos nós para aprovar ou desaprovar alguém? Juízes, delegados, inspetores, deuses?

Escritores?

Já me basta a sensação diária de que não sou aprovado por boa parte dos que andam na mesma calçada.

Basta trocar de calçada.

Eles. Não eu.

Éramos quatro. Somos cinco. E Pink sumiu. E os ciúmes apareceram.

TPM CINCO

Duas coisas me enfureceram na manhã seguinte. Um e-mail e um telefonema.

O e-mail era da sumida Pink. Comentando meu protótipo de livro.

"Adorei os relatórios! Até me deu vontade de interpretar bastante nas próximas vezes para ver como você vai me descrever! Estou meio enrolada, juro que volto. Escreva mais relatórios! Eu volto! Mas olha, conheço meu corpinho, eu ainda sirvo para outdoor..."

As reticências foram canalhas. Mas isso é o de menos.

Relatórios!? As TPMs 1 e 2 tornaram-se relatórios?! E logo para a atriz do grupo. Que espécie de atriz é essa! De uma hora para outra virei tabelião, oficial de plantão em delegacia. Virei personagem de Kafka. Relatório. Numa baita crise autoral, ética e existencial, e a dona Pink Starr vem dizer que gostou muito dos meus relatórios.

Mal desliguei, ainda irado, o computador, toca o telefone fixo.

— Vevê?

— Bom dia, Ana. Pára de me chamar assim...

— Por quê? É tão fofo...
— *Putz,* Vevê, fofo, quantos anos nós temos?
— Ih, já vi que acordou puto. Foi a festinha do cinema ontem?
— Não. Não e sim. Sei lá.
— Quando é que você vai me levar?
— Como assim?
— Ué, estou morta de curiosidade. Pessoas legais, filmes legais...
— O teu marido legal...
— Ah, Victor, abstrai, vai... qual o problema? Meu amigo me levou numa reunião para ver uns filmes cult e ponto final.
— Ponto-e-vírgula; e depois desviou o caminho, me levou para a casa dele no Jardim Botânico e comeu minha bunda.
— Capaz de ele se excitar...
— Pára com isso. Não me sinto bem. Conheci o cara. Isso é uma merda.
— Então me leva na próxima!
— Não... não... Claro que não!
— Que coisa idiota. Maçonariazinha besta.
— Olha, depois te explico. Não é nada contigo. Estou atrasa**do,** beijo.

Ela desligou direto.

E eu peguei um táxi.

Pedi para irmos pelo Aterro até o Centro. Um acidente, porém, interrompeu o trânsito e a rádio CBN no táxi dizia que a melhor opção era fugir da Praia do Flamengo e pegar o Catete. Passamos pela Rua Senador Vergueiro. Absorto, lia a seção de esportes quando abaixei o jornal logo depois da Rua Marquês de Paraná. Olhei para a direita, vi a igreja da Santíssima Trindade. E viajei no tempo. Olhos fixos em nada. Recordei.

Você já se viu diante do Mal? Do Mal em sua essência, completo, cujo desejo único de existência é o sofrimento do próximo. Do mais próximo possível? Sem perdão nem reflexão. O ser vil em estado bruto. Produto e ao mesmo tempo fonte da energia predadora do mundo. Diariamente.

Cravaram-me a marca da maldade. Foi há seis anos. Às seis horas. Num dia 6. Ali perto da Senador Vergueiro.

Numa tarde bela e ensolarada, claro. O Mal não é óbvio nem literário, e muito menos cinematográfico. Geniais são os filmes que aterrorizam a platéia gélida e boquiaberta não em castelos irlandeses abandonados. Mas em bucólicos prados bretões. Com céu azul. E carneirinhos ao fundo.

O Mal é dissimulado.

Passeava eu com a pequena, que de tão pequena ainda não falava. Só sorria e chorava. Bebês são binários.

Como toda cidade grande, até Estocolmo, o Rio de Janeiro, cá embaixo, é repleto de pedintes, novos ou velhos, que desfilam pelas ruas infectas com um propósito único. Pedir. Ninguém pediu isso para eles. Mas nada restou naqueles corpos senão pedir. Não importa a razão. Pedem. São párias. Dão sorte de encontrar gente que não se incomoda e dá, doa, oferta. Dão azar de pegar gente revoltada.

— Logo para mim? Trabalho igual a um desgraçado e ainda tenho que dar esmola?

— Toma, meu filho, vai com Deus.

Todos têm razão.

Vira e mexe um pedinte pede pão e leva tiro.

Nunca pedem tiro e levam pão.

Todos têm razão...

Fazia sol nesse típico fim de tarde carioca. Seguindo o roteiro paternal de felicidade, passeava eu com a pequena binária dentro de um carrinho de bebê, projetado para ser macio, aconchegante e carinhoso. Fomos à pracinha do bairro, cumprimentamos o índio de bronze, as criancinhas de carne e as babás de papel. Saudei o pipoqueiro. Apontei o cachorrinho. Cumprimentei a mãe gostosa sentada no outro banco. Ri das trigêmeas no balanço. Tomei um picolé de coco. Joguei a filhota para cima. Fiz cócegas, guti-guti, dei beijinho. Peguei a pena que voava no ar. Mostrei para o bebê. Troquei a fralda. Limpei a baba. Senti o cheiro do talco. Perguntei o nome da menina lourinha que corria atrás da bola vermelha. E assim mostrei mais um capítulo da vida para minha filha. E voltei contente para casa.

O capítulo não acabara, infelizmente.

Como todo bom pai atolado, enfrentei dificuldades para abrir o portão do edifício, empurrando o carrinho com o pé direito, olhando para o bebê com o olho esquerdo, não deixando a bolsa com mamadeira, chupetas, fraldas e chocalhos cair do ombro direito, tocando o interfone e me virando com tantas outras missões plurais de um passeio singelo.

Surge o Mal.

Na pele de uma criança de pele parda. Suja. Idade aparente, oito anos. Vesga, espinhuda, fedorenta, rota, descalça, despenteada e esfarrapada.

— Dá um dinheiro aí, tio...

Nem exclamação nem interrogação. Reticências.

— Ih, rapaz, tá enrolado aqui, peraí...

Nem exclamação nem interrogação. Reticências.

— Só um real, tio, vai aí...

Insiste o Mal, já olhando ao redor como se procurasse os anjos do Bem. Uma preocupação besta. Eles nunca estão onde deveriam estar.

Onde estão os anjos do Bem exatamente agora? Eu escrevo. Você lê. E os anjos? No lugar errado. Acaba de acontecer uma grande merda. Ligue a TV. Acesse a Internet. Procure no rádio. Acaba de acontecer. E eles nunca estão onde deveriam estar. Não evitam nada. Apenas chegam tarde, para carregar os corpos.

Deve ser esta a verdadeira função dos anjos do Bem. Chegar sempre depois. Atrasados. Os anjos pontuais são punidos e expulsos da firma. Encontrarão emprego fácil do outro lado da rua.
Na outra empresa.

— Peraí que eu estou enrolado — voltei a responder, enquanto um choro se anunciava dentro do carrinho ao mesmo tempo em que o portão de ferro se recusava a colaborar.

Cai a bolsa. Uma mamadeira vazia quica e rola pela calçada de pedras portuguesas.

Pego. A mamadeira e a bolsa.

O Mal, imóvel, não ajuda. Apenas repete.

— Dinheiro aí, tio....

— Tá difícil agora, depois eu dou, depois eu dou...

O Mal se impacienta. O Mal não gosta de esperar. E decreta o fim do processo.

— Tomara que esse bebê fique bastante doente.

Diz isso e vai embora, pedir para outro.

Frisei, perplexo, entre a rua e o portão semi-aberto.

"Tomara que esse bebê fique bastante doente..."

Doente.

Quem?

Ela?

A pequenina?

Gelei. Finalmente consegui entrar no prédio. Peguei o elevador, entrei em casa, tirei aquela almofadinha de carne do carrinho, limpei bumbum, remela e meleca.

Coloquei-a no berço.

Ela dormiu rapidamente.

O Bem.

Já eu...

"Tomara que ela fique bastante doente..."

Continuei gelado. Apavorado. Ensandecido.

Ninguém em casa para me confortar. Pensei em ligar para alguém. Para a mãe, avós, amigos, padres.

Pensei em ligar para algum anjo.

Liguei para vários.

Sempre ocupado, ocupado, ocupado.

A vulnerabilidade destroçava meus nervos. Impaciente, comecei a andar sem rumo da sala para o quarto, do quarto para a sala.

Bebi água. Nunca um copo d'água desceu tão rascante pelo meu esôfago assustado. Mais parecia limonada em estômago com gastrite.

Longos dez minutos se passaram até a empregada chegar do mercado.

Olhei pela janela. Ainda fazia sol. Voltei a me postar ao lado do berço. Ela dormia. Saudável. Corada. Feliz.

Ainda.

"Tomara que ela fique bastante doente..."

Controle-se!

Mas enlouqueci de vez.

O Mal é implacável. Eficiente.

Peguei as chaves de casa na cômoda, a carteira de dinheiro, avisei que ia dar uma descida e bati a porta com força.

O elevador demorou. Apertei freneticamente o botão como quem aperta clitóris de prostituta. Chegou! Entrei rapidamente. Nunca um elevador desceu tão rascante até o térreo.

A aflição já era senhora. Os arrepios iam e vinham sem cerimônia na minha corrente sanguínea.

O Mal é sutil, preciso, poderoso.

Saí do prédio correndo, transpirando e até sem fôlego. Os porteiros me olharam com estranheza. Impaciente, comecei a andar sem rumo de uma rua a outra, de uma rua a outra.

O Mal me quer.

Onde achá-lo? Em que esquina? Numa matemática esquisita, num mapeamento insano, caminhei rapidamente por todas as vielas e avenidas vizinhas. Tive vergonha de perguntar aos porteiros dos outros edifícios, aos carteiros carregados, aos jornaleiros preguiçosos.

— Você viu o Mal por aí?
— Qual deles? — todos me responderiam.

Ainda fazia sol e eu suava. Um sol frio, impotente e testemunha. Um suor frio, impotente e testemunha. Já estava pensando em voltar para a casa com a terrível sensação de viver, a partir dali, com uma sombra sinistra ao meu lado. Com um relógio de pulso imaginário, marcando a contagem regressiva de algo tenebroso.

Comecei a chorar. A presença do Mal despertara o amor mais profundo e visceral que eu tinha pela minha filha. Pela minha metade. Por mim. Continuei a chorar. Desta vez, alto. Um choro infantil, doloroso, doentio e paranóico.

Ali, a criança era eu.

É funesto sair por aí procurando o Mal. A visão turva de todos os dias se torna clara e límpida. A cada olhar, uma sentença. Esse ali parado na esquina não é o Mal, aquele ali atravessando a rua não é o Mal, esse poste não é o Mal, esta flor não é o Mal que eu procuro, tampouco aquilo ali na frente e muito menos isto aqui dentro de mim.

Não encontrei ninguém conhecido. Nem eu mesmo. Era difícil me reconhecer naquele estado catártico depressivo. O sangue continuava a correr gélido.

Cadê o Mal?

Cadê esse filho de uma puta?

Já era o Mal em mim.

Mas eu seguia andando, andando, andando.

"Tomara que ela fique bastante doente..."

Súbito, um estalo divino. Seriam os anjos? Atrasados, como sempre.

A igreja!

Claro, a igreja.

Corri.

Havia uma igreja, uma Santíssima Trindade, na principal rua do bairro. Aquela que acabara de passar por mim e pelo táxi seis anos depois. Com missa, pipoqueiros, beatas, carolas, padres, virgens e pecados. Uma igreja comum, enfim.

Corri mais.

Atravessei um ou dois sinais arriscando a minha vida. Um Corcel velho deu uma freada sonora e me xingou. Quase morri. Seria uma armadilha? Era eu o alvo?

Cansado, parei de correr, mas continuei com o passo apressado até divisar o prédio triangular, alto, comprido. A casa do Senhor.

Não deu outra. Lá estava ele. E não Ele. Encostado no muro da igreja, concentrado em discussões mundanas com outros pequenos ratos. Era um grupo grande de crianças maltrapilhas. Discutindo entre si, se empurrando e pedindo. O lado civilizado da história passava ao largo, ao lado, com nojo, com medo, com algumas esmolas esporádicas. Com os vidros fechados e blindados por películas negras. Parei a dez metros da cena.

Encontrei o Mal. E agora?

Transbordando de aflição, refleti em segundos. Eu o fitava o tempo todo, mas o garoto que me ameaçara não me via, não me percebia, já me esquecera há tempos. Uma menina mais velha lhe dá um safanão. Ele espuma de ódio e nova confusão começa. Empurrões, palavrões, gente olhando. Um carro da polícia passa, os lá de dentro riem e aceleram. Também são pedintes. Dou mais um passo e mais um e mais um. Quase me confundo com todos eles. Um grupo de seis ou sete pivetes, já nem lembro. Lentamente, um ou dois me percebem. Ele não. Chego perto a ponto de sentir o cheiro de cola, graxa e sujeira impregnado na pele doente do Mal. Não era enxofre, como ensinaram os tais filmes assustadores dos castelos irlandeses. Puxo a carteira, tiro cinco reais, olho a cédula, não, não, coloco-a de novo ao lado das outras e pego uma de dez reais.

— Ei!

Ele não ouve.

Respiro fundo, afasto a adrenalina, encho o tanque de coragem.

Passos firmes, aproximo-me, incisivo, pego o garoto pelo braço, olho no olho, e digo, severo:

— Eu te falei que não tinha dinheiro naquela hora, porra! Que não podia te dar nada, caralho! Que estava enrolado! Eu cumpri minha promessa. Está aqui! Dez reais. Faz o que quiser com esta merda. Come, cheira... Espero que você não cumpra a sua promessa. E te cuida, filho-da-puta.

Ele cagou e andou para meus palavrões, para minha fúria e minha revolta impensadas. O Mal não se irrita facilmente. O Mal caga e anda para bravatas da classe média. Com a mão imunda, pegou rapidamente o dinheiro. A mais velha quis tomar. Nova confusão se armou. Fui embora sem olhar para trás. Na memória, os olhos do Mal. Vesgos, burros, sem memória. Não se lembravam de mim.

Continuei caminhando sem parar, ainda tenso, como se esperando uma punhalada nas costas, fosse ela simbólica, de aço ou canivete enferrujado. Refiz o caminho até minha casa. Aos poucos, como uma descarga de banheiro de bar, daquelas de cordinha, fui me acalmando, encontrando o equilíbrio e sentindo, finalmente, o calor do sol na minha pele limpa e branca.

Chorei aliviado.

Acabara de me livrar do Mal por dez reais. Muito barato.

Seis anos depois, paguei dez reais. Mas foi para o taxista.
Seis anos depois, Paulina era o Bem.
E o Bem me quer.
Você já se viu diante do Bem?
Mais uma vez, chovera muito durante o dia. A TPM gosta de ser ameaçada. Por ausências, tristezas, borrascas ou disputas. Cheguei cedo e tarde desta vez. Acabara de levar a pequena falante a uma festa infantil. Continua saudável e feliz. Deixei-a em casa. Na mesma casa. Sem Virgílio e sem Dante, passo mais uma vez pelo portão do Inferno, aquele mesmo onde encontrei o Mal. E mais uma vez passei intacto com ela. E assim passarei o resto dos meus dias. Com ela. Por apenas dez reais, salvei minha filha do desengano e da enfermidade. É verdade que a festinha infantil tinha sido um inferno. Fazia muito calor naquele dezembro de começo de século, as crianças berravam na tal festa, as animadoras eram péssimas, os salgadinhos, gordurosos, a cerveja, quente, e as mães não eram gostosas. Mas a pequena ria de se acabar. Era, então, o paraíso.

Por isso cheguei tarde à quinta TPM. Toquei a campainha achando que estava sendo cometida a maior das heresias. O atraso. Através do olho mágico, a sala parecia escura. Nenhum barulho. O filme já devia ter começado. Ninguém me esperara. Pensei em dar meia-volta e ir embora. Também tenho direito a idiossincrasias. Filme começado não dá. E se o leão da Metro falar alguma coisa importante?

A porta se abriu e Gustavo me recebeu com o carinho habitual.

— Mas é um veado mesmo...
— Ué, ninguém chegou?
— Não, caceta, não — disse, sorrindo, mas irritado. Já manifestara preocupação com pontualidade outras vezes. A cada ano que passa, mais precisamos ser pontuais. Reféns do salário

mensal, do despertador, do cansaço mental. As esticadas juvenis até o sol nascer estão proibidas pelas varizes. Se terça é de prazer, quarta é de labor, muito labor. Pois as lembranças do domingo já passaram e a ânsia pelo próximo sábado ainda está longe. Certamente, quarta-feira é o dia em que mais se trabalha no mundo. E Gustavo, irritadíssimo.

— Tudo bem? — perguntou, pondo a paranóia do atraso para escanteio.

— Tudo na mesma merda. Que fase, que fase... Estava vindo para cá, de carro, preocupado com o horário. Liguei para a mãe da minha filha. Queria avisar que estava tudo bem com a pequenininha, que a festa tinha sido, vá lá, ótima, e que àquela altura do campeonato a criança roncava...

— E aí?

— E aí? Senta que lá vem história...

— Conta logo, Victor.

Sentei-me. Comi um amendoim que estava num potinho transparente.

— De celular, no carro, falando alegremente. De repente, a sirene maldita, a patrulhinha maldita. Não, não, não!! Fodeu. A polícia me mandou parar.

— Onde?

— Aqui perto. Em frente ao Coral e Scala.

— Rá, rá, como tu é velho...

— Tu és! Tu és!

— Não fode, professorinha, conta aí...

— Os caras pediram documento, se revezaram na arte sutil do suborno e me enrolaram, esperando a minha proposta. Eu não sei fazer isso! Não sei e pronto. Então, me fiz de besta. Esperei pela multa, enfim. Triste e deprimido. Sentei na calçada, o meu carro de porta aberta, um ou outro gaiato passando buzinando, e o guarda começou a me perguntar se estava tudo bem, quantos filhos eu tinha, se era separado...

— Rá, rá, rá!! Que escroto...

— Depois falou que a multa era de cento e oitenta reais, que são cincos pontos na carteira e que... tchan-tchan-tchan... um uisquinho resolvia tudo.

— Um uisquinho???

— Copo ou garrafa?

— Você falou isso?

— Claro que não. Vasculhei a carteira, tentei lembrar quanto custava a dose, me vi numa situação patética e perguntei se vinte e sete reais tava bom. Era só o que eu tinha. Até porque achei o cúmulo dizer que poderia ir num caixa eletrônico ali perto tirar dinheiro para o suborno básico.

— Se for dado com o coração, está ótimo, chefia — disse o policial que estava ao volante.

— Rá, rá, rá... dado com o coração! Sensacional! Mas peraí, ô Mané, não tira onda não porque, se você quisesse, dizia que queria pagar a multa e pronto — ralha Gustavo.

— Juro que tentei — continuei me justificando.

— Tentou é o caralho. Se é comigo, falo que vou pagar a multa e foda-se. Que escumalha... essa PM do Rio, vou te contar.

— Nessas horas você fica acuado, quer se livrar logo daquela palhaçada, acabar com o teatrinho urbano ridículo. Estiquei a mão e o guarda, com habilidade ímpar, deslizou o rolinho de dinheiro para dentro do bolso direito, aquele mesmo abaixo do nome dele. Pimentel. Será que todos são assim? Acho que é sacanagem generalizar.

— Ô...

Vinte e sete reais. Está ficando cada vez mais caro se livrar do Mal.

— Tem cerveja aí?

— Acho que tem umazinha embaixo do congelador.
— Rá, rá, congelador... "tu é velho mesmo!".
Abri a latinha.
— Gustavo.
— Fala.
— Quem é esse Conrado K? Que porra é essa de ficar chamando macho para a TPM?
— Pois é, rapaz. Eu conheço o cara de umas festas aí. Parece gente boa.
— DJ? Faça-me o favor. Cambada de vampiros musicais.
— Diz isso para ele.
— Olha que eu digo.
— Você está com ciúmes.
— De quem?
— De quem? De quem? Dã....
— Você já comeu a Paulina?
— Eu?
— Eu, eu... dã.
— Não comi.
— Sei...
— Então tá, comi.
— Comeu nada, palhação. Vem cá, o que você achou do que eu escrevi sobre a gente? Leu a TPM 4?
— Acho que você é maluquinho, maluquinho. E eu não falei que *Noites de Cabíria* era feminista nem pelo caralho.
— Liberdade poética...
— Vou tomar cuidado com o que eu falo.
— Pelo amor de Deus, não faça isso, você é o fio condutor intelectual das histórias. Escritas e faladas. Você deveria fazer crítica de cinema.
— Então avisa ao Ronaldo, ao Raul...

Ronaldo era o editor do caderno cultural do *Globo* e Raul, do *Jornal do Brasil*. Conhecíamos os dois de outros festivais. Ambos sabiam da capacidade de Gustavo e, pior, sabiam que ele era muito, mas muito melhor que os críticos que eram obrigados a aturar.

Toca a campainha. Havia naquela terça um certo suspense no ar. Paulina sugerira a tal visita especial do DJ Conrado. Irene não confirmara se vinha. Durante a semana, num chope com o próprio Gustavo, perguntei-lhe se ela tinha gostado ou não daquelas missas cinematográficas regadas a amizade. Gustavo garantiu que sim, trocara e-mails com Marissa.

— Você já comeu a Marissa?

— Cara, a Marissa é uma mulher muito interessante. Não é de hoje que a conheço. É gatinha, moderna, inteligente, super gente boa, meiguinha. Mas nunca rolou nada. É amiga mesmo e só.

— Já comeu.

— Tô falando que não, porra. Acha que eu como todo mundo?

— É verdade. Você não é Victor. Mas você quer comer a Irene!

— Ah, tá bom. Maior limpa-trilho do caralho. Puta bagulheiro.

— Ô, ô... pede a conta e vamos embora. Amanhã trabalho. Quer comer a Irene... quer comer a Irene!!!

— Não fode, Victor, estou enrolado até a alma com esta história da Gisela.

A velha história da Gisela. Pessoas do século passado. Atrapalhando o século presente do pobre Gustavo. Gisela acabou com a vida dele. Talvez para sempre.

Os fantasmas não são brancos. Os fantasmas têm cores, nomes e sobrenomes.

Nossos fantasmas.

Baita de um papo machista coça-saco, e nem sabíamos se Irene estava solteira. Mas ele tinha razão. Era uma gata.

E eu escrevendo tudo isso, na maior cara-de-pau. Ela vai ler.

Pois tocara a campainha. Desde o papo no bar, discorríamos sobre novos integrantes da TPM. Não sabíamos se seria normal a entrada de mais um membro ou se era possível algo esporádico.

O tal Conrado avisara por e-mail que chegaria um pouquinho tarde, por volta das dez da noite. Excelente *début*. Desde o começo das TPMs que o anfitrião e promotor da tertúlia tenta iniciar as sessões às nove horas em ponto. Em vão. Como em vão eu tentara abrir meu coração para receber o tal Conrado K. Impliquei de graça. E como isso me faz bem.

Era Paulina que acabara de chegar.

E como isso me faz bem.

Senti uma palpitação estranha ao ouvir a voz dela antes de vê-la. Estranha, estranha... de estranha não tem nada. É uma palpitação bem conhecida. E Ana ainda quer se engraçar e vir a uma TPM. Sentado, mastigando os amendoins, de rabo de olho eu a vejo, charmosa, descabelada, entrando sorridente, serelepe, como que reproduzindo a mensagem que deixara na secretária eletrônica do meu celular.

Gustavo a recebeu dando dois beijinhos e pegando a bolsa dela para colocar em cima da mesa. Levantei-me e fui roçar meu ventre no dela. Mudo, apenas a enlacei com carinho e abracei forte. Sincero.

— Oi, bonitona. Você ligou para mim?

Trazia sacolas e sacolas. Eram cervejas, castanhas e filmes. *Gilda* e *Perdidos na noite*.

— Olha, meus queridos, fiz minha parte direitinho. Conrado garantiu que vinha, que traria dois Cassavetes, mas para não termos problemas, eis aqui dois DVDs muito simpáticos.

Estava radiante, linda. Por que não ser sempre assim?

Perdidos na noite, não confundir com o antigo programa do Faustão. Com John Voigt e Dustin Hoffman. Caipira equivocado e urbanóide tuberculoso desfilando pelas agruras de uma vida ruim e marginal na Nova York de 1969. Vi há muito, muito tempo. Não lembro mais do que isso. Foi Oscar de melhor direção. John Schlesinger.

Gilda foi Paulina que resumiu. De posse da sinopse de um dos filmes mais célebres de Rita Hayworth, leu interpretando, como se lesse o tijolinho de um jornal nova-iorquino de 1946. Às vezes me pergunto se é ela a atriz.

Cego.

— Mulher bonita viaja com marido que, preocupado, contrata outro homem para velar pela integridade e fidelidade da esposa. Mal sabe ele que ela, sim, ela!, teve um caso no passado com este mesmo guardião. Bom isso, hein? Ela vai fazer de tudo para seduzir e bagunçar tudo. Oba, adoro bagunças.

E com um olhar atravessado e sacana, ela me perguntou:
— Vai escrever isso?

Aconteceu!

Demorou, mas aconteceu.

E de uma forma que nem eu esperava. Depois de mandar quatro TPMs para as respectivas caixas postais eletrônicas, comecei a me perguntar em que momento todos ali perceberiam que cada gesto e cada palavra poderiam se tornar eternos pelas minhas mãos.

Nada respondi. Apenas me aproximei bem dos olhos dela. Gustavo ainda estava na cozinha. Bem perto, a ponto de misturar as respirações. Ela não se moveu, olímpica. Recuei com a mesma velocidade com que avancei.

— Isto eu posso botar?

— Victor Vaz, você coloca o que você quiser. É você nos textos, seus, não somos nós. Mas como metade é verdade e metade é mentirinha, eu posso negar que você chegou assim tão pertinho de mim.
— Ah, é?
— É. Posso dizer que você me beijou.
Fiquei desconcertado.
— Êpa! Quem beijou quem? — Gustavo gritou da cozinha.
— Traz a castanha, rapá! É a Ninha que está inventando moda... e você pensa que ela só tem códigos com você? Baleia pra cá, baleia pra lá...
— Baleia?
— Baleia?
— Vocês pensam que eu não escuto estes papinhos de baleia? O que é ser baleia?
Mas eles riram de se dobrar. Paulina agachada, segurando os joelhos e quicando de rir. Gustavo largou o pote com as castanhas e caiu no chão gargalhando.
— Que que é, que que é?
Continuaram a troça por um bom tempo.
— Ai, ai, está doendo até o baço... Baleia é muito bom! Rá, rá, rá!!!!
— Ô Vitinho, é foca, não é baleia.
— Sim, mas o que é baleia? — retruquei, simulando irritação.
— É coisa nossa. Bobeira. Desencana, menino.
— É guerra?
Ergui-me do sofá, soltei um pigarro e declamei, com a taça de vinho na mão, um certo e-mail particular que aparecera dias antes na minha caixa postal:
— Apenas o amor, sozinho, acaba ficando com cara de céu azul-turquesa, biscoito maizena. Previsível. Bonito, mas enjoa. Sexo pelo ato é vermelho. Inunda, abraça, devora e também

pode cansar. Os dois juntos resultam em coisinhas que não sei bem explicar...

— Que coisa brega! — bradou Guga.

— É... que coisa brega! — berrou Ninha, esperando Gustavo voltar à cozinha para pisar com força no meu pé e me beliscar da forma mais sadomasoquista que já fui beliscado.

— Filho-da-puta... — sussurrou.

— Ai!

— Eu te mato se você tornar isso público...

— Como assim?

— Você entendeu muito bem. Não seja cínico. Não estrague minha noite. Não me faça te pedir para deletar tudo que eu já mandei ou penso em mandar.

— Ué, você não leu o meu texto para todos aqui, nesta mesma sala?

Salvos pela campainha.

Dez da noite em ponto.

E eu acabara de irritar profundamente a mulher que me deixara um recado meloso na secretária na tarde de quinta passada. Queria sair comigo. Ir a um inocente cinema.

Pela primeira vez fora da TPM.

E eu estava com uma semana cheia.

Se é que vocês me entendem...

Bom, dez e um da noite, e na casa do Gustavo, por enquanto, só presente o clube dos fragmentados. Os três do mesmo colégio, da mesma faculdade e que se encontraram, em pleno fim de ano, completamente desencontrados. Sem metade afetiva, cheios de dúvidas. Perdidos na noite e na vida.

Dez da noite e dois minutos. Conrado entra em cena. O famoso Conrado. O DJ Conrado K.

Conrado K é apelido. Não sei seu nome ainda. Não saberei até o fim da TPM 5. Doval, Rodrigo, Daniel, Dolmar, Eduardo,

Kleber, Kiko? Ele chega. É baixo, usa óculos, lembra Spike Lee depois de uma farra num *fast-food*. Aparentemente tímido, K é acolhido polidamente por Gustavo, que lhe dá boas-vindas, sendo logo depois saudado pela, digamos, sua empresária. Paulina o abraça, convida-o a sentar-se, mas não sem antes apresentá-lo.

Você já se viu diante do Bem? Conrado K interpretou o Bem nessa noite. Talvez pelo atraso surpreendente de Marissa.

Mostrando ignorância sobre o que realmente é a TPM, o DJ avisa que só trouxe um filme do John Cassavetes.

— Senão seria muito cansativo para todos assistir a dois exemplares de cinema americano independente.

John Cassavetes. Casado com Gena Rowlands. Ligeiramente junkie, ator problemático, amigo do álcool. Mas amigo também de muita gente junkie, problemática, amigos da dramaturgia. Ganhava dinheiro de Hollywood e o gastava em produções próprias. A ponto de colecionar fãs como Pedro Almodóvar. O espanhol assumidamente se inspirou em boa parte do roteiro de *Opening night* para fazer o badalado *Tudo sobre minha mãe*.

E foi este o filme trazido por Conrado.

Profundo conhecedor de cinema e com paciência e tempo para ler e pesquisar biografias e detalhes dos protagonistas que ficam na frente ou atrás das lentes, o DJ estava excitado com o convite para participar da TPM e ansioso para falar e expor. Quase como um palestrante convidado por uma turma de sétimo período. Não era isso. Mas era como se fosse. Por um momento ele esqueceu Cassavetes para desfilar admiração e conhecimento da obra de Almodóvar.

— Como me impressiona a mudança de rumo que ele tomou desde *Carne trêmula*, trocando o humor exagerado pelo lirismo.

De repente, vimo-nos debatendo *Fale com ela*. Uma fábula amorosa bem contada, capaz de fazer o público mais conservador se comover com a história de um rapaz que estupra uma jovem em coma. Estupra e engravida.

A campainha soa novamente.

São as duas que faltavam. Marissa e Maria Irene. Chegam apressadas, pedem desculpas, falam rápido, culpadas e agradecidas por não termos começado a ver o filme ainda. Seis pessoas. Nunca fomos tantos.

Cadê Pink?

Ainda Almodóvar. Ainda Conrado vomitando saber enciclopédico.

— Ele conheceu Caetano numa das vezes que veio ao Rio. Chegou gripado, arrasado e cansado da viagem. Quis se enfurnar no Copacabana Palace e só acordar no dia seguinte. Mas naquela noite, informado pelas escudeiras Marisa Paredes e Rossy de Palma, duas de suas atrizes preferidas, soube de uma festa na casa do baiano. Pensou duas vezes, não quis ir; afinal, que estado febril mais lamentável para se apresentar a Caetano Veloso. Elas tanto insistiram que Almodóvar resolveu ir, mesmo baleado. Lá chegando, presenciou aquelas famosas canjas musicais e se encantou. Disse que ficara bom depois de escutá-lo e prometeu a si mesmo que um dia, em algum filme, tentaria passar para o mundo todo esta estupefação com a obra de um gênio.

— Parabéns para ele, mas achei exagerado. Cinco minutos de Caetano cantando em *Fale com ela* é demais... — digo, dando o primeiro fora no visitante.

Jamais imaginei que fosse me parecer tanto com Paulina.

Espero que na cama também.

Se houver cama.

— Ah, não. Achei muito legal. Muito bonito — diz Gustavo.

Que dúvida! Gustavo logo mostrou afeição pelo conhecimento cinematográfico conradiano. Se fosse eu a me apaixonar pelo discurso de quem chegara dez minutos antes, Gustavo certamente tomaria o meu lugar de mal-humorado.

De repente, Irene me olha. Foge da pequena discussão que se constrói. E murmura:

— Eu li.

Foi o bastante para que eu parasse de ouvir a verborragia de Conrado. Pela primeira vez a TPM, que tanto me seduzia e aconchegava, estava um saco.

Porém, Irene leu.

Ela lera à noite, iluminada pela luz azulada do monitor frio do computador. Lera minha masturbação literária e cinematográfica. Este monte de textos expelidos depois que as TPMs aconteciam. Corei. Como quem goza sozinho com a porta do quarto aberta e é flagrado pela empregada que varria a sala.

Charminho, cinismo, hipocrisia. O fato é que a exposição exagerada da alma traz conseqüências imprevisíveis. Como a vergonha infantil e idiota de se deparar com a realidade mais óbvia para um escritor: alguém tem que ler.

Lembrei que, no texto, eu a chamei de princesa de Velásquez, que chutei uma ascendência portuguesa, mais tarde confirmada, e de quebra tasquei um "linda" entre outros predicados.

E nada mais falou Irene. Apenas um enigmático "eu li". Fiquei sem saber se gostou, se condenou, se riu. Já não sei se estamos discutindo cinema ou minhas crônicas.

Ela leu.

E esta simples frase me excitou profundamente.

Maria Irene leu.

A cerveja, de rótulo amarelo, continuava bem gelada.

Mas acaba.

Acaba???

— A cerveja acabou? — pergunta, frustrada, Marissa.

— Esta é a última? — emenda Irene.

— Eu só trouxe seis — sorri Paulina. Achei que tinha mais aqui.

— Humm... as duas que eu tinha, levei para a festa de Santa Teresa na semana passada — confessa Gustavo.

Sem vinho, sem cerveja. Com calor. Cassavetes, duas horas e meia de filme.

E foi maravilhoso.

Play.

Era evidente que Conrado K já tinha opinião formada sobre *Opening night*. Não à toa, ele desfiava com prazer orgástico detalhes de roteiro e interpretação do filme, feito em 1977, com Ben Gazzara e produção de Al Ruban. E eu me irritando, e eu me irritando...

— Al Ruban? — Paulina salta da poltrona. — Opa, acho que tenho uma surpresinha para vocês no fim do filme.

O dono da fita gostava muito do filme. Mas mudaria de idéia, abriria todos os cadeados da opinião formada e até condenaria certos trechos então considerados soberbos por ele próprio. Duas horas e meia depois, o chato da noite mudaria de opinião. E eu mudaria de opinião sobre o chato da noite.

Conrado era o Bem. Na forma mais difícil de se encontrar hoje em dia. Generoso, flexível e transigente.

Marissa se jogou no chão. Tirou as sandálias, deixou à mostra os dedos dos pés, com as unhas pintadas de esmalte escuro, e ficou à vontade. Irene ficou ereta. Na famosa poltrona da esquerda. A dos novatos. Dos estreantes. Conrado não ficou lá. Esqueceu. Ou não foi obrigado pelos veteranos.

Sentou-se à esquerda da poltrona principal, com Paulina no meio e eu na ponta. Gustavo, como sempre, no pufe-pipoca. O ventilador de teto não conseguia afugentar o calor. *Coração satânico*, talvez? Nem tanto. Mas que o ciúme ardia no peito, ah, isso ardia. Conrado e Paulina. Não acho que combinem. Por um segundo, pensei na bobagem de levar Ana na TPM 6. Por dois segundos, consegui desviar os olhos deles e assistir ao filme.

— Há quem considere Cassavetes um clássico — sussurrou Paulina, de maneira irritantemente exclusiva, para seu amiguinho.

Nem tanto. Era, portanto, a primeira TPM sem um clássico. Depois de Kubrick, Hitchcock, Antonioni e Fellini, cá estávamos diante de um filme sobre uma atriz solitária, ébria, insegura, perdida numa montagem de uma peça risível e questionando diretor e autora sobre a profundidade dos diálogos imbecis.

Somado a tudo isso, um atropelamento causado involuntariamente por esta grande atriz Myrtle Gordon, interpretada por Gena Rowlands. Bem no início do filme. Saindo do teatro, uma fã insiste em falar com ela pelo vidro do carro, que sai em disparada. A moça fica lá, parada na chuva, quando um outro veículo derrapa, e um abraço.

Morta.

Semelhante ao início de *Fale com ela*.

O fantasma da atropelada atormenta Myrtle o filme inteiro, ora se fazendo de vítima ora de *alter ego* da própria juventude perdida da grande atriz, quarentona e sem se sentir desejada. O ritmo é lento, a música, pouca, os diálogos, densos.

Chato.

Mas bom.

Alguns bocejos e bundas irrequietas cortam a mudez da sala. O refrigerante rola solto. No filme, muito uísque, curiosamente, o mesmo que adornava o bar de Gustavo. JB. Brinco com isso e pego a garrafa na mesma hora em que Myrtle enche a cara dentro da tela.

Por ser longo, é preciso virar o lado do DVD.

Neste intervalo, nesta curta interrupção para o xixi, corro atrás de mais líquidos na cozinha. Conrado desanda a falar outra vez, excitado.

— Este filme cheira a cachaça. E é todo vermelho, propositalmente vermelho. Ela é ele, na verdade. Ele, Cassavetes, que sempre encheu a cara. Até hoje fico perplexo ao pensar em como a morte dele pode ter acabado com toda uma família. Ben Gazzara e Seymour Cassel até andaram fazendo outras coisas, mas os outros ficaram meio perdidos. E, no fim, acontece uma orgia...

— Não!!!!! — berram todos.

— Desculpe, quer dizer, não é uma orgia sexual, é uma orgia...

— Não!!!!! — e ele se cala, sorrindo, arrependido de estar contando o fim do filme.

Muda-se o lado do DVD.

Play.

— Pára, pára! Por favor, repete esta cena — Conrado não se contém, fascinado sabe-se lá com quê.

Gustavo tateia no escuro, acha o controle e aperta a pausa.

De uma grua, a câmera filma um Mustang vermelho com Rowlands e Cassavetes, que interpreta o ator ex-caso da atriz.

— Isto é um clássico!

Um exagero. A cena não tinha nada de mais. Uma bobeira. Um showzinho particular do entendido. Não é exclusividade dele. Em toda TPM há um ou mais showzinhos particulares. Ninguém concordou com a pausa. Todos respeitaram.

Play.

E continuamos vendo o filme. A falta de legendas em português prejudicava a compreensão de sutilezas do texto. Muitas vezes, o próprio Conrado servia de intérprete em pequenas dúvidas. E o fazia com prazer.

Passa da meia-noite. O filme ainda está longe de terminar. Ninguém bufa nem suspira. A trama, apesar de modorrenta em alguns momentos, tem fôlego, *punch*, e segura a atenção dos seis. A peça, então ameaçada pela bebedeira constante da atriz principal, finalmente estréia, com teatro lotado. Ela, bêbada em cena,

surpreendentemente inventa diálogos, foge do texto, ganha a cumplicidade dos outros e acaba agradando ao público, que nada percebe e ainda aplaude de pé.
Fim! Da peça e do filme.
A luz é acesa na TPM. O espreguiçar é geral.
— A gente morre sem ver grandes filmes. Fico imaginando a quantidade de obras-primas que não chegam ao Brasil, nem ao circuitão, nem às locadoras. Será que estamos vendo os filmes certos? Será que estamos vivendo a vida certa?
Segundo showzinho da noite. Gustavo. Ele continua.
— Acho que só eu não bocejei. Eu e Conrado, aliás.
— Grande índice que você adota para saber se alguém gostou ou não de um filme.
— Estou de sacanagem, ô pilhado.
Paulina finalmente revela sua ligação com o produtor de *Opening night*.
— Eu o entrevistei uma vez aqui no Rio, num desses festivais. E ele contou como era impenetrável esta família Cassavetes. Um mundinho cheio de loucuras, mas um mundinho próprio — conta, animada.
— É impressionante como eles conseguem fazer uma peça medíocre ficar boa. Foi essa a orgia de que falei. Eles dois, Gena e Cassavetes, improvisando um em cima do outro. O filme é isso, inclusive.
— Não estamos sendo um pouco inocentes? Dando muito valor a este rótulo independente, como se não houvesse uma produção de verdade e um roteiro por trás deste tal descompromisso? — cutuco.
— Talvez, é verdade — aceita Conrado, me surpreendendo.
— E sem querer ser o chato da noite, achei a peça horrível, e depois ficou ainda pior. Um *vaudeville* muito do vagabundo — completo, de forma crua e direta.

— Você tem razão, os diálogos vão ficando fracos. Talvez o Cassavetes, e tem quem defenda isso, esteja jogando na nossa cara a imbecilidade do público americano diante do que não entende. Logo, aplaude.

É um Conrado cada vez mais flexível conduzindo a discussão Paulina pensa alto. É seu esporte preferido.

— Será que o Cassavetes queria só incomodar, mostrando que a vida não passa de um grande palco tragicômico? E que o inferno são os outros?

Gustavo pensa. Pensa.

Enquanto isso, Irene pensa mais rápido e decreta:

— É diferente de muita coisa que eu já vi. Para mim, sinceramente, é difícil opinar. Concordo e discordo em algumas coisas, mas prefiro nem falar. Mas gostei.

Marissa continua perplexa e atônita. Acha a mesma coisa, porém sem forças para falar.

De repente, Gustavo dá seu veredicto, talvez impelido pela opinião de Irene:

— Já vi outros filmes dele, gosto de algumas propostas, achei a atuação dela espetacular porque não é toda atriz que tem no colo um filme feito sob medida e não estraga tudo. Mas acho datado. A estética, o ritmo. É uma pena.

Realmente, é datado. E não é um clássico. Mas as atuações são realmente sensacionais. Todas.

— Ai, não acho não! O Ben Gazzara como diretor está um chato de galocha. Sem graça... — implica Paulina, com voz enfadonha.

— Mas aí está o barato da dramaturgia, Paulina; ele faz um diretor contido, sem ser histriônico como tantos outros — defende o homem que trouxe o filme.

— E que está puto da vida com todos os atores que estragaram a peça dele! — completo, bocejando em pé e dando pulinhos para despertar.

Da interpretação, passa-se a discutir estética também. O consenso de todos é que a câmera, durante o filme, é uma intrusa.

— E que faz questão de dizer que está lá! — atesta Gustavo.

Todos perceberam a ausência quase total de trilha sonora, os enquadramentos duros mesmo quando a cena não se passa sobre o palco, a falta de luz do sol e a intenção claustrofóbica de Cassavetes. Um filme fragmentado, embora coeso.

— Ele é um pavão! — inaugura Conrado o momento Cassavetes.

Todos querem falar. Ninguém ouve ninguém. E a discussão se torna extremamente saudável. Porque, de tanto ouvir, nós acabamos não nos ouvindo, e foi isso que, naquele momento de balbúrdia, todos os seis conseguiram fazer. Não ouvir ninguém. Somente a si mesmo. Como Sidarta ouvindo a si mesmo nos momentos mais terríveis da sua solidão. Um minuto especial e ímpar numa reunião em que a intenção de todos é ouvir todos. Ou se mostrar para todos. Ou apenas observar todos.

— Eu acho que a Myrtle Gordon é meio Cabíria... — lança Paulina, uma polemista profissional.

— O quê? Alucinou, alucinou!!! — provoca Gustavo.

Quase uma da manhã.

Todos estão muito cansados. Inclusive Cassavetes. Ele não imaginara que sua obra fosse tão rica para se discutir. É o mal dos apaixonados. Vêem demais. É a hipercompreensão. Uma obra significando muito mais do que o autor quis dizer. Que bom.

Eu anuncio que posso dar carona a todos. A longa TPM 5 vai chegando ao fim.

Irene e Marissa aceitam a carona num primeiro momento, mas, estranhamente, chamam um táxi.

Por quê?

Azar o delas, não conheceram o poderoso Twingo cyan. Parece nome de bandido em filme espacial. "Twingo Cyan — O retorno do ódio!"

Dou carona aos dois que chegaram juntos e que me causaram ciúmes. Ele vai ficar no Largo do Machado, ela, no Cosme Velho.

Ela na frente. Ele atrás. Ela já dominando o banco da frente. Eu me sentindo bem com ela ao meu lado. Ela ainda bronqueada. As minhas manifestações ciumentas deixaram-na bastante chateada. E ficou ali, ao meu lado, sem querer muito papo. Sem ficar para conversar em frente à casa da mãe. Showzinho particular só ela pode fazer, claro. Santa incoerência das mulheres. Bem menos que isso.

Um recuo estratégico feminino. De quem andava me dando muita bola.

"Não, seu babaca, mágoa mesmo", pensa alto.

Eu ouvi. Eu me enganei. Mas tenho certeza de que Paulina não se magoou com nada do que escrevi. Impossível.

Não há trânsito, nem carros, nem nada.

No caminho até o Largo do Machado, começamos, surpreendentemente, a falar de futebol. Achava que DJs consideravam o futebol uma arte menor. Mas não! Conrado é Vasco, reclama do time, adora o troço e desanda a descrever, com detalhes de apaixonado, lances do último jogo, em Curitiba, entre Paraná e Botafogo. Viva Nick Hornby. Viva o futebol. Viva Conrado. Viva Cassavetes.

E claro...

Viva o Botafogo. 1 a 0.

TPM SEIS

F unciona assim.
Eu acordo ansioso. Tomo um banho frio, mas faço a barba com a água quente da pia. Escovo os dentes antes de passar a loção pós-barba porque senão, quando for enxaguar a boca, o perfume do rosto sai. Gargarejo com estes líquidos bactericidas modernos e coloridos e espalho a loção azul no rosto. Depois de passear por marcas famosas e até mesmo importadas, a melhor loção é Bozzano. Muito antiga, muito tradicional e com cheiro paterno. Toda mulher tem histórias mal resolvidas com o pai. E meu cheiro antigo, masculino e adocicado atua de forma sórdida e eficiente sobre elas.

Um copo de leite gelado, puro, sem café ou açúcar. Deixo para tomar um expresso na cafeteria chique ao lado da livraria. A maçã, fuji, levo para comer no carro, táxi, metrô ou ônibus. Mas, às terças, é de lei ir de carro; assim chego mais rápido em casa e não me atraso para a TPM. Toda terça me sinto arisco, diferente, ansioso mesmo para a noite chegar. Como se o dia fosse a Via Dutra. A gente quer chegar logo a São Paulo, mas precisa passar por ela. No trabalho, erro trocos, me pego viajando, fumo mais cigarrilhas baianas do que de costume, almoço mal e rabisco anotações. À tarde, de uma forma caricata, percorro os pequenos corredores do sebo atrás de livros de cinema. Hoje achei um que andava sumido. O roteiro de *O Encouraçado Potenkim*, assinado pelo próprio Sergei Eisenstein. Comprei com o desconto a que tinha direito por ser funcionário e pus numa sacolinha plástica. Iria levá-lo para a casa de Gustavo. Fazer bonito.

Voltava para casa ao anoitecer, amaldiçoava o trânsito da Rua Mena Barreto, em Botafogo, estacionava numa vaga que me permitisse sair em breve, subia e tomava, desta vez, um banho quente. Escolhia sempre uma roupa casual. Bermuda, camisa da Ferrari, camisa exótica de time de futebol, a que eu mais gostava era a do Hansa Rostok, clube da ex-Alemanha Oriental, ou simplesmente uma camiseta básica, laranja, verde ou azul. Sandálias ou Bamba.

Pegava o carro lá pelas oito e meia; o trânsito já fluía normalmente e eu seguia para a TPM. Ela acontecia sempre diferente uma da outra, eu me despedia de Gustavo, dava carona para alguém, e mal chegava em casa, buscava freneticamente uma caneta, um caderno espiral usado para desenhos da minha filha, e passava a anotar o que me vinha à cabeça, os detalhes, o que acabara de ocorrer. De uma forma pretensamente anárquica, mas extremamente cartesiana. Quando bebia mais do que o suficiente durante os filmes, a caligrafia era castigada e a criatividade, carburada.

Assim funciona.

Eis o que anotei ao chegar em casa, item por item, serelepe e excitado, logo depois da TPM 6. Uma das melhores de todas.

— Conrado não foi
— Irene não foi
— Paulina rouca, louca
— 23º

— Sombrinha colorida
— Roubo os filmes
— Só tem um
— Clima estranho Paulina e Gustavo
— Verdades e mentiras, OW, 73
— Tamanco paulina substituído por sandália preta
— Marissa vestido e cachecol
— Marissa leu!
— *Play*, celular paulina
— "agarrar paulina"
— verdade, mentira, verdade, mentira...
— falsificador de picasso, matisse
— Emyr de Hory, Clifford Irving, Howard Hughes.
— F FOR FAKE
— Ola Kodar
— Carona para as duas
— Cadê Pink?

Ei-la, agora decodificada, palatável e devidamente transformada:

Gostaria de parar de chorar. Essa chuva interna que insiste em vir de repente, sem aviso, inundando minha alma de arrependimento. Mesmo não acreditando em arrependimentos. Fez, está feito. A escolha de outrora é sempre a melhor possível. O tempo fabrica ilusões e reflexões. Pena que tardias. Mas a simples reflexão é uma chuva alentadora para o gosto seco do passado. Como eu pude fazer isso? A razão não importa. Bom é ter feito a pergunta. Minutos depois, horas, dias, anos.

Estou assustadoramente sozinho nestes últimos meses. Nem mesmo a minha companhia consigo ter.

Gostaria de chorar na frente dos outros.

E mais uma terça-feira chorosa abrigou a TPM. Daqui a pouco vou acreditar em minotauros. Chove sempre! E a chuva foi forte. Conrado e Irene não foram. Mentira. Foram, sim. Ou não foram? Conrado foi. Irene, não. Ou melhor, Irene foi, o DJ furou. Verdade. Os dois não foram. Não foram por causa da forte chuva que castigava ruas e esgotos historicamente castigados desde a gestão Pereira Passos. Mentira. Ela alegou ter um aniversário da família, se não me engano, do pai. Ele nada alegou. Nem que gostara nem que amara a TPM. Que eu me lembre, e posso ler de novo a TPM 5, Conrado K foi bem tratado. Todos o adoraram. Todos o queriam de novo. Mentira.

Verdade. Conrado sumiu. Nem deu sinal. Nem avisou. Nem merece mais ser citado. Um ingrato.

Gustavo passara a tarde no trabalho confirmando presenças por telefone. Tinha esta constante preocupação. Temia esperar por todos e ninguém aparecer. Além disso, um solteirão não poderia deixar uma noite sem nada agendar. Se ninguém fosse, a opção seria pegar um cineminha e um chope com alguém. Mentira. Gustavo queria era casar.

Já Paulina fora abandonada pela voz. Como estava rouca naquela semana. Rouca. Ou louca, segundo Cebolinha. Comiserador, solidário e apiedado, prometi e cumpri carona para ela. É divertido contracenar com alguém rouco. A tendência é pensarmos que o rouco está de sacanagem com a nossa cara. E pior. Não dá quinze minutos e começamos a falar roucamente também, seja por bazófia, seja por osmose, seja por loucura.

Apesar de dezembro, apesar do verão, fazia 23 graus naquela terça-feira. Não riam. Para um carioca, 23 graus é estado pré-freezer. De limpador de pára-brisas ligado e aquecedor ligado, estacionei na frente do prédio da Ribeiro do Couto mãe. Sozinha, sob uma sombrinha florida, estava Paulina. Bem aquecida. Mas querendo calor. Passei o trajeto brincando com a rouquidão dela. E arrisquei. Peguei na mão fria, assim, gratuitamente.

— Que mão fria!

— São para te ver melhor...
— Você é muito engraçada!!! — retruquei, sem fazer voz rouca.

Não posso esconder que me excitei com os três segundos daquela mão. Isto sim que era engraçado. Tantas fazem tanto para me excitar. Tantos fazem tanto para excitá-las. E um roçar pequeno, minúsculo, fugaz, desperta pênis e órgãos vizinhos.

Mentira. Não senti nada.

Estacionamos no prédio como se já fôssemos moradores seculares. Não senti em Paulina qualquer tipo de mudança por causa do toque da minha mão. Não que eu quisesse comê-la, mas foi ruim aquela sensação de não ser capaz de despertar nada numa das mulheres mais interessantes da cidade.

Muito?

Bem, numa das mulheres mais interessantes que já conheci.

Pouco.

Pela sexta vez nos últimos quarenta dias, toquei aquela campainha já familiar. Pela quinta vez, ao lado de Paulina. Como um casal. Sem ser casado, sem ter transado, nem mesmo se beijado. Apenas um toque de mão. De três segundos. E um olhar cara a cara. E uma quase lambida no lóbulo.

Gustavo, animadíssimo, nos saudou já sacaneando.

— Chegaram as figuraças. E aí? Podes crer? — cumprimentou, simulando uma sambadinha.

Estava à vontade, de bermuda apesar do frio, chinelos e camiseta branca.

Entramos. Paulina passou direto pelo rosto de Gustavo. Nem mão, nem beijo, nem olá. Era a vez dele de escolher o trio de filmes. De rabo de olho, ainda em pé, vi um saco plástico repousando sobre a mesa, ao lado de documentos de trabalho, pasta e uma garrafa de vinho solitária. Todas são. Era um saco da locadora. Bancando o palhaço, foi a minha vez de recolhê-lo rapidamente e me enfiar corredor adentro, para saber logo quais eram os três filmes-candidatos.

Marissa ainda não chegara. Outra vez o clube dos fragmentados se via com seus três sócios-fundadores. Ela, ele e eu. Onde está Pink?

Éramos três naquela noite. Mas não por muito tempo. Por duas razões. Marissa chegaria e Gustavo faria uma correção de rumo na vida. Estava tentando dar uma mão ao destino. Mais uma chance ao coração. Prestes a sair do clube dos fragmentados, que passaria a ter apenas dois integrantes.

Corações cansados têm preguiça de amar.

Onde eu estava?

Dentro do quarto escuro, procurando o interruptor, saciando a curiosidade com o saco plástico da locadora na mão. Engraçado, o saco estava leve demais.

— Só um filme?

O anfitrião exercera novamente o legítimo direito da tirania. E escolhera apenas um filme para o sexto encontro, a sexta tertúlia, o sexto convescote cinematográfico do ano que ainda não terminara. Para mim ainda não sei, mas para o Brasil, um ano inesquecível. Lula no poder, penta no Oriente e o tricolor campeão carioca no centenário do clube. Mudei de idéia. Que ano para mim! Mentira. Que merda de ano. Depois eu conto. Aliás, ô aninho filho-da-puta.

— Pão duro!

O ano?

Não, Gustavo.

— Que pão duro o quê, seu mané... é esse filme e pronto. Tu vai gostar — disse Gustavo, sem dar muita conversa e olhando desconfiado para Paulina. Eles se conheciam muito mais do que me conheciam. Eu os conhecia muito menos do que achava que conhecia.

Tu vais.

Desde que entramos na sede da TPM, notei a cara de quem comera e não gostara de Paulina. E olha que ela ainda não comera nada. Também não era a rouquidão. Era uma sutil demonstração de desagrado. Não haveria a excitante votação três em um. Mas não podia ser só isso. Algo ocorrera, ou não ocorrera, entre ela e Gustavo. Sabia, muitas vezes, que haviam se encontrado entre uma terça e outra. Cinemas, festas, jantares. Eram amigos. Eram, ao que parece. Espero que sim. Mentira. Já amo os dois. Espero que se amem. De verdade.

O filme da vez era *Verdades e mentiras*. Orson Welles. 1973. Finalmente, depois de alguns namoricos, o charuteiro Orson será tragado pela TPM. Ele já perdera em votações recentes, aparecera em discussões, mas nunca tinha sido saboreado em Botafogo, no confortável sala-três-quartos de Gustavo.

Havia cerveja, havia vinho.

Cerveja amarela. Vinho tinto.

Irene já fazia falta.

Era a mais linda de todos nós.

Talvez as mulheres não entendam o princípio da possibilidade. Enquanto houver boceta, há possibilidade. Quando não houver boceta, haverá amizade.

Vinho tinto. E Marissa.

E havia Marissa!

E havia tempo para escanear um pouco Marissa. Ela ainda não havia chegado. Súbito, vi-me sozinho na sala. No quarto de Gustavo, Paulina discutia com o anfitrião. Maldita rouquidão. Nada ouvi.

Mas havia Marissa.

Segue mais uma declaração de amor. De todos por uma. De todos nós por ela.

Verdades e Mentiras.

Marissa é magra, é pequena, é morena. Gosta de pintar as vinte unhas de preto ou marrom-escuro, ou outro tom *noir* que não consigo definir exatamente por causa da meia-luz que costuma iluminar nossos encontros na sala de Gustavo. Tem cabelos curtos, presilhas da moda e lábios tímidos. O coração é vermelho berrante. Um iogurte de morango com pedaços de chocolate. Esta é Marissa.

Sempre quieta, sabiamente quieta, a escultora de miudezas é presença freqüente na TPM desde a primeira vez em que chegou, quieta, sabiamente quieta, aos encontros pictórico-filosóficos. Marissa, porém, possui uma alma rara de se encontrar. A alma dos pequenos grandes gestos.

Uma palavra, uma revolução.

Um pequeno olhar, uma evolução.

Tão importantes, tão discretos, tão fundamentais que são impossíveis de reproduzir. Quisera o mundo ter menos espalhafato e mais Marissas. Menos barulho e mais gestos.

Menos dor e mais prazer.

Aconteceu, me empolguei, perdão, perdão.

Não sei a idade de Marissa. Prometo perguntar. Não sei onde ela nasceu, onde estudou, quem namorou, quantos filhos não tem, quantas jóias já fez, quantas já vendeu, se anda amando ou se ama andando. Sei que carrega a paz para todos nós. E espero que ela não saiba disso. Senão estraga.

Pela primeira vez em seis, Paulina fora com sapatos diferentes. Trocara a sandália marrom, de tira única e calcanhar saltitante, por uma preta de tiras duplas e cara de festa.

Era de Marissa que falávamos.

Toca a campainha.

Era Marissa!

— Uau! Poderosa!— fez um escândalo Paulina, voltando do quarto onde discutira, trocando o chip e já demonstrando que Marissa estava aceita no coração dela.

Como as mulheres são engraçadas.

Marissa de vestido e cachecol. Um charme. Gustavo, num desses chopes perdidos, adorava confessar como ela o atraía, mas não a ponto de investir. Talvez nutrisse uma afeição quase sexual, quase sensual, um limiar entre a amizade e algo mais. Sábio, ele sempre soube que o algo mais costuma aniquilar qualquer limiar. E assim vivia, sendo surpreendido freqüentemente por Marissa. Como nesta noite. O charme dela bateu mais nele do que em mim. Paulina não mostrou ciúme. Verdade.

A dupla briguenta já tinha saído do quarto e a trégua aparentava ter chegado.

— Nossa, que xale lindo. Não vai sair daqui sem me dizer onde comprou.

— Gente, o que é isso? Vim direto do trabalho. Esfriou um pouco, e foi a primeira coisa que achei num baú de roupas largadas lá no ateliê. Comprei isso há um tempão, acho que na Rua do Ouvidor — respondeu, desdenhando de si mesma.

Acontece com as melhores mulheres.

Cada vez mais íntimos, trocamos abraços de quatro segundos. Resolvo retomar a tradição e corro para a cozinha em busca de milho. Pipocas. Faço-as com destreza e não as queimo, muito menos me queimo.

Não foi o caso de Marissa.

Ela se queixa, baixo, em poucas palavras, de que teve problemas com a solda. Porém, as mãos estão lá, intactas, macias e lisas. Só pode ser mentira. Mistérios de mulher. Marissa e a ourivesaria.

Marissa, nossa Aureliana Buendía e seus minúsculos peixinhos de ouro. Sem solidão.

Apesar da aparente paz, Gustavo e Paulina continuam estranhos. Procuram disfarçar a animosidade latente.

Não era dia deles. Não era para dividirem o mesmo espaço. Não há afeto nas palavras. Apenas impaciência. Como amantes ferozes na segunda semana de gozo constante. Rusgas. Rusgas de amor.

Passa.

Tudo passa.

Tudo passará.

Legião.

O cara era boiola, tinha chilique, mas acertava a mão com freqüência. Esqueci de dizer que gosto de escrever ouvindo música. Pode ser clássica, pode ser Clash, mas especialmente nesta TPM 6, escolhi o CD *A Tempestade*, último do Legião Urbana vivo. E não ao vivo. E me vi triste e lacrimejando ao ouvir a faixa 5, escrita, musicada e cantada no mesmo ano da morte de Renato Russo. Ele a gravou já com a Aids avançada.

Quando tudo está perdido/ Sempre existe um caminho/ Quando tudo está perdido/ Sempre existe uma luz/ Mas não me diga isso/ Hoje a tristeza não é passageira/ Hoje fiquei com febre a tarde inteira/ E quando chegar a noite/ Cada estrela parecerá uma lágrima/ Queria ser como os outros/ E rir das desgraças da vida/ Ou fingir estar sempre bem/ Ver a leveza das coisas com humor/ Mas não me diga isso/ É só hoje e isso passa/ Só me deixe aqui quieto/ Isso passa/ Amanhã é um outro dia, não é/ Eu nem sei por que me sinto assim/ Vem de repente, um anjo triste perto de mim/ E essa febre que não passa/ E meu sorriso sem graça/ Não me dê atenção/ Mas obrigado por pensar em mim/ Quando tudo está perdido/ Sempre existe uma luz/ Quando tudo está perdido/ Sempre existe um caminho/ Quando tudo está perdido/ Eu me sinto tão sozinho/ Quando tudo está perdido/ Não quero mais ser quem eu sou/ Mas não me diga isso/ Não me dê atenção/ E obrigado por pensar em mim.

As lágrimas podem ser para o autor, para quem já foi, e, principalmente, por Mauro. Que ano terrível.

Bom, deixa para lá.

Depois de uma separação e do fim de um casamento natimorto, todo homem passa a chorar com mais freqüência. Só a morte de Mauro, no verão, e meu abandono do lar, no inverno, bastaram para acabar com o ano.

Bom, deixa para lá.

Gustavo não tem freezer. Tem congelador. Combina com o jeito clássico-moderno que cultiva. Se é um homem que preza o intelecto, o bom vinho e a conversa demorada, é também amante do vestuário diferente, estranho para alguns, mas estiloso. Perfeito para minhas sacanagens clássico-modernas.

— Foi teu negão que te deu esta camisa vem-cá-meu-puto?

— Não, foi tua mãe — responde de bate-pronto.

Engraçado, não me lembro de mamãe mostrar afeição por camisetas pretas coladas ao corpo.

Antes de tudo começar, Marissa me diz num canto.

— Li.

Duas letras. Uma palavra. Suficientes para me deixarem imensamente sem graça outra vez. Diante da mais terrível sina de quem se pensa escritor. Porém, para escrever, alguém tem que ler. E para escrever é preciso repetir. Como a penúltima frase, por exemplo.

Marissa leu.

— Gostei.

Elogio depende de quem elogia.

Sorte que estávamos no escuro. Fiquei ruborizado de modo infantil, patético e hipócrita. Na terça passada tinha sido Irene. Agora, Marissa.

Desde que mandei as três primeiras, passei a disponibilizar para todos, via Internet, os textos que escrevo de madrugada, imediatamente após o fim das TPMs. Mesmo assim, carrego comigo a ilusão de que só eu me leio. Agora estou aqui. Irene me leu. Marissa me leu. Você me lê.

Infantil, patético, hipócrita.

Acontece nas melhores famílias.

Com os melhores escritores, já não sei.

Mas nas melhores famílias acontece. Principalmente naquelas que não são desintegradas pelo filho-da-puta do destino.

Destino é meu nome.

E se Irene foi contida nos comentários de sete dias atrás, Marissa entrou na cozinha falando, sem se preocupar em saber se os conspiradores Gustavo e Paulina, novamente aos cochichos na sala, estavam ouvindo.

— O que você pretende fazer com isso?

— Com a pipoca?

— Ah, Victor, deixa de ser bobo.

— Sei lá... fico excitado depois dos encontros e saio vomitando tudo no computador.

— Tem coisa muito boa, tem uns exageros... uns elogios suspeitos.

Rimos.

Mal sabia ela do parágrafo que a esperava.

— Eu nunca li um livro seu.

— Não perdeu nada.

— Até parece, o terceiro, como se chama, *Insólito e...*

— *Insólito e inusitado*.

— Pois é, não foi um best-seller?

— Não, não. Foi o de maior sucesso e entrou uma vez naquela lista dos mais vendidos da *Veja*.

— Quantas semanas?

— Uma só... he, he...

— Você queria ser só escritor?

— Sei lá. Às vezes sim, às vezes não. Tenho medo de escrever no cadastro bancário: profissão "escritor". Sei que é romantismo exagerado, mas enxergar a literatura como algo profissional me incomoda.

— A história de que todo escritor sofre e blablablá... né?

— Isso. Estes textos que escrevo, por exemplo, sobre a TPM. São absurdamente excitantes para mim, fico feliz, como cartas de amor. Como uma revista pornô.

— Estes encontros são muito mais profundos que os antigos, sabia?

— Espero que não dê a confusão que deu no outro.

— Que confusão?

— Ah, a história lá do cara que resolveu namorar a ex do Gustavo...

— Mas isso não tinha nada a ver com os filmes, ué.

— Talvez.

— Peraí que me ocorreu algo.

— O quê?

— Você vai reproduzir este diálogo daqui a pouco no seu computador?

— Claro! Tudo anotado! Tenho um gravador escondido no bolso!

— Palhaço!

— Não, sério, não sei. Nunca adivinho o que vai ficar gravado, o que é importante, o que jamais será lembrado, o que é verdade, mentira... depende das taças de vinho.

Nesse momento percebi o limite tênue da minha aventura divina. A poucos metros de mim, a bondade. Com seus vacilos e imatura curiosidade. Tive vontade de pedir perdão a ela, de confessar que era incontrolável o que eu fazia. Num flash tresloucado, tive uma daquelas experiências de quem quase morreu. Ali na cozinha, olhando para a fronte de Marissa e vendo minha curta vida passando, passando, passando. Se me vejo Deus, como se verão os outros escritores? Todos somos ou sofremos de soberba irrecuperável? O que pode ser lido, e considerado lindo, por centenas, vá lá, milhares de pessoas, é digno se tiver sido sugado de um olhar, gesto, de uma vida alheia?

Preciso ter certeza de que tudo é criação. Não é justo me condenar assim. Sei o que estou fazendo, Marissa, posso continuar conversando contigo sem tremer subitamente sentindo-me um detestável e execrável traidor. Insuportavelmente vaidoso. Não devo ser julgado.

— Depende das taças de vinho... sei... vamos ver o filme? — disse, levando-me pela mão.

Mais uma vez tive vergonha de mim mesmo. Já era tarde, porém.

Paulina nos viu entrando na sala e deu um sorriso malicioso.

Sussurrei só para ela, sem que Marissa, na extremidade esquerda do meu corpo, percebesse:

— Ei, quem come todas aqui é o Gustavo; eu sou aquele que não come ninguém.

— Como é que é? — retrucou, espevitada.

— Vamos ver o filme! Vamos ver o filme! — desconversei.

— Já é hora de o filme começar! — bradou um impaciente Gustavo. — Está ficando tarde!

Todos mudam de lugar. Até Gustavo abandona o cativo pufe. Paulina, tal qual uma pitada de sal, espalha-se na almofadona branca, antes propriedade privada de Guga.

Todos prontos?

Verdades e Mentiras.

Play.

Verdades e Mentiras foi o último filme de OW. É um elogio à fraude. Um carinho sem-vergonha nos mentirosos e nos trapaceiros. Um baita questionamento sobre o que é verdadeiramente autêntico. O nome original é *F for Fake*.

S for Sleep.

Gostei do filme. Gostamos do filme. Mas a cabeça quicou várias vezes. Sono perdido, sono atrasado, sono fruto de semanas pesadas. Acho que era uma epidemia. Paulina, Gustavo e Marissa também tiveram seus momentos de pálpebras pesadas, pupilas arenosas e roncos fugazes. A culpa não era de Orson Welles. Sono de quem trabalha e não deixa de beber, de sair, de amar.

Aos cinco minutos do primeiro tempo, o celular de Paulina soara, nervoso. Misteriosa, ela olhou o visor, viu quem era, saiu de fininho, entrou num quarto escuro e falou. Sabe-se lá o quê. Sabe-se lá com quem. Mas como não voltou chorando nem rindo, foda-se.

Nem pedira para pararmos o filme.

Seria um atrevimento!

Ou seria ciúme nosso?

Verdades e Mentiras.

É um filme-vampiro. Para confundir de propósito e chegar por linhas tortas à moral da história, Welles sugou a história verídica (ou não?) de um falsificador de quadros. Emyr de Hory. Com jeito de documentário (ou não?), mistura realidade e ficção sem revelar quem é quem. Emyr pintava, ou copiava, com excelência Picassos, Matisses e tantos outros mestres com a maior cara-de-pau. E com o maior talento. E a cara-de-pau era tão grande que ele diz no filme, sem temor, ser capaz de pintar um Picasso melhor que o próprio espanhol. Faz sentido.

Ou não?

No meio do filme, agarrei Paulina com sofreguidão. E silêncio. Os outros dois não perceberam, atentos que estavam à trama. Ela, assustada, tentava me afastar ao mesmo tempo em que era invadida pelo desejo secreto da indiscrição. Tapei sua boca. Mesmo rouca, seria capaz de gritar. Gustavo bocejava e eu cobria novamente a boca de Paulina. Desta vez; com a minha. Aos poucos, fui desnudando a assustada intelectual. Por essa ela não esperava.

Mentira.

Em minutos tirei sua roupa.

Nua, seria completamente dominada.

Verdade.

No vídeo, entrava em cena outro charlatão do bem, Clifford Irving, que ganhou dinheiro vendendo milhões de exemplares de uma biografia do excêntrico milionário Howard Hughes. Era um grande relato de uma grande entrevista do grande Hughes ao grande Clifford. Avesso à imprensa, finalmente o curioso ricaço falara pelos cotovelos sobre o que achava da vida. E da morte. Já estava velho.

Tudo mentira.

Clifford inventara tudo.

E com a maior cara-de-pau, justificou:

— Se ele há anos não dá uma entrevista, não fala com ninguém, evita aparecer em público, administra um jogo de gato e rato com a mídia, brinca de esconde-esconde através dos jornais, como ele pode dizer que eu não o entrevistei?

Clifford não disse isso.

Eu que inventei tudo.

Paulina atingiu o orgasmo quatro vezes durante os minutos em que eu a bolinava com todas as extensões do meu corpo.

Quatro vezes.

Eu, cinco.

Eu que inventei tudo.

Gustavo e Marissa nada ouviram.

Mentira.

Ou será que ouviram e fingiram não ouvir para poderem ouvir ainda mais?

Não tenho coragem de perguntar.

Extenuada, Paulina simulou receber outra ligação de celular e foi ao banheiro se limpar. Pensei em fazer o mesmo, mas como o banheiro estava ocupado, virei meus desejos para o corpo também provocante de Marissa. Deitada meio de lado, concentrada e prestando uma atenção dos diabos, a esguia morena levou um susto quando sussurrei palavras diabólicas nos ouvidos dela, deixando um rastro de língua molhada e pequenas gotas de saliva.

Mentira.

— Eu te quero agora.

Verdade.

— Agora? — respondeu enigmaticamente. Ela mesma. A de poucas frases.

Gustavo continuava concentrado no filme.

Enquanto Paulina se limpava no banheiro e aproveitava para fazer xixi e falar ao celular novamente, tentei rolar pelo sofá com Marissa. Em vão.

Olímpica, ela me afastou com um olhar econômico.

— Agora eu quero ver o filme.

Não fizemos o que tínhamos que fazer. Não fizemos nada. Ela apenas arrumou o cabelo e continuou a ver *Verdades e mentiras*. O filme.

Paulina voltou.

Eu fui ao banheiro.

Acendi a luz, fiz xixi também, pensando em mil coisas ao mesmo tempo. Acabei me distraindo, errei o vaso e premiei o ladrilho esmeralda moderninho com meu mijo amarelo. Joguei uma água no rosto, ajeitei a camisa, fechei o zíper, pus o pau para o lado esquerdo da bermuda, dei uma apertada no cinto e voltei para a sala, estranhando as faces de todos. O que acontecera enquanto eu mijava?

Gustavo suava e ajeitava-se todo. Olhando-me furtivamente, aumentou o volume da TV com o controle remoto. Marissa impávida, mas rubra. Paulina se mostrava fatigada enquanto desligava o celular. Algo muito forte acontecera na minha ausência. Entre os três.

Verdades e Mentiras.

O filme.

Não foi à toa que Orson Welles escolheu este tema para epílogo do seu portfólio que tanto marcou o século XX. Em 1937, então radialista, ele embolou a cabeça dos norte-americanos ao transmitir, ao vivo, uma invasão marciana nos Estados Unidos. Era uma locução emocionada e adaptada de um clássico da ficção científica, *A guerra dos mundos*, escrito por H.G. Wells. A mentirada deu tão certo que quase dois milhões de debilóides, digo, americanos, fugiram correndo de casa, com medo dos homenzinhos verdes.

Se Haroldo de Andrade fizesse isso, dois milhões de brasileiros sairiam correndo? E Heródoto Barbeiro?

Talvez.

O ser humano é inviável em qualquer parte do globo.

Conta a lenda que, por causa da grande lorota radiofônica, o governo americano, tão democrático e legal como sempre, proibiu OW de noticiar o bombardeio japonês a Pearl Harbor. Talvez ninguém acreditasse.

Se bem que, até hoje, ninguém acredita.

Aliás, em toda família há um tio.

Tio que jura de mãos juntas que o homem nunca pisou na Lua. Costuma desfiar provas de que tudo foi filmado em estúdio e apenas serviu, no meio da guerra fria, para forjar uma liderança espacial americana frente à União Soviética.

Em toda família há um primo.

Primo este que adora listar feitos duvidosos. Como o do velejador que fingiu ter dado a volta ao mundo enquanto ficava escondido numa caverna no litoral sul da África. Ou o do artilheiro que garante ter feito mais gols que Pelé.

Até hoje, o basquete mundial não aceita a marca de Oscar. Em tese, o maior cestinha da história. Alegam que o brasileiro registrou centenas de cestas num caderninho pessoal. Num mundo em que é preciso ir a um cartório pedir a um desconhecido que carimbe um documento para provar que você é você, nada mais coerente do que ignorar caderninhos pessoais.

No elenco de *Verdades e mentiras*, Glória Menezes, Tarcísio Meira, Marcelinho Paraíba, Oja Kodar, Joseph Cotten, Sadi, François Reichenbach e a turma falsária: Hory, Clifford e o próprio Orson. Sem pudor, ele rouba passagens de outro documentário e o tempo todo deixa o espectador em dúvida. O que é original? O que é copiado? O que é verdade? O que é mentira? E o melhor de tudo. Para que responder a essas perguntas?

Este brilhante filme, o último dirigido por Orson Welles, mostra de uma maneira lúdica, mas incisiva, um grupo de falsificadores famosos. Com uma intensidade zombeteira, Welles investiga o excêntrico falsificador de arte Emyr de Hory e seu confidente, Clifford Irving, cuja biografia de Howard Hughes surgiu como a principal falsificação da década de 1970. Voltando a câmera para si mesmo, Welles lembra como ele forjou uma carreira no teatro quando adolescente e como provocou histeria com seu "War of the World", um programa de rádio que "noticiou" uma invasão alienígena. Para muitos, *F for Fake* é a melhor defesa de Welles contra as acusações de que ele teria se apropriado do roteiro de *Cidadão Kane*. Welles, que criou esta obra-prima a partir de um documentário de François Reichenbach, demonstra com audácia a natureza ilusória da autoria e da verdade.

Mas é preciso saber copiar e não se tornar repetitivo. Como a íntegra do último parágrafo. Todinho copiado da Internet.

Não mais só verdades e mentiras. A vida é feita também de cópias e originais. E no caso do meu livro, copiando pessoas originais.

Quase no fim do filme, Welles cria uma cena espetacular e convincente de Picasso exilado numa ilha mediterrânea qualquer, apaixonando-se por uma banhista maravilhosa, Oja Kodar interpretando Oja Kodar, e pintando uma dezena de telas azuladas enaltecendo as curvas da moça.

— Nossa, esta parte do filme é linda — atesta Marissa, antecipando-se aos comentários.

Ou foi Gustavo que disse isso?

Não tem a menor importância; daquelas almas me interessam o conteúdo e a expressão, jamais a forma e a identidade.

Fim de fita, pasmaceira geral.

Os quatro se levantam e, numa roda, começam a cantar:

"Atirei o pau no gato-tô, mas o gato-tô, não morreu-rreu-rreu..."

Mentira.

Os quatro se levantam, se espreguiçam e desandam a falar ainda com a luz apagada.

— Quando o cara é maldito, é maldito mesmo. Ele vivia tendo problemas com as grandes produtoras de cinema de Hollywood. Sempre recusou o enquadramento financeiro e gerencial proposto pelos executivos. E sofreu muito com isso. Cansou de estourar orçamentos, prazos e, acho, é o rei dos filmes inacabados — diz Gustavo.

— De todos os filmes que já vimos aqui, este é o que mais nos aproxima de uma reflexão sobre o dia-a-dia banal de nossas vidas — minto.

— Dá vontade de sair por aí mentindo — brinca Paulina.

— Mas já não fazemos isso?

Quietude.

Um silêncio pesado, barulhento, como o dos argilosos cânions paraibanos à beira do mar. Verdade. A meia hora de João Pessoa. Parece uma paisagem lunar colada no mar nordestino.

Você sabe que o oceano está ao lado mas não o ouve, apesar de senti-lo. Juro.

E parecido ao momento que se segue a um bom mergulho nas águas geladas de Ipanema, na TPM costuma haver um relaxamento natural depois de filmes densos. Bocejos obscenos, desejos ferozes.

— Quero sorvete! — escandaliza Paulina.

— Huumm... eu também... de morangos silvestres com calda de chocolate belga.

— É exatamente esse que eu tenho! — vibrou Gustavo.

Mentira.

Ninguém queria sorvete.

Muito menos os inexistentes.

Verdade.

Com a luz acesa, discute-se a mentira. Ela move a humanidade ou é a verdade que emperra a civilização?

Certas perguntas, graças a Deus, não têm respostas. Mas cabem em outro livro.

O filme, curto, passou rápido. Ainda é cedo na TPM. Mas todos estão cansados. Por incrível que pareça.

Ajudamos Gustavo a lavar a louça, varremos a sala e, de repente, a preocupação.

Enquanto levo algumas travessas sujas para a pia e encontro Marissa enxugando pratos, Paulina disfarça, aproxima-se de Gustavo e lhe dá um grande abraço. Forte. Dá para ouvir da cozinha.

Em seguida, um beijo na boca, inesperado para nós e esperado durante anos, acho, creio, por eles.

Mentira.

A verdade é que os quatro pares de olhos estão cheios de areia...

— Gente, está todo mundo bocejando. Será que é perigoso dirigirmos agora? — questiona Paulina, preocupada com a segurança da nação.

De carro, só eu e Marissa. Ambos estacionados dentro do prédio.

Mais um bocejo. Meu, enquanto escrevo tudo isto aqui. Já está tarde. Mais outro. Enquanto reviso tudo isto aqui. O sono, que tanto me fez companhia durante recentes noites solitárias, atua contra, dá uma de inimigo, e expulsa meu corpo da realidade. O sono me quer na cama. Levanto e mato o resto de café frio que ficara na xícara, vigiado pelas formigas, desde cedo. Sento, esfrego as mãos e volto a escrever. Não por muito tempo.

Gustavo, solidário e compreensivo pela primeira vez, evita nos enxotar como bois em busca do curral certo.

E propõe:

— Se vocês quiserem, podem dormir aqui e ir embora amanhã cedo.

Todos topam imediatamente.

Mentira.

— Dormir aqui? Os quatro? Vai dar trabalho, Guguinha... — alega Marissa.

Diz isso, senta-se no sofá, deita-se e começa a cochilar.

Gustavo providencia um pijama bege com bolinhas roxas para mim, empresta um baby-doll amarelo-gema para Marissa e cede seu *peignoir* verde para Paulina.

— Eu durmo de short branco e camiseta branca, não tem o menor problema.

Como faz frio e o ar-condicionado está escangalhado, dormimos os quatro na cama de casal de Gustavo.

Eu numa ponta, Marissa e Paulina no meio e Gustavo na outra ponta. À esquerda de quem olha para a cama. Suavemente, Marissa entrelaça sua mão fina nos meus dedos grossos. Suspira e faz o mesmo com a outra mão, segurando Paulina. Gustavo, de olhos fechados, percebe e também junta palma com palma.

Adormecemos rapidamente, sem um papo leviano sequer.

Sem sexo.

Sem escovar os dentes.

Sem encostar coxas, nádegas e ombros uns nos outros, apesar do exíguo espaço sobre o colchão.

Sem mentiras.

Sem verdades.

Sem jamais acordar.

TPM SETE

— **Q**uem você pensa que é? Deus?
Eu arrisquei. Brinquei com fogo. Mas precisava disso. De tensão. Meus textos estavam repletos de pensamentos, alguns simpáticos, outros antipáticos, mas eu precisava de drama, trama e alguns gramas de revolta. E eles precisavam se sentir manipulados. Era saudável. Pelo menos para mim. Para o livro.

— Você vai começar assim, agredindo?

Foi na quarta-feira à tarde que Paulina me ligou, exigindo um encontro naquele mesmo dia. Saí da livraria e fui encontrá-la no mirante do Pasmado, com a Enseada de Botafogo como testemunha. O sol acabara de ir dormir.

Ela fora de táxi. Quando cheguei, estava encostada na grade, olhando para o horizonte.

— Bonito, né? — eu disse, abraçando a cintura dela.

— Quem você pensa que é? Deus?

A primeira vez foi seca e dura.

— Você vai começar assim, agredindo?

Ela gritou. Nunca a vira assim. Fiquei assustado, mas não podia perder os argumentos.

— Quem você pensa que é? Deus???!!!!

— Você está exagerando. É uma obra de ficção.

— Que obra, Victor? Que obra? Voltar para a sua casinha e ficar tirando uma frase dali, outra daqui, misturando pessoas, tirando palavras de um, colocando em outros, você está louco?

— Ah, peraí, você acreditou em tudo?

— Vá se foder, Victor, eu não sou idiota. Eu não estou falando da TPM 6, como você gostou de batizar e jamais nos consultou, jamais percebeu que nem todo mundo ali se sente parte deste seu mundinho sórdido, de ficção, de vaidade.

— Só porque eu menti, dizendo que tínhamos transado?

— Você é um burro! Um burro que pensa trabalhar muito bem com a sensualidade, a sexualidade. Isso não existe sem isto aqui, ó, sem alma, sem coração — e esmurrava o próprio peito.

— Caralho, Paulina, é um exercício; eu me divirto com os textos, jogo neles um punhado de afetividade...

— Por que você não conversou comigo, não falou que estava pensando em transformar isso num livro e tal...?

— Mas eu achei que estava claro...

— Ah, "mas eu achei que estava claro"; eu não conhecia esse seu lado cínico. A carreira te estragou, Victor Vaz, você não era assim no colégio.

— Peraí, pode parar! Você me conhece de onde, Paulina? Nunca me olhou no colégio, só me saudou. E quando me via, anos depois, tirava uma onda de que tínhamos sido de um colégio muito diferente e alternativo e tal. Eu comunguei da sua mentirinha porque me interessava também. Não fomos da mesma turma nunca, apenas uma identificação e até mesmo uma atração. Eu não sou igual a você. E você não tem a menor idéia de quem eu sou.

— Exato, Victor, não tenho e nem quero ter. E a atração, que eu acho que a gente tinha, você a usou em benefício próprio.

Essa atração que se consumou depois que o Gustavo nos uniu. Partindo, sinceramente, espero, do pressuposto de que você realmente se sentiu atraído por mim e não simplesmente me seduziu, me tragando para seu conto da carochinha, eu te pergunto. Você se sente bem vampirizando tudo isso?

— Acho que você está confundindo tudo.

— Confundindo, eu? Há um limite. Você conversou com a Marissa? Ela está puta, uma arara. Conheceu um cara, está namorando, e você escreve que "agora, eu não quero". Depois de ter fodido durante cinco minutos imaginários, loucos, débeis mentais comigo?

— Que coisa menor, meu Deus...

— É menor para você, que está com todos os instrumentos, com a razão e a emoção, que você decide para quem vai dar.

— Você me pedir para consultar alguém é algo absurdamente agressivo para um escritor, sabia?

— Victor, vai à merda, eu estou conversando com você, não com o escritor, com o cínico, com o mentiroso.

— O Gustavo conversou contigo?

— O Gustavo é outro bosta. Todo pimpão porque suas grandes análises cinematográficas podem parar num livro. Esse duelinho entre vocês não convence ninguém.

Desconversei.

— Oh, mas que grande notícia. Todo mundo acha que isso pode virar um livro? Todo mundo agora virou dono de editora?

Desconversou.

— Nem um tiquinho, nem um tiquinho de remorso você tem ao escrever sobre a gente?

— Eu e você?

— Sobre a gente!!! Sobre teus velhos e novos amigos, Victor!

— Ok, ok. Na TPM 3...

— Deixa de ser babaca... na TPM isso, na TPM aquilo, que coisa mais ridícula. Você é tão prepotente que se acha até no direito de ser mulher. De saber o que é uma TPM, de usar o termo... ah, vai se foder.

Ela não era de falar palavrão. Tentei um discurso mais calmo.

— Nos encontros cinematográficos, já que a senhorita quer assim, no primeiro eu realmente fiquei embasbacado, sou um cara num momento fodido, perdido, os móveis da minha casa atual flutuam, não sei o que quero da vida e me agarrei num poço de afeto, numa troca bacana de idéias e sentimentos. Por isso escrevi tão rápido o primeiro texto. No terceiro, percebi que estava na minha cara o meu próximo livro.

— Usando a minha vida, a do Gustavo, da Marissa, Irene... o teu mau humor com o meu amigo Conrado?

Recuei. Procurei o banco de ferro que estava atrás de nós, sentei, suspirei e provoquei um grande silêncio. Ela olhou o horizonte, irrequieta, os pés subindo e descendo na grade. Já não havia mais sol e eu estava ficando perdido. Conscientemente, queria sugar aquilo tudo. Era perfeito. Uma discussão metafísica literária real, original, sem invenções. Porém, algo me doía por dentro e eu não conseguia distinguir o que era. Talvez ódio pelo chilique inexplicável dela. Ou rancor pela falta de sensibilidade, pois em nenhum momento ela falava da qualidade dos textos, e eu sabia que ela reconhecia isso. Quem sabe uma mágoa mastodôntica comigo mesmo, um arrependimento que parecia insistir em tomar conta de todas as sinapses do meu cérebro. De certo, apenas o frio repentino que me invadira. E um estranho incômodo driblava todas as minhas defesas racionais. Estava ficando com vontade de vomitar.

Aí eu falei.

— Você acha que essa discussão é nova?

— Como assim?

— Você acha que na pintura, na escultura, no cinema, nos quadrinhos, na música... ninguém nunca brigou e discutiu sobre inspiração, pessoas, frases roubadas...?

— É impressionante como você se acha muito mais do que é.

— Esqueça, esqueça que sou escritor, que tenho quatro livros; você acha que essa discussão é nova?

— Eu acho que você tinha que ter mais respeito. Só isso.

— Duvido que o Gustavo esteja assim tão revoltadinho.

— Vai falar com ele, então...

— Eu não, ele que me procure; não estou fazendo nada de errado.

Ela berrou. A ponto de o vendedor do trailer distante parar de fazer o cachorro-quente de dois moleques e nos olhar de longe.

— Você está me usando!!!! E provavelmente vai escrever esta merda toda na TPM 7... na TPM 7 — disse com desdém.

— Você está com ciúme de si mesma. Não suporta se ver nas minhas páginas.

— O quê?

— Está ficando tudo claro aqui na minha cabeça.

E estava mesmo.

Continuei.

— Você precisa dar show. Você representa desde o primeiro dia. E sente um prazer mórbido ao se ler nos meus textos.

— Prazer? Você está me humilhando.

— Humilhando, Paulina. Eu teço elogios o tempo todo, deixo claro que você é a mais inteligente ali. E nem Marissa nem Irene, e muito menos a louca sumida da Pink, me escrevem ou me ligam putinhas da vida.

— Eu estou cagando para elas, Victor, cagando!

— Mentira. Sai da casca, você é muito mais do que isso — respondi calmamente, sem me alterar.

— Só me diz uma coisinha. Uma só. Você vai escrever isso tudo aqui?

— Óbvio.

Deu para ver o sangue dela em erupção.

— Você está louco. Ou melhor, você é um louco!

E me deu um tapa na cara. Um tapa na cara. Tão forte que fiquei atordoado, de olhos abertos e não acreditando em toda aquela palhaçada. Jamais tinha levado um tapa na cara, nem de homem nem de mulher. Sempre achei uma cena idiota de novela das oito. Paulina me deu um tapa na cara e saiu furiosa, a bolsa a tiracolo batendo nas suas costas. Continuei olhando para a frente, alisei minha bochecha esquerda ardida e me recusei a ver se ela desceu a ladeira andando, de táxi ou de bicicleta.

Paulina estava apaixonada por mim. Era o motivo daquele escândalo todo. Uma mulher apaixonada é um poço de dinamite, de amor e ódio, de vingança e rancor, de insanidade e loucura.

Passei a semana sem ligar para ela. Como supunha, Gustavo e Marissa não me ligaram nem mandaram e-mails. A terça se aproximava e eu estava refém da ansiedade. Liguei para o anfitrião na segunda de manhã e ele me confirmou, tranqüilo, sem tocar em qualquer outro assunto, que teríamos a TPM 7. Só que desta vez, excepcionalmente, na segunda-feira. Não perguntei o motivo, apenas me aprontei e fui.

E voltei. E escrevi:

Será que alguém acreditou na última TPM?

Já esta aqui, a sete, foi a mais estranha de todas. Foi numa segunda-feira. *Monday Party Movie*. MPM. E, claro, não choveu.

Irene foi.

Lindíssima.

Por causa do Gustavo?

Não.

Por causa de Gustavo?
Não...
Por minha causa?
Não.
Por causa de Marissa? Paulina?
Não.
Conrado?
Conrado não foi.
Pink Starr?
Prometera aparecer.
Mas também não foi.
Cadê Pink?
Irene lindíssima.
Tinha um aniversário importante para ir. Mas não disse de quem.
De salto alto, exibia a metade de trás dos pés. Doces e macios calcanhares. Estou indo longe demais com esta tara. Pés alvos sem serem branquelos, com as veias certas nos lugares certos. Trechos da canela à mostra, calça comprida elegante, blusa idem, parecia pronta para atuar, não para assistir.
Mas foi.
Foi embora rápido.
Para tristeza de Gustavo.
Ainda em busca de alguém, o tal investimento sentimental de dias atrás não dera certo, ele procurava disfarçar a fascinação que tinha tido por Irene desde a primeira vez que ela penetrou na casa dele. Não só na casa.
Até de mim ele escondia o jogo.
Estava louco para sair com ela quarta, quinta, sexta, sábado...
Mas era segunda. E talvez ela fosse sair com outro.
Gustavo era o mais mudo de todos nós naquela noite.
Ele pensa que me engana.

Pior. Ele pensa que a engana.
Pior. Ele pensa que engana Paulina.
Paulina. Achei que não a veria por lá.
Evidentemente, ela foi. Continuo achando que, por baixo dos panos, é ela que nos controla. E me manipula.

Nesta segunda, entretanto, Irene estava sem títeres. Solta, ensaboada, livre.

Mas em momento algum apressou os rituais. Pelo contrário, explicou os três filmes que trouxera, votara em Rosselini sem pressa e mostrara suas aflições, dramas e emoções quando a última cena de *Roma, cidade aberta* se extinguiu.

Foi por minha causa a mudança de dia. Eu mesmo tinha esquecido quando liguei de manhã para Gustavo.

Estávamos em dezembro. Um dezembro quente no Rio de Janeiro. Daqueles que fazem motoristas se saudarem suarentos no sinal de trânsito, numa linguagem muda e solidária.

— Que calor... — dizem uns aos outros.

Calor no Rio é igual a cozinheira conferindo no forno se o bolo já está pronto. Aquele bafo quente.

Mas é bom.

Todos ficam mais pelados.

Corpos ardentes.

E o chope, justificado. Medicinal.

A sala de Gustavo não tem ar-condicionado. Um dia isso vai dar problema. A brisa vem de cima, de um ventilador de teto.

Coração satânico.

Preciso revisar melhor meus textos. Ando me repetindo.

É crime repetir? Beijar a mesma boca. Comer no mesmo bar. Abraçar os mesmos amigos. Repetir as mesmas palavras. As mesmas histórias. Os mesmos filmes.

Matar os mesmos inimigos.

Isto é crime.

Marissa e Paulina também foram belas. Naturalmente belas. O fim do ano se aproximava. Acho que me apaixonei por todas elas. Seria uma forma de repetição? Seria o grande motivo da ira de Paulina? Que parecia ter esquecido completamente o que me falara, acusando, agredindo.

Fim do ano. E mais do que a baboseira de ser um tempo para reflexão, promessas e arrependimentos, o fim de ano faz de dezembro o mês das pessoas bonitas. Mais arrumadas, apesar do calor e do suor que empapuça camisetas e cola malha com pele. Todos se preparando, dignamente e conforme a moda ocidental, para conhecer alguém. O ano que chega.

Quanto mais quente, melhor.

A sétima TPM. Talvez nem o mentor delas supusesse que elas dariam tão certo. Seja na chuva, no sol, no frio ou no calor. Envolvidos pelas discussões rápidas, etéreas, profundas e às vezes acaloradas sobre cinema, seres, perdidos como vocês, reservavam um dia por semana, doze horas por mês, para freqüentar esta espécie de ritual secreto. Nem tão secreto agora, pois numa festa qualquer, bêbado, topei com o DJ Conrado, que começou a perguntar sobre as noites na frente de todos na cozinha, sem explicar sua ausência, mas lamentando se ausentar. Orelhas curiosas, a sudoeste da geladeira — a cozinha é sempre o melhor lugar de qualquer festa —, ouviram o papo, apuraram melhor e ironizaram.

Era um amigo. Meu e de Conrado. Também estava na tal festa. Não teve o menor pudor de estuprar nossa conversa. E sacaneou a TPM.

Exatamente como eu fizera com Gustavo há três anos.

— Huuum... reunião para analisar filminho... que fofo... que lindo... — disse o sacana.

Falar o quê? Fazer o quê?

— Você não sabe nada, meu camarada. Este é um estudo sério sobre vida, cinema e relações pessoais. Gente que não se conhece, gente que se conhece, gente que se gosta, gente que se apaixona, que se interessa, que se desapaixona, que se desinteressa, que se abre, que se fecha, que se foda.

Tudo mentira. Não falei nada disso. Soaria patético.

E daqui para a frente, só verdades.

Papai Noel existe.

Esta história de verdades e mentiras, falso e real, fato e imaginação, foi na última TPM e deu uma confusão dos diabos.

Maria Irene, nossa segunda Aureliana, de estimada estirpe e sobrenome de princesa, estava tensa desde que chegara. Mas não era por causa do dia diferente, muito menos pela chuva ou pela possibilidade de ter que ir embora mais cedo por causa do misterioso aniversário.

Maria Irene estava tensa porque achava estar sendo julgada, avaliada, escrutinada.

Ela mesma conta. Ela mesma escreve.

Com as palavras dela:

"Combinei com Marissa da gente se encontrar na locadora do Estação Botafogo."

E continua, abrindo os olhos amendoados, perfeitos para os grandes pintores espanhóis, obrigados a pintar a corte ibérica em troca de prestígio, casa, comida e dinheiro.

"Sou cinéfila iniciante e a maior filona da locadora dos outros. É Marissa que é sócia."

Ainda pensando alto, relembrou o prazer de entrar no Estação Botafogo naquele entardecer de segunda-feira, pré-TPM.

"É locadora boa, toda divididinha por diretor... adorei. Fiquei lá olhando, esperando minha amiga chegar. Pedi ajuda aos balconistas, mas eles não compreenderam muito bem o que se passava no meu âmago, alma, espinha dorsal."

Claro, são burros. Umas bestas burocráticas colocadas no lugar errado. Que não sabem a diferença entre Godard e Glauber. Tem?

"Aquilo não era uma simples escolha de filmes!"

A agonia de Irene na locadora aumentava à medida que olhava o relógio e sentia falta da escudeira Marissa. Pensando insistentemente que não daria tempo de alugar os DVDs, comprar acepipes e ainda chegar na hora. Era quase noite. Era tarde. Era a vez dela de escolher os filmes. E começa a se desesperar. Os dedos coçam para ligar para alguém e pedir socorro. Não, não, ela jamais faria isso. Ao mesmo tempo, deu-se conta de que não tinha nossos números. Nem eu e Paulina, o dela. Melhor, pois a tentação de clamar por ajuda era gigantesca. Melhor para mim, pois a tentação de acumular paixões, seduções, interferindo de forma escrota na aproximação entre ela e Gustavo era gigantesca. Não era questão de ética. Paulina me dava tesão intelectual. Irene inchava minha glande. Nunca transei com uma princesa. E ela é de linhagem nobre. E perdida, solitária, naquela locadora, não daria o braço a torcer assim, sem cerimônia, sem coragem de enfrentar aquela estante de diretores cheios de coisas para contar.

Corajosa, ela começa a passear e passar despretensiosamente os dedos finos sobre as caixas de DVDs. Escolhe dois filmes. Não! São VHS! VHS não! Pensa alto:

"A paredinha de DVDs é bem menor que a de VHS. Ai, e este meu estômago que não pára de apertar. Cadê a Marissa?"

Finalmente, a grande amiga chega à locadora. Não está esbaforida e muito menos apressada. Clássica, quieta, serena. Como sempre. Pousa o braço nos ombros de Irene e diz suavemente, enquanto olha a amiga cheia de filmes nos braços:

— Você conhece esses filmes?

Como estava ao lado de uma amiga profunda, Irene não tem vergonha de escancarar a insegurança.

— De uns eu já ouvi falar, os outros, gostei da capa. Minha estratégia é levar uma porção de títulos bem diferentes uns dos outros para diversificar na votação. Besteira?

Não interessa.

Mesmo querendo fazer bonito e não decepcionar os cúmplices, uma coisa é batata. Irene tem certeza de que *Roma, cidade aberta*, de Roberto Rosselini, é um tiro certeiro. Um clássico que cairia como uma luva para os que nunca o viram e para os que já o viram. Clássico é isso. Para rever sempre.

Calvino.

Ainda faltam dois filmes. E o tempo corre. Marissa resolve ajudar. Percorre as prateleiras e retira *Adeus, minha concubina* e *Ata-me!*. Escolhas feitas.

Ata-me! 1990. Talvez um filme divisor de Rioja na filmografia do Pedro Veadão. Depois de conquistar o mundo com seu escracho, cujo ápice foi *Mulheres à beira de um ataque de nervos*, de 1988, Almodóvar virou o guidom e passou a misturar estranhamento com poesia, amor com *gauches*, lirismo com bizarro. Ricky, vivido por Antonio Banderas, é um órfão meio marginal apaixonado por uma atriz pornô, Marina Osório, interpretada pela magrela suculenta Victoria Abril. Ele a seqüestra e a amarra numa cama, pensando e sonhando que assim ela se apaixonaria por ele. O velho e bom amor, estapafúrdio e errôneo.

Adeus, minha concubina. 1993. Dirigido pelo chinês nova-iorquino Chen Kaige. O nome do filme é o mesmo de uma ópera chinesa do começo do século passado. Pessoas do século passado. Dois garotos se tornam amigos enquanto se submetem à duríssima disciplina oriental para virarem atores. Durante uma montagem em que um faz um rei e o outro uma concubina, ciúmes estranhos acontecem quando o que faz o homem se apaixona por uma prostituta.

Mas Irene continuava nervosa. Não queria se atrasar e o supermercado ao lado da locadora estava lotado. Isto é hora de fazer compras, cambada de desocupados? A novela das oito já começou!

Cerveja quente.

— Moço, tem freezer com cerveja gelada?

— Não.

Vai vinho mesmo.

"Fazer bonito, fazer bonito. Preciso fazer bonito. Vinho é perfeito para fazer bonito."

Era a idéia fixa dela. Precisava se redimir. Nem sabia de quê. Mas precisava.

"Ovinhos de amendoim! Quem resiste?"

Insegura, tensa, mas perfeitamente disfarçada de mulher segura, Irene dá o braço a Marissa, dá um real para o guardador, dá partida no carro e ruma a TPM.

Finalmente, a dupla chega à casa de Gustavo. Atrasadas, cheias de embrulho, mas esbanjando charme, apesar de supostamente estabanadas.

Frivolidade, teu nome é mulher.

De repente, aproveito o descuido de Irene e pego a sacolinha de filmes da mão dela. Estou curioso. Repito a cena e corro para o quarto, fazendo o meu número, claro, para ver que filmes a titular da vez levara. Bons filmes. Difícil escolha. Mas voto em Rosselini.

Enquanto estou no breu, Irene treme, aflita, e pensa consigo:

"Como o Victor demora a voltar do quarto com os filmes! Só me faltava essa. O crivo de quem estou aprendendo a respeitar. Mas que adora brincar e deixar os outros sem graça por segundos. Passam-se minutos.

Ouço um grito. De satisfação. A partir deste momento, sinto aqui dentro que me transformo numa verdadeira integrante da TPM."

O estômago da bela moça se acalmou.

— Maravilhosos! — berrei lá de dentro.

Roma, cidade aberta foi o filme escolhido. 1945.

Fala de guerra, de pós-guerra, de uma Itália submissa, pobre, ridícula e patética. De alemães pragmáticos. De falta de amor. Neo-realismo italiano mais uma vez. A atriz principal se chama Ana Magnani e interpreta uma futura dona-de-casa que ajuda o noivo *partiggiano* a resistir aos nazistas ocupantes. Aldo Fabrizi é um padre sonso, artífice de várias ações da resistência que acaba preso, torturado e morto. Antigo funcionário do cinema oficial de Mussolini, Roberto Rosselini aproveitou tomadas reais que fez durante a guerra para falar de uma Roma diferente. Sem glamour, sem *piazzas*, sem fontes, sem homens e mulheres elegantes. Seco, visceral e antifascista. É filme básico para quem diz que gosta de cinema.

Lindo e feito por gente obrigada a recolher cacos de um passado destroçado.

Sobreviventes.

Como Irene. Que durante horas atravessou o conflito da insegurança, duelou com um tremor anacrônico, submisso, pobre, ridículo e patético. Mas sobreviveu. E melhor do que os italianos, ganhou a guerra contra si mesma.

Poucos conseguem.

Agora, como ela mesma disse, sente-se uma verdadeira integrante da TPM. Não porque fez bonito. Sim porque escancarou o peito e ficou nua. Sem medo do estupro. Que não aconteceu. Que jamais acontecerá. Enquanto houver amor.

Eita, que veadagem.

E Gustavo quieto.

Talvez amando.

Em silêncio.

Por enquanto.

E Paulina quieta. Passou a noite toda quieta. Em vez de me fuzilar, ela me ignorava.

Não sei como conseguiu passar uma jornada inteira sem ser a protagonista.

TPM OITO

A ausência é a mais bela forma de presença.
O ano mudou. Eu viajei para João Pessoa. E entre natal, réveillon e férias coletivas na livraria, não fui a uma TPM. Doeu. Foi como faltar à formatura do melhor amigo, perder a decisão da Copa, não dar parabéns à melhor das namoradas. Uma tragédia, enfim.

Terrível e inevitável ausência. Eu estava precisando viajar, sair do Rio, fugir de Ana, da mágoa com a reação exagerada de Paulina, das discussões sobre pensão alimentícia com a minha própria mãe, do odor dos livros velhos. Dar uma sumida. Talvez imitar o jargão e ir para bem longe, para encontrar a paz e alinhar o carrossel de emoções que insistia em rodar minha vida, sem direito a musiquinha de realejo. Citando Cortázar, que citava todo mundo, cito Saramago: a diferença entre morte e ausência é que nesta última há esperança.

Logo, por impossibilidade física e espacial, não fui à TPM 8. Há dias e dias. Opções e opções. Estúpido é o amigo que cobra a ausência do melhor amigo na formatura. Se não foi, algo houve. Não importa se grave ou banal. Algo houve para não se ver a final da Copa. O mesmo serve para a ex-namorada irada. Bateu o telefone em vão. Se não liguei para te parabenizar, ó querida ex-namorada, foi porque não deu. Se te chateias por isso, foda-se, não foste a melhor das namoradas.

És a pior. És burra.

Quando liguei para Gustavo avisando da minha viagem próxima, engatei uma outra conversa.

— Queria depois sair para falar dos meus textos, de umas idéias que ando tendo...

— Eu já soube do estresse da Ninha.

— Vocês saíram?

— Mais ou menos. Trombamos no Baixo Gávea. Ela estava meio furiosa, mas baixei a bolinha dela. Relaxa você também. Depois a gente conversa sobre o livro.

— Livro, né? Ela já falou.

— Victor, você acha que todo mundo é idiota? Um ou dois ali na TPM, como você batizou, podem até ser muito sonsos, mas idiota ninguém é. Desde o primeiro texto já sacamos que era uma tentativa de livro.

— Mas vocês todos já conversaram sobre isso?

— Mais ou menos.

— Como mais ou menos? Que porra é essa? O que você está me escondendo?

— Menos, Victor, menos. Deixa de onda. Se você se dá o direito de subtrair dos nossos encontros suas inspirações, por que temos que dar alguma satisfação do que conversamos, eventualmente, na sua ausência?

Não estava gostando nada daquilo.

— Então, pode ficar tranqüilo para conversar sem mim na próxima. Falem à vontade pelas minhas costas, eu não vou estar e tal...

— Talvez.

— ...não gosto deste teu jeito lacônico. Sempre vem merda, mais cedo ou mais tarde.

— Vai viajar, *rapá*, depois a gente conversa. E deixa o laptop no Rio, senão, você é capaz de escrever até sobre o encontro ao qual não foi. A gente se vira sem você.

Foi bom perceber que eu não era indispensável. Houve o encontro, o primeiro do ano, apesar da minha ausência. A oitava reunião. Sem mim. Essa, sim, um verdadeiro exercício de ficção em estado bruto. Basta me dizerem o filme para eu começar a criar em cima. Com ou sem laptop na Paraíba. Mas eu crio comigo dentro das quatro paredes de Botafogo? Ou é melhor delirar em cima da minha ausência? Sinceramente, torci de longe para que houvesse a TPM 8 mesmo sem mim. Nem sempre sou cínico, escroto, egoísta, filho-da-puta, como andam achando alguns. E nessa terça-feira, como numa operação espírita, parei tudo que estava fazendo na capital paraibana para pensar em Irene, Paulina, Gustavo, Marissa e Pink. Cheguei mesmo a brindar na Praia do Bessa, à noite, despejando um gole de chope para o santo e para eles. Todos eles. Espero que também tenham pensado em mim. Ou pelo menos ela. A moça dos cabelos vermelhos desgrenhados.

Vermelha também era a cor da pequena luz da secretária eletrônica piscando quando cheguei em casa, dois dias depois, com a mala na mão. Recados.

Da mãe, da ex, do amigo, de Ana...

De Paulina.

Paulina me ligou.

Ainda no escuro da sala, eu a ouvi.

— Você pode me ligar, sumido?

Que bom! A ausência é a mais bela forma de presença.

Ouvi as outras mensagens. Apaguei todas.

Menos a dela.

Besteira. Acho.

Para que guardar aquela voz segura, penetrante, invasiva, se posso ouvi-la agora?

Mesmo sendo onze da noite. Queria ser penetrado por ela, invadido, dominado. No avião, só pensava em Paulina. Vibrava com o redescobrimento do meu próprio corpo. Achei que as porradas recentes abortariam qualquer paixão nascente. Estava com saudade daquela voz.

Liguei, tocou, tocou, ninguém atendeu.

Fiquei frustrado. Nem desarrumei a mala. Tampouco deixei recado na secretária eletrônica dela. Fui dormir. Nem escovei os dentes.

Morda os pulsos. Faça qualquer coisa. Mas não se apaixone nunca. Porque um homem apaixonado é um homem sem defesas.

Acordei tarde.

Ainda tinha um dia de folga.

Era sexta-feira.

E, infelizmente, teria que trabalhar no fim de semana. Plantão numa feira de literatura independente, dentro do Jóquei Clube.

Geladeira vazia, optei por tomar café da manhã no boteco da esquina. O portuga grosso nem esquentou o pão com manteiga na chapa. Média quente, queimou o céu da boca. O dia promete.

Comprei o jornal e voltei para casa.

No elevador, uma vizinha gorda me cumprimentou.

Continuei com os olhos no jornal.

Abri a porta e, por mais que fingisse desinteresse, olhei para a secretária eletrônica.

Piscava.

Era Paulina. A luz era ela.

Larguei rápido o jornal, tirei a chave da fechadura e bati a porta com o calcanhar.
Liguei correndo.
Ela atendeu.
Que bom.
Mais que excitado, fiquei feliz. Pleno.
— Eu fiz — disse ela tão logo atendeu ao meu chamado.
— *I beg your pardon* — eu disse, brincando com a menina dos diminutivos e barulhinhos.
Paulina passara a infância na Inglaterra. Tinha alma inglesa. Só a alma. O resto. Bom, o resto eu não conheço.
— Fiz coisinhas. Fiz palavrinhas. Escrevi — contou para mim.
Suei frio. Inveja? Certamente não. Posse? Certamente sim. Ridículo? Bastante. Dono das verdades e das mentiras, vi-me acuado, acossado, encurralado. Alguém que não eu escrevera sobre nossos queridos encontros. Pode?
— Claro que pode. E, para sua surpresa, você está muito presente.
— Como? Eu não fui. Você está uma arara comigo. Estava viajando, nem soube que houve. Achei que não haveria sem mim. E você ainda me diz que escreveu? Assim eu infarto de emoção.
— Rá, rá, rá! Você é ridículo. Não teria sem você. Ninguém merece...
Como gostava de usar gírias femininas novas a Paulininha.
— Você me manda por e-mail? — pedi, tentando esconder a ansiedade e lembrando que o laptop estava descarregado.
— Já mandei. E não se assuste. A ausência é a mais bela forma de presença.
Desligou.
Teatral como sempre.

Foi terrível o tempo de espera para o laptop carregar por completo e trocar a luzinha laranja pela verde.

Terríveis cinco minutinhos.

Deliciosos cinco minutinhos. Paixão tem dessas coisas biológicas. Apesar de sem graça e com um estranho buraco no estômago, fiquei absurdamente excitado com as provocações dela, o domínio dela, a voz. Dela. E fui para o banheiro me imaginar cão. E ela, cadela.

Barulho de modem, conexão com a Internet estabelecida.

Fui direto ao correio eletrônico do Outlook, desci o cursor freneticamente por outras mensagens sem importância, quatro da Ana, que saco, e saí engolindo cada vírgula, cada acento escrito por Paulina. Eis mais um texto roubado:

"Sim. Não havia dúvidas. Era a primeira terça-feira do ano. A primeira noite que eu vinha dormir no apartamento novo, a primeira noite de usar meu travesseiro de penas de ganso. Que foi a primeira venda da noite do cara do Botafogo Escada Shopping, lugar que é o único centro comercial perto do meu novo endereço. E também da sede da TPM.

Mas, também, a primeira TPM sem ele. Que triste, pensei eu silenciosamente. Estava na cara que sem ele tudo ficaria menos barulhento. Lá fora e aqui dentro. Menos perturbador, menos. Isso, apenas menos. E, resignada, caminhei da ladeira onde moro hoje até a casa do Gustavo. Até a ruidosa Rua Pinheiro Machado se aquietava de tristeza. Nem chovia! Foi quando me lembrei do curta-metragem brilhante *Frankenstein Punk*. E o bonequinho se apaixonando, por mais diferente que fosse. E o bonequinho de massinha andando por ruas escuras e estranhas, como a Pinheiro Machado daquela noite especial. Afinal, sentia-me como a criatura de Mary Shelley, mas não poderia cantar *Singing in the rain! Happy again, happy again...*

Dessa vez, não fui de carro azul. Afinal, a TPM era sem ele. Durante algumas passadas, cobrei de mim coerência, calma e sensatez. Pára de pensar nele. Mas bastava uma buzina para remexer meu coração. Ô inferno. De volta à Terra, de volta à sensação de insegurança urbana. Naquele caminho de, no máximo, sete minutos, poderiam acontecer coisas estranhas. Esse medinho bem que me animava e me fazia esquecer da ressaca pós-ano-novo que nunca aconteceu. Por falta de *flûtes* de champanhe! Houve *réveillon*? Passando pela pedreira que ladeia a Pinheiro Machado, imaginei que um mendigo parecido com aquele de *Mulholland drive* iria me assustar. Mas eu não tinha complexo tão profundamente perturbador e capaz de gerar um mendigo originado do medo... E, convenhamos, eu tinha medo era de outra coisa naquela noite. Eu temia a saudade.

O porteiro sequer quis saber para onde eu ia quando entrei na portaria, na Rua Bambina. Não importava. Toquei a campainha. Gustavo estava com cara de Ano-Novo. Como aquela camisa branca que todo mundo guarda para ir a uma festa de *réveillon* que leva quase sempre a lugar algum. Mas que, no fundo, todo mundo gosta de vestir. Como a esperança. Cheguei, feliz por ter conseguido atravessar o caminho segura. E logo fui dizendo, inevitavelmente provando que de vez em quando invoco uma porção feminista fora de época, que hoje seríamos mulheres em massa:

— Hoje a TPM é das mulheres!

Seríamos eu, Marissa e Irene e Gustavo. Mas me enganei.

É, pensando bem, fora o ano "me enganei". Então aprendi a conviver melhor com esses enganos. Afinal, me enganei de endereço, indo morar no Recreio. Me enganei de amor. Me atrapalhei toda tentando depois separar o que era afeto de amor, de desejo, de amizade e tudo o mais. Mas foram tantos enganos que até alguns, de tanta bagunça, se transformaram em acertos. Por exemplo, a TPM. Um despretensioso encontro de amigos recém-(re)encontrados nos desencontros dos enganos. Ou seriam dos desenganos. Sei lá!

Que se transformou num pequeno ritual. Necessário. Para os mais assíduos, o dia de recusar os convites mais tentadores, ter uma desculpa bacana para evitar as roubadas. E foi assim que recebi a notícia de que a TPM manteria o mesmo equilíbrio ecológico. Porque teria eu, Marissa, e o Gustavo... A Irene fora assaltada por um imprevisto. Mais tarde, Marissa me disse que era "do bem". Que ótimo! Alguém finalmente com algo tão bom em vista. Melhor que a TPM? Talvez, quem sabe. Prefiro minha imaginação romântica. Juro que não é charminho, mas Gustavo também convidou um amigo, que lá ficou mudo, meio acuado. Nem lembro o nome dele. Tenho certeza de que jamais voltará. Aliás, por que Gustavo se sente o dono de tudo? Sim, ele criou. Sim, ele nos criou. A casa é dele, a conta de luz e até a tarefa da limpeza depois que vamos embora. Mas daí chamar e convidar quem ele e somente ele quer? Bem feito. Nem lembro o nome do mudinho.

O que tenho que confessar aqui é o seguinte: apesar da ausência dele, a TPM foi muito interessante. Primeiro, pela escolha do filme. *One flew over the cuckoo's nest*, de Milos Forman. Em bom e nem tão belo português, *Um estranho no ninho* foi a opção. Sábia. E bem condizente com a primeira TPM do ano que chegava. E estranhamente, mesmo sem ele, tudo correu de forma suave.

— Vi este filme, mas acho que vale rever — disse Gustavo.

Acho que o amigo concordou com um sim bocó. Deus, estou ficando igual a ele, o ausente, implicante, ciumenta e rancorosa.

Todos já tínhamos visto o filme. Mas ele merecia atenção. Afinal, alguns fragmentos de memória estariam lá. Ou não.

Pois bem, vamos, enfim, à sessão. Tínhamos ovinhos de amendoim. Tínhamos também minipacotes de sucrilhos de chocolate, uma novidade crocante que muito alegrou o espírito.

Marissa estava contente com a possibilidade de assistir a mais um Jack Nicholson. Eu também. Gustavo disse que também esperava bastante do filme. Havia muitos anos que eu não o via. Por uma ou outra razão, sempre editei um pedaço de *Um estranho no ninho* com *Expresso da meia-noite*. O que sempre foi também uma grande bobagem.

Sentamos, solenes. Primeiro vieram os inevitáveis risos. Danny de Vito interpretando o sempre baixinho baixinho. Jack Nicholson debochando do barbante frágil que separa a sanidade da loucura. A razão cartesiana parecendo a mais alucinada forma de esquizofrenia. Que profundo. Nosso amigo que é o protagonista também se enganou redondamente durante os 133 minutos de filme. Pensou que todos eram loucos. Errou. Pensou que iria fugir. Também se enganou. Ou será que foi apenas enganado? Pensou que iria escapar incólume. Ledo engano.

E, quietinhos ainda, saboreamos um ar de libertação trazido pelo sempre Milos "Hair" Forman. Lembramos como isso devia ter sido importante naquela época. O índio, fingindo-se de mudo e xamanizando tudo ao redor. A morte, a vida. O incômodo. Não consegui ficar quieta, meio que avisando Marissa do porvir, como se avisasse minha irmã mais nova:

— Vai começar a ficar pesado — alertei, sentindo o profundo incômodo que toma a sala quando Nicholson parece ter sido lobotomizado.

Ninguém me pediu para parar de falar, mas mesmo assim parei.

Daí foi filme em frente. Emoção. O ódio pela enfermeira e a vontade de que ela morresse, assexuada e má. Adorei a possibilidade do maniqueísmo. É bom ter um personagem para ser odiado. Todos os dias deveríamos ter um ao nosso lado. Terapêutico. Naquele dia, era o pobre amigo mudo do Gustavo.

Daí veio tensão atrás de tensão. A construção de um universo paralelo no qual, possivelmente, o nosso protagonista estivesse ileso. Enganaram-se todos. Acabou o filme. Suspiramos de admiração. Gustavo, Marissa, o mudo e eu concordamos.

Em coro.

— Filmaço. Este lembra sempre o espírito de *Hair*. E Milos Forman sempre sendo a voz dos americanos que pensam — situou Gustavo.

Concordamos. Eu enveredei pelos caminhos da californiana fórmula de sabedoria xamânica etc etc. Marissa também embarcou na viagem. Concordamos todos que o filme era um grito de libertação. Que a morte emprestou a vida ao outro. Quase como num ritual ecumênico. *Hair* não seria menos do que isso. Não deu nem para nos preocuparmos com os ângulos propositais da câmera ou com os sugestivos enquadramentos. Tudo ficou irrelevante. Até a ausência dele.

— E o paraíba do Victor, hein, deve estar morgadão, curtindo um *back* nordestino numa *nice*... — lembrou repentinamente Gustavo.

Foi a deixa perfeita para Marissa finalmente falar.

— E o tal livro, hein? O que que vocês acham?

— Xiii... isso está dando uma confusão — ironizou o homem da casa.

— Por quê?

Expliquei.

— Eu dei uma surtada. Reclamei muito, acho que ele tinha que ter falado conosco que estava querendo escrever um livro com nossas vidas.

— Ah, Paulina, menos, né? Nossas vidas? Ele só está contando um monte de história fragmentada, baseada nessas nossas reuniões.

— Isso porque ele não transou contigo literariamente — emendei logo, fazendo aqueles gestos com os dedos simulando aspas.

— Nem fala, menina. Estou doido para ele chegar para mudar aquela história de quase ter transado lá no filme do Orson Welles.

— Ué... isso de novo?

— Ué, Marissa, agora não te entendi. Não era só um monte de fragmentos e tal, tal...

— Sei lá, comecei a namorar...

— Duvido que Victor Vaz vá tirar alguma coisa. Ou ele não publica o livro... — murmurou Gustavo.

— Vem cá, vocês acham que isso vira um livro mesmo? — desdenhou Marissa.

— Não tenho a menor idéia. Sei que estou saudosa dele e da Irene — desconversei.

— E se a gente ajudasse? Assim este embrião do incômodo morreria de vez? — sugeriu Marissa.

— Por que não? Ele anda escrevendo umas bobagens cinematográficas.

— Mas, Gustavo, ele bota muitas vezes nas nossas bocas.

— Pois é, eu poderia dar uma revisada.

— Uma obra coletiva! — gritou Marissa.

Gargalhei por dentro. Tolinhos, tolinhos, ele é igual a mim. Subiria nas tamancas.

Afinal, deixando de lado o ambiente doentio daquele hospital e a máscara aterrorizante da enfermeira má no filme do Milos, tudo sabia nada. E depois daquela TPM, certamente nada será igual. Afinal, no nosso ninho não cabem estranhos, porque nós somos os estranhos. Ou sobra o estranhamento de quem se retirou? Ou, como diria Sartre (e eu um dia escrevi que foi Camus quem escreveu essa máxima existencialista, mas fui corrigida a tempo), o inferno são os outros.

Ou não?"

Fim do relato dela.

Voltei. O ausente.

Atônito.

De tanto brincar de Deus, o autor se viu impotente quando assumiu o papel de marionete. E ainda teve torcicolo ao tentar desesperadamente olhar para cima, a fim de reconhecer quem manipulava os títeres.

Perturbador.

E Paulina ainda teve a coragem, a petulância, o desatino, de mandar um e-mail para todos nós com o seguinte texto ridículo:

"Oi, gente. Segue o relatório da TPM 8, a primeira do ano! Assinada por mim, com a autorização de Victor Vaz. Beijos a todas e todos!"

Minha autorização? Ela é muito canalha. Canalha e corajosa. Estava exposta ali, usou a palavra "coração" sem pudor. Confessou. Terrível e atraente semelhança.

Mas não acabou. Gustavo comentara por escrito o relatório de Paulina. Palavras e palavras. Frases e frases. Eu já fiz sete. Ele jamais comentara uma linha sobre o que eu escrevera. Ela escreveu sobre uma e Gustavo derreteu-se em elogios.

E já chegou bolinando os seios. Elogiando descaradamente.

"Ninha, parabéns pelo texto da TPM 8."

Soprou antes de morder.

"Ressalvo apenas que, diferentemente do que você disse, aquela foi a primeira vez que assisti ao filme. E você foi muito sacana com o Pablo."

Se a versão é melhor que os fatos, pior para os fatos. Dizem ser de Otto Lara a frase. Mas juro tê-la ouvido de Nero, velho boêmio e antigo sambista. Era Ipanema. Ébrio, com uma lata de cerveja quente na mão esquerda, esbravejava e gesticulava com a direita na direção de um ambulante que fugia.

— Esta merda está quente, seu picareta! Devolve o meu dinheiro.

— Olha a gelada, olha a gelada — gritava o camelô, enquanto corria chacoalhando o isopor.

Ofegante, Nero parou. Olhou para a praia, para os prédios, para as bundas, para as janelas, e decidiu.

— É... esta merda está gelada. A versão é melhor que os fatos — e voltou a beber. Agora feliz.

Gustavo não tinha realmente visto o filme.

Era fã de Jack Nicholson.

"Ele é daqueles atores/aparição que, com apenas quinze segundos na tela, nos faz sair da mesmice. Tinha-o visto, poucos dias antes, no Easy rider. Fantástico. Ele é um cara que encarna perfeitamente o espírito da liberdade. No filme, está próximo do guerreiro nietzschiano. Potente, afirmativo, rompendo limites. A sociedade não compreende, não gosta e não aceita pessoas deste tipo. É fichado como louco."

Do filme para a vida. Gustavo acaba sofrendo uma crise de analogia, tão comum conosco. E passa a falar, no mesmo e-mail, de nós.

"Todos temos, com certeza, as nossas deficiências, os nossos medos, as nossas neuras. Mas temos algo a nosso favor. Gostamos de arte. Gostamos da liberdade. Por isso estamos na TPM. Poderíamos estar em outro canto, fazendo outras coisas, mas, no fim, todas as terças (ou quase todas) estamos lá para ver, ouvir e emocionar a nós mesmos, pensando e discutindo os limites do ser e do não ser."

Tanto Paulina como ele usando a sigla TPM, cunhada por mim. Acho que daqui para a frente não preciso mais me preocupar. Eles finalmente estão mostrando maturidade. E melhor, adorando escrever sobre si próprios.

Gustavo continua.

"Por mais que amemos a liberdade, no entanto, precisamos tomar cuidado com as rusgas (que certamente surgirão). Eu quero, e vou, manter os encontros, nem que todos saiam e que venham novas almas. Mas vocês são almas boas. Quero que fiquem, mas que fiquem em paz, e em nome da arte. Poesia é feita com risco, sim, mas acredito em respeito ao outro. Serenidade, senhoras e senhores, serenidade."

Belo recadinho para mim. Respeito ao outro. Tolice medíocre. Não esperava isso dele. Acho que não vai ter jeito. Na próxima, vou ter que escancarar logo minhas intenções e opiniões. Já que ninguém ali é idiota, que todos perceberam e blablablá... vamos ver quem é a favor, quem é contra, e se o Gustavo, com esta indireta risível, tem a coragem de me expulsar da TPM. Se pretende fazer uma votação ou se vai pôr em jogo nossa amizade em nome da posse. Logo ele, que não disfarça o prazer orgástico de ver suas opiniõezinhas abalizadas lidas por mais alguém além dele. Bem sei quanto ele torce para isto tudo virar um livro e finalmente o desconhecido e injustiçado crítico ser devidamente reconhecido pelos círculos inteligentes da cidade. A mim você não engana, amigo.

Virou o ano e a sala do apartamento-sede das TPMs virou um precipício. Os que lá chegam, os que lá tocam a campainha por volta das nove da noite pisam em falso e caem. Apesar de ser cada dia mais fundo, nosso buraco não é assustador. Mas é um buraco. Como a estranha canaleta de *Quero ser John Malkovich*.

Por enquanto, convivemos com os outros e não com nós mesmos. Dentro deste buraco, desta caverna, deste mito da caverna, Gustavo brinca com Marissa, que beija Irene, que abraça

Victor, que reclama com Paulina, que discute com Pink, cadê Pink? Uma cratera tão grande que é capaz de recepcionar hóspedes temporários. Estes, aliás, são os únicos que descem seguros por uma corda.

Sem perigo de cair. E não voltar.
Eu não fui à TPM 8.
Foram por mim.
A ausência é a forma mais bela de presença.

TPM NOVE

Os outros.

Na véspera da lavagem de roupa suja, dormi com Ana. Na véspera do meu sexo com Ana, Paulina passara a noite chorando na Academia da Cachaça, ao lado do europeu. Na véspera do pranto de Paulina, Gustavo implorara na cozinha do apartamento, pela terceira vez, para Carla voltar.

Na tradicional posição pós-gozo, olhando para minha barriga e mais além para os meus pés, divisei o vulto de Ana saindo do banheiro do motel. Nua, virou a cabeça para o lado direito, enxugou a orelha esquerda, fez o inverso, e naqueles movimentos femininos misteriosos e contrários à física, armou o turbante que envolveu seus cabelos com três tons de louro. Eu detestava aquelas tinturas, mas ela não conseguia se livrar do passado perua. Alta executiva, me conhecera por acaso no bar de um hotel em Búzios, durante um seminário sobre cópias piratas de livros. A famosa xérox desautorizada. Ela estava a lazer, chegara mais cedo do que o marido, um engenheiro coroa, professor universitário. Nosso encontro foi muito sem querer, mas ela me parecia estar no cio e trocamos telefones. Isso já faz um ano. Não sei se sou o único caso dela, mas me divirto com suas excentricidades. Chefe dela mesma, mais de uma vez me ligou ao meio-dia ordenando:

— Vamos para Araras agora que eu quero dar para você!

Eu simulava uma disenteria, saía da livraria e lá ia eu subir a serra naquele carro maravilhoso cujo nome nem sei soletrar. Íamos para alguma pousada caríssima, ficávamos por seis horas e voltávamos. Eu não perguntava sobre a vida dela. Já ela era uma curiosa inveterada.

— Quando você vai me mostrar os originais do seu próximo livro? Se não mostrar, eu não te chupo... — dizia ela. Por dentro, eu me perguntava como agüentava tanta baboseira e infantilidade vindas de uma leoa dos negócios. E quanto mais eu ficava *blasé*, mais ela fustigava.

Nessa segunda, ela começou com a mesma ladainha.

— Um dia eu vou descobrir onde você vai às terças e vou invadir, poderosa, mostrando para suas barangas intelectuais quem sou eu! — cantarolou, tirando o turbante e simulando uma cena Moulin Rouge.

Eu e meu pau, inertes, desanimados, olhávamos aquilo tudo com desdém.

Ana estava animada, feliz. Cabelos ainda molhados, passou a executar um ritual que, confesso, eu adorava. No começo estranhei, depois achei extremamente charmoso. Dava alguns passos largos estalando os dedos e jogava com força a cabeça para a frente. Os cabelos ultrapassavam velozmente a nuca. Depois, voltavam na mesma velocidade. Repetia isso umas três vezes. Como o pêndulo feito pelos metaleiros em shows pesados.

— E o livro novo? — interrogou, pondo a calcinha rendada lilás. O que tinha de cara tinha de brega. Mas era bom. Todo homem gosta de passar uma época entregando-se a uma perua. Até as unhas vermelhas eu perdoava.

— Eu vou escrever sobre esses encontros. Ou melhor, já estou escrevendo.

— O quê? Cretino! Por que não escreve sobre a executiva gostosa que fascina o promissor escritor!? — e tome mais coreografia na minha frente.

— Anda, Ana, vai, se veste logo.

— Então conta, conta...

De repente, me abri. Não éramos de tecer grandes conversas profundas, mas naquela hora resolvi que Ana podia ser uma boa ouvinte, consultora, sei lá.

— Lembra aquela vez que você me ligou da sua casa, toda ciumentinha, sussurrando, de madrugada? Perguntando que terça-feira era essa e tal. Era o dia do primeiro encontro. Fiquei tão excitado, tão animado, que, mal abri a porta, me joguei no computador, escrevendo loucamente sobre tudo o que eu lembrava de ter acontecido.

— E você mostrou para eles?

— Não. Não a princípio. Na segunda vez, repeti o ritual e tive o estalo de que estava ali meu quinto livro. Só que, por alguma razão, ocultei isso deles por mais uma semana. Depois relaxei e mandei. Eles gostaram, riram, alguns se lixaram. Mas ultimamente a coisa degringolou. Tem gente se sentindo usada, percebo uma desconfiança geral.

— Nossa, as pessoas são muito imaturas e bobocas. Você está criando em cima ou apenas reproduzindo diálogos?

— Criando, lógico. A memória falha me ajuda, eu troco falas, invento personagens, potencializo diálogos, pesquiso dados, e por aí vai.

— E qual é o problema?

— Ética, talvez.

— Ética? Que babaquice. O teu trabalho é esse, eles são apenas fonte de inspiração; é só inventar uma penca de pseudônimos e ir em frente. Aposto que, no fim, todos irão adorar.

— Pseudônimos?

— Claro, tolinho. Para evitar processos.

Saí fortalecido daquele encontro com a perua. Ela, surpreendentemente, não me cobrou nada, não quis ver o que estava sendo escrito. Pena, não lerá estes elogios singelos.

Já Paulina não tocou, em momento algum, no assunto TPM. O europeu aparecera de repente no Rio de Janeiro. Ela tremeu. Ele representava muito mais do que um amor passado, um futuro sólido ferido pelas circunstâncias. Vê-lo era ver a Europa, o aeroporto, a rota de fuga. Por isso chorara. Não porque agora ele estava casado, grávido e morando, feliz da vida, num subúrbio rico. Chorava porque olhar aquela figura, ouvir aquela língua estrangeira, faziam-na tremer por dentro, os calafrios percorriam suas veias como o Reno recortando a Alsácia. A cada pergunta iluminista do ex-amante, evasivas tropicais.

— Qual o problema? Quer que eu vá embora?

— Não, não é isso. Esquece. Sou eu. Conta mais de você. Estou bem, estou bem, acredite.

Despediram-se com um abraço e um selinho.

Chegando em casa, tomou uma ducha quente, respirou fundo e adormeceu. Passou a segunda-feira anestesiada, mas despertou animada para a terça.

Carla bebia um, dois, três copos de água. Gustavo, contido, não derramava choro, mas abandonara o orgulho.

— Carla, eu simplesmente só penso em você.

— Não acredito. Você se repete.

— Agora é diferente. É paranóico. Com você eu me enfastio, sem você eu me perco. Já aconteceu duas vezes. Numa fiquei errante, na outra tentei namorar, cheguei a viajar para a Itália, forçando uma lua-de-mel, mas não rola, não rola, não tem jeito. A mulher ficava lá deitada, dormindo, num puta hotel da Toscana, e eu na varanda, pensando em você.

— Eu estou namorando, você sabe.

— Namorando, namorando. Você também sabe que eu não reconheço este namoro.

Ainda arrumou espaço para o bom humor. Tirou o copo d'água das mãos dela e recitou Roberto, ensaiando uma valsa.

— "Daqui pra frente, tudo vai ser diferente..."

— Eu vou embora, Gustavo. Não quero sofrer. Eu te adoro, mas não sinto a mínima segurança, tenho saudade do nosso passado, tínhamos tudo para dar certo e você pirou duas vezes. Não vou cometer a mesma burrice. Não é para ser, não é para ser.

Bateu a porta e deixou o grande Gustavo comedor prostrado, às nove da noite de um sábado estrelado, sem vontade de sair nem de beber nem de nada. Ligou a secretária eletrônica e nem precisou do clichê da bebedeira. Caiu na cama e dormiu profundamente. Não ouviu a voz mecânica de Irene chamando para o cinema nem o meu recado, perguntando "qual era a boa".

Hei de ser seleto. Casta, elite, eleitos. Senão fica tudo igual. Poucos fundaram as TPMs. Alguns orbitam por elas. Muitos sonham ser chamados para os encontros de Gustavo. Outros torcem para serem citados no mais novo livro de Victor Vaz. E se invento alguns passageiros nesta viagem, nesta minha viagem, omito outros. Não quero agradar. Quero inventar, reproduzir, me inspirar. Eu criei o livro. Eu sou este livro. Eles não me pertencem. Mas o livro é todo meu.

Todo. Saí fortalecido deste parágrafo.

Irene, que no sábado ousou ligar para Gustavo, desligou o telefone depois de deixar o recado e foi para a casa de sua preceptora. Era tão próxima, tão íntima, mas não era uma interação tornada pública. Todos têm segredos. A grande conselheira de Irene era mais velha. Confidente. Madrinha. Que a acompanhava desde as primeiras esculturas de argila no maternal. Viúva, sem filhos, escultora frustrada, viu em Irene um *alter ego* para ocupar o tempo de vida que ainda lhe restava. Estava com câncer. A herança do falecido sustentara seus pequenos luxos, como o camarote do Municipal e a mesa cativa no Antonio's.

Liam juntas, iam a museus, almoçavam em bistrôs simpáticos. Irene jamais a considerou uma segunda mãe. Apenas uma grande amiga. Mais velha, para espanto de suas grandes amigas mais jovens. Com ela aprendera muito. A ela ensinara muito. Contou da TPM, do flerte que achava estar sofrendo de Gustavo, dos novos amigos, dos filmes. Porém, jamais pensou em levar a guru para o três-quartos de Botafogo.

Marissa também tinha alguém muito querido para levar. Mas era impossível. Thales morrera de leucemia aos 17 anos. Eram unha e carne, vizinhos de prédio no Posto 6. A perda do amigo, promessa de amante, amadurecera Marissa de uma forma inexplicável para a família. No dia seguinte, abandonara o luto, fortalecera-se, passara a emitir opiniões, perdera a timidez, como se Thales tivesse se recusado a subir. Como se Marissa o tivesse incorporado para sempre. Ela saíra outra mulher daquele luto precoce e traumático.

Cadê Pink?

Meus novos namorados: Gustavo, Marissa, Paulina, Irene e Pink. Somos seis que venderam a alma, não pediram recibo e muito menos troco. Cada um ali vendeu uma alma. Mas ganhou cinco.

Lamentável que este caso de amor esteja para explodir. E a culpa não é minha nem do livro. É das almas.

Nesta terça que agora começo aqui a relatar, ou a inventar, se a memória falhar... e ela sempre falha. Eu cheguei cedo, muito cedo. Chovia bastante desde o amanhecer daquele janeiro seco. Toró tropical. Passara o dia trabalhando e pensando em Pink. O que faz ela na lista acima? Sumira misteriosamente, sem deixar pistas, rastros ou traços. Atriz, morena, provocante, não no sentido carnal, Pink mais parecia, ou parece, aqueles personagens etéreos de David Lynch. Que surgem no meio do roteiro e somem antes do fim. Como se estivessem no filme errado.

Mas ela vendera a alma. Por isso, a nós pertencia.

Pinks à parte, nem ela nem as Aurelianas Buendías apareceriam desta vez. A dupla estava enlouquecida a uma semana do *vernissage*. Seria uma exposição em grupo, com mais duas artesãs do metal, numa loja moderninha de Ipanema. Momento de se impor no, vá lá, mercado. Etilicamente, porém, estariam presentes. Da última vez, haviam levado um vinho tinto português. Porca de Murcia. Que dormiu intacto na geladeira de Gustavo, ao lado de quatro cervejas diferentes. Esta casa está precisando de uma esposa zelosa.

Estava.

Não que Gustavo tivesse resolvido se casar.

Muito menos que já tivesse acontecido o romance que eu cheirava no ar entre ele e Irene.

Gustavo pôs a casa à venda.

Pausa teatral.

A platéia, sem fôlego, espera o desenrolar da trama.

Outra pausa.

Gustavo pôs a casa à venda!

A cena é retomada.

Gustavo quer sair de Botafogo. Quer ir para perto do mar. Abandonar a Baía de Guanabara dos peixes sujos. Trocá-la pelos peixões do Leblon.

As TPMs, conforme concebidas, estão com os dias contados.

O simbolismo daquelas quatro paredes não transcenderia, não resistiria a uma mudança geográfica. Pobre de quem comprar aquele apartamento que já deixa saudades. Pobre do apartamento que vai nos perder. Os ouvidos das paredes não mais terão o que ouvir.

Última pausa.

As TPMs estão com os dias contados?
Não por isso.
Fazia um calor insuportável na tal terça-feira em que cheguei muito cedo. Nenhuma mulher havia chegado. Por enquanto, só Gustavo e eu, falando de futebol.

— Você viu o gol do Ronaldinho?
— Qual?
— O Gaúcho.
— Nossa Senhora, esse cara é animal. Vai arrebentar na Copa.
— O controle de bola dele é absurdo.

Além das quatro cervejas e do vinho português, amendoins e castanhas nos aguardavam. Desde que derrubei uma tigela de pipoca no chão da sala, evitava fazê-las novamente. Eu disfarçava bem meu mal-estar com aquele que queria me expulsar dali.

No "Jornal Nacional", Lula passeava em Paris. Parreira e Zagallo, pela segunda vez, convocavam a Seleção pela primeira vez. Para um jogo contra a China.

A campainha toca.
Paulina.

— Atende lá, mané — pede o anfitrião, carinhosamente.

Já são mais de nove horas da noite. A pontualidade dos primeiros encontros fora para o brejo.

Pior para o relógio.

Pelo olho mágico diviso um vulto bizarro, diferente, desconhecido.

Outro estranho no ninho.
Quem será?
Abro.
É André. Irmão de Paulina.
André Ribeiro do Couto.
Surpresa na TPM.

Pelo menos, surpresa para mim. Gustavo não demonstrou espanto algum. Chega a ser vil esta mania deles todos de combinarem filmes, pessoas e cardápios pelas minhas costas. E de novo me veio a idéia de chamar a Ana. Rapidamente esquecida. A prepotência estava me tornando infantilmente vingativo.

Sinto no rosto do estranho que uma farsa estava sendo produzida. Infantilmente, a irmã se escondera atrás de uma esquina do corredor. Aparece de repente. Risos tímidos.

Gustavo sai da cozinha, saúda André quase que fraternalmente e dá duas beijocas em Paulina.

Fecho a porta.

Minutos depois, nova campainha.

Não atendo.

Gustavo abre a porta, novamente sem mostrar surpresa.

É a irmã dele.

Surpresa na TPM.

Pelo menos, surpresa para mim.

Marido traído, saudei todos eles e fiquei emburrado num canto da sala durante longos dez minutos. Suficientes para me perceber babaca. A coragem que Ana me passara e a confiança nos contra-argumentos que eu usaria desciam rapidamente pelo ralo. Não sabia mais se aquele era o dia para o meu livro ser discutido. Na minha cabeça, a idéia de complô e motim contra mim amadurecia.

E, mais uma vez, o filme é tirano. Sem opções.

Juro que me deu uma vontade gigantesca de ir embora. De nunca mais voltar. Aquelas conversas e sorrisos, como se eu não estivesse ali, me pareciam estudados.

Confiante e monárquica, Paulina tira o DVD do saco plástico como quem tira a sentença de um condenado. Sem direito a apelação. Normalmente, as mulheres sabem o que fazem. Mas quando não sabem, é hecatombe.

Vittorio De Sica.
Ladrões de bicicleta.
Gustavo já roubara uma bicicleta, ou melhor, já vira o filme há muito tempo. Porém, adorara a escolha. Hoje mais maduro e com um olhar tremendamente afiado, corria atrás do tempo perdido, ou melhor, da memória adolescente de tantos filmes não compreendidos.

Todos gostaram da escolha.

Inclusive eu. Mas não fiz questão de demonstrar. Continuava acabrunhado e antipático. O filme me lembrou Paris. Certa vez, numa tarde solitária, tinha ido bater perna no Beaubourg. Numa sala pequena, havia uma mostra de toda a obra vittoriana. Naquele dia, naquela exata tarde de outono europeu, passava *Ladrões de bicicleta*.

Você viu?

Nem eu.

Não tinha dinheiro.

Lá fora, o céu caía. Não em Paris. No Rio. No verão carioca. Todos se aboletam na sala. Com menu escasso e muita gente desconhecida, não há muita conversa mole e o filme logo começa.

É uma TPM ímpar.

E não há motivo para olhar de cara feia para ela. Mas olho. Sinto saudades de Marissa, Irene e Pink. Sinto-me inseguro. Sinto-me um merda. Pela primeira vez na TPM não me senti um igual, uma parte do todo. Pela segunda vez no ano, senti-me um câncer num organismo saudável.

Mas o filme era bom para cacete.

Anos 40. Delicioso contraponto aos filmes vazios do pré-guerra e ao cinema fascista, poderoso por natureza.

Play.

Lá estavam os elementos do movimento encabeçado por Visconti, Rosselini e o próprio De Sica.

Atores amadores, cenários reais, pouquíssimas cenas de estúdio, luz natural, direção simples e diálogos naturalistas.

Na tela, o filme rolando. Uma lista de chamada. Uma fila de desempregados. Um pai desiludido e fodido não ouve sequer seu nome ser chamado. Sacudido por um colega, ele se apresenta ao capataz que lia alto os nomes dos que eram escolhidos para a cobiçada vaga.

— Este emprego que estou oferecendo agora necessita que o candidato tenha uma bicicleta — avisa o grosseiro.

Repentino constrangimento. O pai de família reflete segundos e mente.

— Claro. Eu tenho!

Não tinha.

Chega em casa com a boa notícia, feliz da vida, e avisa à esposa. Apesar de jovem, ela faz exatamente o que as matronas fazem. Lava, passa, cozinha e ainda atura um marido fracassado. Não muito diferente das Severinas e Raimundas das nossas periferias.

Juntos, empenham lençóis e outras tralhas para a família poder reaver uma antiga bicicleta, outrora empenhada por causa de dívidas. Por um momento, a felicidade aporta naquele lar miserável. Ele dorme esperançoso, tranqüilo. Acorda cedo, leva o filho para o trabalho escravo num posto de gasolina e se apresenta no novo ofício.

Vai colar cartazes.

Mas já na primeira parede, a tragédia. O idiota do pai fracassado sobe numa escada e começa a colar um cartaz como quem desarma uma bomba em Beirute. Tão concentrado na dificílima arte de passar cola num pedaço de papel e fixar numa parede que não percebe a presença de um trombadinha romano.

A bicicleta é roubada.

E o mundo cai na cabeça do estúpido.

Desesperado, ele clama pela ajuda de amigos próximos. Esconde da patroa a desgraça e sai pela cidade atrás do ladrão numa busca infrutífera, brancaleônica e patética.

A irmã de Gustavo e o irmão de Paulina não dão um pio. São novatos.

Paulina, Gustavo e eu soltamos pequenos comentários. A cada terça, mais se fala durante os filmes, menos se faz pose de cinéfilo.

Preto-e-branco, o filme é ágil e curto. A direção, segura, limpa e econômica, joga o espectador para dentro daquela Roma despedaçada, cheia de gente sem rumo, tentando recuperar o sentido de uma vida normal, urbana, sem tanques ou parentes mortos.

Nosso herói continua seu périplo até trombar com o ladrão, mas é incapaz de segui-lo por pura incompetência. É um merda. Com a ajuda do filho, acha um velhote conhecido do meliante, balança o braço dele durante uma missa procurando informações sobre a bicicleta roubada, mas é expulso da igreja por perturbar a cerimônia. Atordoado, vai parar num bairro barra-pesada onde vive o pivetinho, acobertado por uma manada de valentões. Nosso herói quer bater em todo mundo. Chama um carabineiro, que põe ordem no recinto e o aconselha a tomar tenência.

A velha impotência do poder público.

Filme obrigatório, *Ladrões de bicicleta* é absurdamente simples e colossalmente profundo. Sem saída, o pai desempregado decide lutar com as armas dos excluídos. E de forma patética, tenta roubar uma bicicleta de alguém durante um jogo de futebol da Lazio.

Sem esperança, sem bicicleta, o filme acaba. Simplesmente acaba. Como todos os párias.

Acabam.

Aparecem os créditos.

Aparece o torpor tradicional dos fins dos filmes bons.

Uma sensação de querer falar imediatamente misturada com "é melhor eu ficar quieto".

Como de costume, o anfitrião quebra o gelo.

— Mais do que a história, relativamente banal, o que me impressiona é ver como é bem trabalhado o pano de fundo. Um país buscando recuperar a identidade e aquele bando de fodidos perambulando pelas ruas.

Como de costume, a menina cor de fogo engata uma segunda e lança algo completamente díspar, mas sempre coerente.

— Freudiana. A relação pai e filho é completamente freudiana.

Subo nas tamancas.

— O quê? Freudiana? Esse pai é um bosta. Um merda que não pensa no filho. O moleque está com ele o tempo todo, ajudando, apoiando, e sequer recebe uma palavra de carinho. E ainda é esquecido durante uma perseguição ignóbil daquela ao ladrão da tal bicicleta!

A ausência paterna é a mais terrível forma de presença.

— Pois é, freudiana — insiste Paulina, enfiando um estilete imaginário na minha óbvia revolta contra a figura paterna. Fui destrambelhado e deselegante.

Afinal, era eu ali na tela.

O filho, claro.

Sou um excelente pai.

— Meu caro Victor. Todos os pais são assim. Não se desespere. Não se identifique — contemporiza Paulina, também com problemas paternos.

— O menininho é impressionante — observa a irmã de Gustavo, Sônia, até então quieta e reclusa. Recém-separada, ela provavelmente concorda que todos os pais são assim.

Eu não sou assim!

Mais falante, contendo o sarcasmo e procurando eco, o irmão de Paulina, um garoto de 25 anos, prodígio, inteligente e crítico, inaugura seu rol de opiniões.

— Mais do que bobo e relapso, este pai realmente não percebe o que está acontecendo com o mundo à sua volta. Falando nisso, tirando a esposa dele, todos os personagens parecem padecer deste mal. Não têm a menor idéia do contexto, de como estão isolados da realidade.

— Eu já tinha visto e gostei muito mais agora — avisa Gustavo.

— Como tem gente sozinha neste filme. O pai, então, nem se fala — pensa alto Paulina.

Por que somos proibidos de odiar nossos pais?

As cervejas acabaram, os petiscos idem, e o vinho descansa, sozinho, num cantinho da mesa que fica debaixo das prateleiras de livros.

De repente, alguém fala em Nanni Moretti. Inicia-se um elogio geral ao cinema italiano de outrora e uma crítica feroz ao cinema italiano contemporâneo. Algo como "não se fazem mais cineastas italianos como antigamente".

— Este filme me lembrou muito *A vida é bela* — associa Paulina.

Como de costume, eu discordo e provoco.

— Só se for por causa dos personagens principais, um pai e um filho. Porque no filme do Benigni, o que está em jogo é a sobrevivência do filho por causa do pai. O que se propõe ali é o amor paterno incondicional, mais preocupado em criar uma realidade paralela, onírica e, além disso, mostrando um pai que faz tudo para salvar a vida do filho. Já este bosta de *Ladrões de bicicleta* é um merda.

— Eu não gosto do Roberto Benigni — diz Paulina.

Vaias tímidas na sala.

— Essas tuas frasezinhas bombásticas já estão com prazo de validade, sabia? Claro que ele não é um gênio, abusa do caricato, mas agora virou moda falar mal dele, como era moda falar bem dele quando surgiu num papel secundário em *Down by law*, do Jarmusch — defendo.

— *I Scream, Ice Cream* — recorda, sorrindo, Paulina, dando de ombros.

Adoro esta mulher.

— Eu acho é que *Ladrões de bicicleta* poderia ser tranqüilamente um filme de temática nordestina — arrisca o irmão dela, sem medo.

Surge um guaraná.

Não sei se o que se discute ali, desde a primeira TPM, é relevante ou se somos todos protagonistas de um festival de bobagens e chutes de filosofia rasa.

Bebemos.

— Comprei um colchão novo! — conta Paulina, recém-mudada e morando com o irmão.

Ela trabalha com ele também.

E, aparentemente, não brigam.

Milagre.

— Domingo agora, pedalei até o mirante Dona Marta e desci enlouquecida. Muito bom. Muito bom — conta, animadíssima, ou melhor, animadérrima, a mesma Paulina.

— Ninguém roubou a bicicleta? — pergunto.

Risos.

— Foi sozinha? — pergunta Gustavo, já preocupado em nos expulsar porque tinha que ligar para uma paquera recente.

— Mais ou menos. As reconciliações estão na moda — alfineta, novamente, irônica e sacana, dona Paulina, olhando para mim e para Gustavo ao mesmo tempo. Se é que isso é possível.

Como assim?

Reconciliações? O que ela sabe de mim? Saí esfacelado de casa. Saí esfacelando um lar. Nem se quisesse eu voltaria. Bem sei o que ouço quando encontro a mãe da minha filha. Bem sei como é duro ficar mudo enquanto as ofensas despencam. Todas corretíssimas. Uma separação destrambelhada é como um suicídio em queda livre. Não tem volta.

O meu ciúme do passeio ciclístico idiota de Paulina precipita o epílogo daquela TPM alienígena.

É a senha para o fim.

Das reconciliações.

A irmã de Gustavo pede licença e vai embora.

Dou carona para Paulina e seu irmão.

Uma *blitz* retarda a chegada ao destino, a nova casa dos dois em Laranjeiras, perto do Palácio Guanabara e sem elevador.

Então nos despedimos.

Estou cansado.

Vou para casa rápido.

Bateu uma saudade da Ana.

Ligo para o celular dela.

Caixa postal.

Ela é casada.

Que vontade de comê-la.

De amá-la.

Não vai dar.

Acelero o carro e entro num posto de gasolina. A freada assusta os pinguços do boteco em frente.

Preciso encher os pneus.
Com o risco de levar um tombo de bicicleta.
Ah, como detesto simbolismos...
Ah, como há dias em que me detesto. Sem simbolismos.

TPM DEZ

Pelo jeito, está tudo resolvido entre o escritor Victor Vaz e seus namorados da TPM. Apesar do meu desconforto na última, acho que Paulina e Gustavo resolveram tocar as próprias vidas e se lixar se certas partes delas estavam sendo expostas por mim. A falta de respostas e comentários a cada texto que eu envio me faz desconfiar, inclusive, que nem os devem estar lendo. Melhor assim. Já entre Victor Vaz e Paulina Ribeiro do Couto...

Seria a TPM 10. Seria. Mas exatamente naquela terça-feira, a primeira de fevereiro, o convite quadrado, verde no verso e branco na frente, avisava que, das cinco às nove e meia da noite, Marissa, Irene e mais duas colegas estariam nos fundos de uma comprida e moderna butique de Ipanema. Expondo. Jóias.

Todos lá.

Ou quase todos.

Um erro de comunicação provocou um terremoto nas minhas relações com Paulina. Daquelas cagadas antológicas que, se não são corrigidas a tempo, sepultam sentimentos, afinidades e confiança. Para sempre. É quando o nascente amor tropeça, rala a derme, sangra poros e, quando levanta, não é mais amor. É apenas rancor eterno.

Foi sério. Foi grave. E quase pôs tudo a perder. Mas, tudo o quê? Até então, desde a primeira TPM, fomos uma cachoeira de possibilidades. Diferentemente de alguns casos movidos a arroubos e inconseqüências, nossos sentimentos, escaldados, temerosos, subiam como alpinistas estreantes no Kilimanjaro. Aos poucos. Para não cair. Talvez o excesso de prudência tenha impedido Victor e Paulina de formarem um casal prafrentex. Entretanto, foi nessa terça, que deveria ser festiva, afinal, dois membros da TPM ganhavam os holofotes da mídia, foi, enfim, nessa terça que Victor e Paulina por pouco não se abandonaram para sempre. Sem terem jamais trocado um beijo.

Foi sério. Foi grave. Foi assim:

Combinei de pegá-la para irmos juntos à exposição de Marissa e Irene. De carro. Estávamos perto. Eu morava próximo ao trabalho dela. Um, dois telefonemas, e lá fui eu, dirigindo ao lado da lua, para encontrá-la. Um, dois, dez minutos esperando, e nada. Estranho. A lua lá, me olhando, talvez rindo de mim. Como testemunhas, os postes da rua escura. Quinze minutos. Que pareciam meia hora. Desliguei o rádio, saí do carro já meio irado e fui interfonar na casa de dois andares. O breu das janelas foi coerente com a falta de resposta no interfone. Ninguém. Mas estava tudo combinado, caramba! Voltei para o carro, não sem antes bater forte a porta. Como se o carro tivesse alguma culpa no cartório. Liguei novamente do meu celular para o celular dela. Mudo. Não entendi. Pensei em ir embora para a exposição. Não, não. Combinei com Paulina, pode ter alguma coisa errada. A qualquer momento ela vai chegar. Quem sabe foi comprar cervejas num boteco da esquina, ou talvez uma cigarrilha aroma café para me agradar. Ela não é disso. Mais alguns minutos e tento novamente o celular dela, antes que a bateria do meu e a minha arriem de vez.

Finalmente, Paulina atende.

— Oiiiii!
— Onde você está? — pergunto seco.
— Já vim para a exposição. Cadê você?
Minha pele se crispa, a corrente fria da ira destroça todos os fusíveis possíveis e impossíveis do meu corpo.
— Como? — falo, ainda contido.
— Você sabe que sou a maior Maria Gasolina! Peguei uma caronex com o meu irmão no carro do meu chefe. Zerinho quilômetro. Lindérrimo.
— Está bom, Paulina. Até logo.
— Ei... você está chatea...
Desliguei.
Puta que o pariu!
Furioso, pensei em voltar para casa e mandar o mundo inteiro para a puta que o pariu.
Mandei só ela.
As doces Irene e Marissa não mereciam minha cólera.
Ainda.
Gustavo eu já mandara algumas vezes e vice-versa. Sobrava confiança.
Passei a primeira marcha com ódio. Bufava. Era difícil saber quem soltava mais fumaça, minha cabeça ou o escapamento. Fechei a janela e saí cantando pneu. Automóveis fechados são maravilhosos. Quantas e quantas vezes não ficamos putos dentro das calças, entramos no carro e berramos sem dó, sem vergonha e sem pudor.
Pena que acaba sobrando para o motorista do lado. Dei uma fechada num fusca molenga na faixa esquerda. Quase atropelei um lacaio que carregava as compras de uma madame num carrinho de rolimã. O trajeto era curto, graças a Deus.
Que ódio.

Em Ipanema, perto da tal butique, parei o carro numa vaga da prefeitura. O sangue ainda fervendo. O guardador não tinha troco. Também o mandei para a puta que o pariu.

No caminho, um mendigo me pede um real.

Vá pra puta que o pariu.

Ele replica. E me manda à merda.

Gente boa o dejeto social.

Na frente da loja, demoro a entrar e torço para que Paulina já tenha ido embora. Era melhor. Teria sido melhor. A esta altura da vida, mandar alguém para a puta que o pariu é atalho para o suicídio. Fico andando para lá e para cá. Tão tonto quanto inseto batendo a cabeça no vidro. De repente, entro, cumprimento secamente as vendedoras boazudas e me dirijo ao burburinho no fim da comprida loja. Claro, avisto Paulina antes de tudo e de todos. Física. Faísca.

Cruzamos olhares.

Ela, nem aí.

Eu, seco.

Ela aí.

E não demora dezessete segundos para me interpelar.

— Depois a gente fala — retruco.

Cumprimento seu irmão. Cutuco simpaticamente Gustavo e entro finalmente no *vernissage*. Vinho, água, belíssimas jóias inspiradas na cidade em que moramos. Onde estão elas? As pessoas que importam esta noite. As que não merecem qualquer respingo de ira.

Lá estão!

Marissa lindíssima. Radiante. Com um brilho nos olhos que iluminava todo o resto da tez morena. Logo me abraça, agradece a presença, caminha comigo diante das jóias expostas e explica a exposição.

Irene lindíssima. Radiante. Com um brilho nos olhos que iluminava todo o resto da tez alva. Demora a me ver. Está conversando com alguém. Sabe-se lá a razão, sinto um pingo de ciúme. É a TPM.

Posse.

Ela me vê. Pega meu braço e me apresenta. Antes que fale, eu pergunto:

— É seu irmão?

— Nossa, é sim. Mas não nos parecemos

— Os olhos.

Ele é educado, me cumprimenta e nos deixa a sós.

Faço os elogios de praxe. Pareço um pouco ausente, claro, pois o olhar sorrateiro e vigilante de Paulina me fulmina desde o meu pequeno desdém na chegada. Dou atenção exagerada a Irene. Sinto o ciúme crescer em Paulina. Posse. Numa esquina do *vernissage*, Marissa também conversa, feliz, com um desconhecido. Mais um pingo de ciúme. Este, meu.

Vai ficar difícil assim.

Deixo Irene curtir a noite dela e sossego num canto. À espera de Paulina. Que chega imediatamente.

— Está chateado comigo? Que cara...

— Estou, Paulina, e, se quiser, te digo a razão. Estou farto destes desencontros. Não sou um débil mental desligado e idiota. E tenho quilômetros suficientes de vida para, infelizmente, estar saturado de joguinhos, insensatez e orgulhos.

— Peraí, como assim?

— Tá, tá, vou tentar em português agora. Falta de respeito? Conhece? Desconsideração? Conhece?

— Você vai dar escândalo aqui, assim?

— Eu quero que o escândalo se foda.

— Fala baixo, Victor! — disse, puxando-me para longe do epicentro do evento.

— Será que é tão grave trocar uma carona? — continuou.
— É, realmente você acha que sou um imbecil. Você viu *Fanny e Alexander*?
— Óbvio.
— Ah, é, esqueci que você sabe tudo.
— O que tem o filme a ver?
— Títeres, Paulina. Marionetes, manipulação.
— Meu Deus do céu, uma carona perdida e você cita Bergman, Victor Vaz!
— E quantas caronas eu já dei, não? Mais uma, menos uma, foda-se, estou sempre lá. Sempre à mão.
— Virou cobrança, prestação de contas.
— Virou. Isso mesmo. Virou.
— Vai botar isto no projeto de livrinho? Vai mandar um e-mail contando a nossa discussão? Agora eu estou te entendendo... exagerando uma reação aqui... provocando ali... e eu que tenho que lembrar de Bergman?

Ali eu parei.
Parei para refletir.
Pela primeira vez, perdi o controle. O controle sobre mim mesmo. O livro que eu vislumbrava passara a ser o objetivo final. E já que falamos do sueco, senti-me como que transformando minhas paixões em peças de xadrez. Odiei perceber o paradoxo, a contradição. Odiei ter que olhar no espelho através de Paulina. Odiei Paulina.

— Eu não suporto mais tuas psicanálises.
— Grosso.
— Desculpa.
— Como assim?
— Desculpa. Isto tudo é surreal. A gente não merece isso.
— Eu não mereço isso, Victor.
— Deixa de ser egoísta uma vez??

Os quinze minutos seguintes foram quadrinhescos. Uma nuvem cinza pairou sobre nós, ameaçadora, trovejando, mas sem gotejar em instante algum. Em tom baixo, tenso, cru e duro, colocamos todas as cartas na mesa. Uma catarse que reviu papos, abraços e sentimentos. Gustavo tentou uma, duas, três vezes, como numa missão de paz da ONU, apaziguar nosso conflito. Em vão.

Igualzinho à ONU.

E veio a luz.

Só um gesto.

Capaz de limpar o céu e trazer a calmaria aos oceanos.

Um abraço.

Um simples e forte abraço.

Daqueles que começam uma foda, terminam uma vida, comemoram um ponto, celebram aumento de salário, confortam o viúvo, acabam um namoro, enfim... um simples e fortíssimo abraço.

As jóias, ao fundo, batem palmas. Gustavo gargalha.

— Vocês são umas figuras.

O que uma carona mal dada não faz.

Marissa e Irene não merecem nada disso e muito menos nossa ceninha, mesmo que silenciosa, chamando a atenção dos mais sensitivos. Sob os holofotes, nossa dupla querida recebe cumprimentos e elogios. Como é de praxe em eventos assim, onde amigos velhos e novos se reencontram, é combinado um chope para comemorar o sucesso de Marissa e Irene. Mas tomar chope onde? Vitória do decadente, indefectível e já insuportável Baixo Gávea. Ponto de encontro da vaidade humana e dos equívocos intelectuais. Uma espécie de "Big Brother" popular. Todos fazendo caras e bocas, mais preocupados em serem vistos do que em ver, ouvir ou falar. A mediocridade da vida social urbana. É a segunda vez que baixo o pau no BG. Mas não saio de lá. Que não me cobrem coerência jamais. Os coerentes são chatos.

Mas viva o Baixo Gávea!

Cada um com sua carona, cada um com seu transporte, vários convidados rumam para aquele canto célebre da Zona Sul. Paulina, mesmo em paz, nem de longe ousa ir comigo. Vou sozinho, mais calmo, porém sozinho. Graças a Deus, sozinho.

Uma longa discussão anima nossa chegada a Sodoma. O garçom oferece uma mesa no salão interno, com ar-condicionado, outra na varanda interna e outra, inusitada, na calçada, bem na esquina da rua que separa o Hipódromo do Braseiro. Dois botecos risíveis que nasceram com a bunda para a lua, ou melhor, com a bunda para o Baixo Gávea. Onde se come a pior pizza da cidade com cara de quem saboreia um *panino* de rua numa esquina romana. Onde se bebe um chope xexelento com cara de quem sorve um absinto em Praga.

Nada mais me engana.

Nem eu mesmo.

Nunca senti tanta saudade de uma sala em Botafogo. TPM que tanto me conforta, acaricia e me entende. A mesa vai crescendo, crescendo, mas eu, decididamente, não estava em cadeira alguma. Muitos iam chegando, se apresentando, pedindo chope, caipirinha, comendo uma batata frita gordurosa, banhada em óleo reaproveitado. Repentinamente me vi ausente, cansado, com saudade dos amigos velhos, dos velhos amigos. Irene não apareceu. Para onde terá ido? O que fazemos todos ali? Aquela falsa algazarra me fazia muito mal.

Marissa já chegara, mas tinha muito mais o que fazer do que encarnar a figura da velha amiga para o problemático aqui. Gustavo, empolgadíssimo, interpretava Zelig, de Woody Allen, sem ligar para as besteiras que eram ditas por todos ao redor da mesa. Adequava-se àquele mundo medíocre, enaltecendo as reflexões rasas. Adaptado, transformado, metamorfoseado, mais para Kafka que para Ovídio. Um showzinho particular. Ele é bom nisso.

Quero ir embora.

O irmão de Paulina, ao meu lado, coleciona patadas. Também está arredio. Começo a gostar dele nesse dia. É autêntico.

Vou embora com nojo daquela turba, daquele cheiro de cigarro, das batatas fritas, daquele monte de gente imbecil.

Paulina, muda desde que se sentara, também se levanta.

Apesar da paz, não houve trégua de minha parte.

Just a bad day — diria ela, cheia de sotaque londrino.

Uma grande sacanagem — diria eu, bastante chateado com o desenrolar de uma noite que, para mim, só tinha um objetivo. Ser calorosa, amorosa e generosa com duas mulheres que isso merecem diariamente, e não apenas numa noite de *vernissage*.

Duro é pensar que, na hora em que assinei minha presença no livro de visitas da exposição, prometi, por escrito, que a TPM 10 seria uma página em branco, reverente às duas. E deu no que deu. Olho o canto esquerdo inferior do computador e percebo que estou na décima página do Word de um desabafo senil, desvairado, niilista, ridículo e patético.

Peço perdão.

Just a bad movie.

Até a próxima.

TPM ONZE

Já estava me incomodando a falta de comentários. A cada texto, eu entrava sem cerimônia na vida de cada um deles. Com base em relatos rápidos que me passavam em conversas íntimas, como o dia em que Paulina foi se encontrar com o europeu ou o terceiro pedido de perdão de Gustavo a Carla, eu criava realidades levianas, com conteúdo verdadeiro mas repleto de detalhes brotados de minha cabeça e intuição. A cada palavra eu provocava mais. E já não tinha pudor de enviar para todos, e agora também para André, minhas impressões sobre tudo que estava acontecendo conosco. Talvez eu fosse bonzinho demais, como na última, ao perdoar o deslumbramento de Paulina com uma carona num carro melhor do que o meu; talvez eu devesse ter direcionado meu ódio a uma ruptura temporária com ela. Maldito abraço.

André Ribeiro do Couto deve ter gostado da TPM. Lá estava ele, postado na calçada direita da Rua Jardim Botânico, sentido Botafogo, ao lado da irmã. Ela é uma espécie de irmã coruja. E se sente diretamente responsável por uma fatia da personalidade do irmão. A melhor fatia. A do sarcasmo. Sorri pouco, sem ser enigmático. Tem lá seus 25 anos, como já disse, mas maturidade suficiente para encarar nossos encontros e tantas outras tertúlias consideradas insuportáveis por outra fatia da rapaziada dessa idade.

Pareço um velho que, antes dos 40, já perde tempo generalizando a geração posterior. Repetindo as mesmas babaquices da geração anterior à minha. Que a juventude não sabe nada, é alienada, perdeu o espírito crítico, só quer saber de festa. Às vezes o mundo é previsível demais.

André entrou no carro, fez alguma brincadeira com a cadeirinha de criança vazia no banco traseiro e passou o trajeto olhando pela janela. Vendo a vida. Analisando a vida A dele, pelo retrovisor, a dos outros, pelo vidro.

Não gostou do que viu.

Era a minha vez de levar os filmes. Novamente, contrariei minha vontade e não escolhi *Caminhos Violentos*, que só tem em VHS. Por falta de tempo, vi-me obrigado a pedir os DVDs às seis e quarenta e cinco da tarde. Arriscado. Bem arriscado. Embora a página da Internet garantisse que a entrega era feita em meia hora. Acessei, cliquei, pesquisei e pedi.

A um passo da eternidade.

Ontem, hoje e amanhã.

Barbarella.

Totalmente diferentes.

Rezei muito para que chegassem a tempo. Pedi os filmes enquanto trabalhava, terminei minhas últimas tarefas profissionais e rumei para casa. Lá chegando, perguntei ao porteiro por algum pacote ou embrulho.

— Chegou nada, não senhor.

Senhor. O coroa porteiro era no mínimo vinte anos mais velho do que eu. Mas é um oprimido. E se sente menor do que eu, mais pobre do que eu, mais jovem do que eu, mais burro do que eu. Logo eu. Este engodo ambulante, perdido e deprimido.

Não perdi meu tempo explicando a ele que não era preciso me chamar de senhor.

Logo ele.

Tomei um bom banho. Daqueles que parecem exorcizar a sujeira atrás da orelha, badalhocas, depressão e fluidos imundos, estranhos à alma e ao corpo. Quente, bem quente. Fiz xixi e fiquei observando os líquidos se misturarem rumo ao ralo. No finzinho do banho, fechei a torneira da bolinha vermelha e me vi tomando uma chuveirada fria contrastante. Se minha mãe sabe disso, enlouquece. Ainda acha que causa pneumonia.

Oito da noite, e nada. Preocupado e ligeiramente resfriado, minha mãe tinha razão, resolvo ligar para a locadora on-line. A moça simpática me atende com presteza, localiza meu pedido no computador, ouço os dedos dela teclando, e me garante que o motoqueiro já saiu há algum tempo e que meus DVDs "vão estar chegando". Agradeço sem segundas intenções e começo a me arrumar. Perfume, visual meio largado, meio arrumado, um copo de água gelada e, súbito, toca o interfone.

Atendo tenso. O porteiro avisa que os filmes chegaram. Aliviado, digo que já vou pegá-los e me apresso. Ligo para o trabalho de Paulina, ofereço carona, escovo os dentes, assobio e fecho a porta de casa cantarolando. Nada como um bom banho para curar qualquer depressão. Ou será que foi a voz de Paulina?

Chamo o elevador, espero, sinto calor no corredor sem ventilação do andar em que moro. Suo. Cambada de engenheiros burros.

Ou seriam arquitetos burros?

Finalmente, o elevador.

Uma senhora sai com um gato na mão. Beija o bichano e o chama de filhinho, meu amor e outras esquisitices.

Idiota...

Idiotas...

Entro e sinto aquele cheiro horroroso de pêlo.
Odeio bichos. Odeio plantas.
Abro a porta na garagem como quem sai de um incêndio. Eu prendera a respiração por sete andares.
Gasp! Cof; cof! Amo quadrinhos.
Pego o carro, sintonizo na Mec-FM, simulo estar regendo a sinfonia que toca, ponho o ar-condicionado no máximo e vruuuumm... subo a rampa em direção ao portão. Recolho pela fresta da janela o pacote da locadora. Confiro. Como se o porteiro fosse capaz de trocar algum filme que estivesse errado.

E vou embora.

André deve ter gostado da TPM. Lá estava ele postado na calçada direita da Rua Jardim Botânico, sentido Botafogo.

Saúdo os dois irmãos. E pegamos o Rebouças.

A irmã vai na frente, falando, falando, e avisa que precisa passar no supermercado antes.

Bufo...

É a herança mais maravilhosa que carrego da temporada parisiense. Bufar.

Ela jura que será rapidinho. Precisa comprar "comidinhas e coisinhas".

Morro de medo de mulher em supermercado, açougue, loja, butique... Não deu outra.

A espera é eterna.

Paulina demora.

A um passo do caixa número três.

— Lá está ela!

— Mulheres não podem fazer compras jamais. Ou que façam sem que ninguém as espere — resmunga o irmão, que ficara no carro comigo durante os minutos infindáveis.

O tempo que passamos esperando foi de conversa sacana, sacaneando Deus e o mundo. Principalmente um moleque de rua, sem camisa, que se aproximou da janela do motorista, olhou para dentro do carro, me fitou e perguntou:

— Que horas são?

— Ih, meu camarada, não tenho relógio.

E não tinha mesmo. Há tempos estou sem um. Mas não faz falta.

Sem titubear, o moleque me deu as costas, avistou uma dona gostosa saindo do supermercado, não era Paulina, e perguntou.

— Tia, a senhora tem horas?

— Eu? Hã...? Não, não...

Surgiu o segurança. Expulsou o moleque. Pobrezinho. Ficou sem saber as horas.

— Posso saber por que este moleque quer saber as horas? Ele vai perder a sessão de cinema? — perguntou, irônico, o irmão da Paulina.

Sorridente, radiante e bonita, Paulina saiu do iluminado supermercado com a bolsa a tiracolo, segurando duas sacolas de plástico branco.

— Comidinhas! — berrou ao entrar no carro.

Estávamos atrasados. Gustavo iria reclamar. E eu não tinha as horas.

— Ah, perdição. A pior coisa é fazer compras com fome — comenta ela, sabendo que repetia um lugar-comum e se divertindo com isso.

Comprara um pedaço de queijo gouda, ovinhos de amendoim, uvas e biscoitos de polvilho.

— E Coca?

— Ai. Esqueci. Ele deve ter lá.

Duvido.

Estacionamos dentro do prédio mais uma vez. Adoro esta mordomia.

Ao subirmos a escada da portaria, uma mulher, na nossa frente, se precipita e abre a porta de vidro. Agradeço, permito que ela passe primeiro, deixo os irmãos Ribeiro do Couto passarem. Ao olhar com mais atenção, reconheço Hasla.
Nome estranho.
Hasla. Nome de gorda.
— Olá! Está indo para a casa do Gustavo?
— É... vim meio de intrusa... meio de convidada...
Mais uma vez, eu era o corno manso. O último a saber. Desta vez, eu tinha companhia. Paulina também não sabia de nada e se assustou. André nada falou porque também era neófito.

Será que Gustavo está comendo esta Hasla? Ou quer comer a Hasla?

Hasla estava na tal mesa de bar reunida depois do *vernissage* das Aurelianas, na terça-feira anterior, no Baixo Gávea. Paulina também antipatizara com ela. Às vezes acho que Gustavo faz de propósito. Comigo e com Paulina. Hasla era linda. Parecia apresentadora de programa esportivo, daquelas em que nádegas aparecem mais que os esportes. Beleza padrão, perfeita para provocar o ciúme padrão de Paulina. E comigo o efeito funcionou com a precisão da bomba de Hiroshima.

"Caraca, esse puto tá comendo esta deusa?!", pensei imediatamente, dentro do elevador.

Bom, foda-se, vou contar mais um capítulo da nossa rivalidade masculina clássica. Que jamais maculou a amizade, mas que já causou gastrite em ambos.

Uma vez, uma chilena deu mole para nós dois. Para mim e para Gustavo. Jules e Jim. Mas sem putaria. Primeiro para ele. Durante uma festa. Ele tentou, ela tergiversou, ele saiu comigo para beber e reclamou. Foi um mês de tentativas; eu acompanhava, dava dicas. Chegamos a sair juntos, num grupo maior, e ela fazendo joguinho, fingindo que não estava entendendo.

Vamos batizá-la aqui de Andina. Não fica bem dar o nome da vagabunda.

Andina era morena, interessantíssima, exótica.

Gustavo a chamou para sair, só os dois, umas três vezes.

Certa vez me ligou.

— Caralho, a filha-da-puta deve estar de sacanagem. Não é possível que não esteja querendo liberar.

— Será que não está no meio de alguma história enrolada e de repente está te enrolado até se desenrolar e ficar livre? — palpitei.

De outra vez, Gustavo me ligou empolgado.

— Vamos sair! Finalmente!

No dia seguinte, foi minha vez de ligar.

— Alô.

— E aí, comeu?

— Porra nenhuma. Vou mandar essa mulher para o inferno!

— Nem beijinho?

— Ah, rolou um amasso básico, mas ela ficou se esquivando. Enchi o saco.

— Boquetão? Boquetão?

— Claro que não, palhaço!

— Sei lá...

E mal Gustavo acabou de contar as peripécias inocentes com Andina, comecei a ficar curioso.

Talvez até excitado.

Sou um merda.

Como se quisesse provar a mim mesmo que poderia comê-la. Espécie de desafio. Que babaquice ultrajante. Eu queria provar o quê? Ou melhor, queria provar a mim ou a ele que eu era melhor de sedução? Tenho vergonha deste sentimento. Tenho hoje, porque na época não tive o pudor de começar a mandar e-mails safadinhos e insistentes para ela. Andina. E tenho hoje até a segunda página, porque o mesmo sentimento me invadiu ao perceber que havia algo entre Gustavo e Irene. Deixemos isso para depois.

Quanto à Andina, liguei para Gustavo duas semanas depois do último fora que ela dera nele.

Ética, eufemismo para canalhice.

— Cara, calhou d'eu trombar com Andina uma noite dessas aí. Posso chamá-la para sair?

Silêncio.

Hombridade.

— Olha, vai fundo. Foda-se. Mas esta mulher é maluca. Cuidado.

Gustavo é muito melhor que eu.

Saí e comi.

Ela tinha mau hálito.

Mas comi.

Basta beijar pouco e passar mais tempo nos lábios de baixo.

Comi uma vez, saí outras duas vezes, cheguei a pensar na possibilidade de namoro, mas a babaquinha resolveu vacilar comigo também, fez um papelão numa festa cheia de conhecidos, praticou o abominável jogo de estica e puxa e se aboletou com outro. Tive vontade de higienizar meu pau. E Gustavo, com razão, até hoje me condena pela disputinha medíocre por uma mulher medíocre.

Gustavo é muito melhor que eu.

Nunca mais troquei palavra com a distinta Andina.

Triste isso.

De volta à TPM! Sempre de volta a ela. Estávamos subindo para o décimo encontro. O elevador ficara pequeno para nós quatro e o ciúme. Hasla logo percebeu que não era bem-vinda. Que papelão o meu e o de Paulina. Por um momento, pensei em dizer que tinha esquecido algo no carro. Para ir embora e voltar na semana seguinte. Dias depois, Paulina me confessaria que também pensara nisso. O elevador, talvez percebendo o clima péssimo, acelerou, não parou em andar algum e finalmente chegou. A invasão ao querido apartamento se deu rapidamente. Gustavo, polido e educado, recepcionou todos com beijinhos e abraços. Para mim, a velha saudação.

— Fala, bichona!
— Teu negão já foi embora, eunuco?

Tudo isso num volume de voz suficiente para que só nós ouvíssemos. Poupando o resto de ouvir as sandices.

A pontualidade definitivamente fora para o beleléu. Todos estávamos atrasados. Mas ele não reclamou. Talvez para fazer bonito. Hasla era nova no encontro.

Mais uma vez, escondo os filmes e desfilo uma teoria de que só posso mostrá-los quando todos tiverem chegado, para fazer a exposição de motivos e assim permitir o voto aberto de todos. Nunca é assim. Só comigo. Sou o único bobão a seguir ritos que eu mesmo invento.

Não me canso de roteirizar a vida.

Pink, mais uma vez, não foi.

Cadê Pink?

Marissa já estava lá. Bem mais à vontade e falante. O calor é forte. As poltronas estão afastadas para ajudar a ventilação do novo ar-condicionado, que fica embaixo da janela.

Na cozinha, as mulheres conversam.

Sinto falta do pufe branco. Gustavo não explica por onde ele anda.

Irene também faz as honras da casa. Arruma as comidinhas na mesa, oferece bebida e olha para todos com certa ternura e gratidão. Está feliz. Não aparenta ciúmes de Hasla.

Irene é muito melhor que Paulina.

A dupla comenta o *vernissage*. Agradecem mais uma vez a nossa presença.

Continuo com o saco plástico debaixo dos meus braços.

Gustavo sacaneia meu mistério. Desdenha.

André defende a teoria dos três filmes e mostra ansiedade para saber qual foi o trio proposto desta vez.

De repente, sem ninguém perceber, olho em volta. Irene não está. Irene não fora. Irene, inclusive, havia me dito num e-mail que não iria.

Mas, de uma forma ou de outra, estava lá. Tanto que a citei.

Que estranho.

Jurava que ela estava lá.

Jurava que a vira arrumando as comidinhas.

Jurava que a vira feliz.

Por que não foi?

Bom, não importa. A ausência dela não pode inviabilizar minha teoria do ciúme entre nós.

Hora da votação. Vittorio De Sica mais uma vez, Fred Zinnemann pela primeira vez ou Roger Vadim?

Ontem, hoje e amanhã. Já tínhamos visto *Ladrões de bicicleta*, preto-e-branco, feito nos anos 40. Que tal revisitar o italiano num filme colorido, de 1963, com Sophia Loren e Marcello Mastroiani? A temática era encontros e desencontros. E a forma escolhida para narrá-los eram três histórias vividas por Sophia. Numa, era a contrabandista Adelina. Em outra, a socialite Anna. E na última, a prostituta Mara.

Não fez sucesso.

Nenhum voto.

Não há cerveja.

Mas alguém fora comprar minutos antes.

Não fui eu.

Agora há cerveja.

A um passo da eternidade. Montgomery Clift, Frank Sinatra e o casal Deborah Kerr e Burt Lancaster, aqueles da célebre foto do beijo na praia. Os quatro vivem histórias paralelas que têm Pearl Harbor como pano de fundo. Ganhou oito Oscars em 1953. Um classicão. Dois votos. Paulina e eu. Minha parceira de voto sai teorizando sobre o ato de escolher enquanto Gustavo faz mistério do voto dele. O tal showzinho.

Primeiro em De Sica. Depois muda para Lancaster. E finalmente, só para bagunçar o coreto, decide-se por *Barbarella*. André e Hasla idem.

Filme escolhido, Hasla dá um pulo rápido na cozinha e acende um cigarro. Fuma depressa, enquanto começamos a nos acomodar nos sofás, nas poltronas e nos tacos.

Play.

Susto.

Muitos risos.

Flutuando dentro de uma nave espacial, Jane Fonda, gostosíssima, deliciosa, suculenta, fazendo jus à fama, despe-se sensualmente num cenário psicodélico, *camp*, absurdamente colorido. Estúdio, muito estúdio.

Mais parece uma boate em Copacabana. Não à toa, existe uma no Lido com o nome do filme. Nos créditos, Marcel Marceau e a presença de um personagem chamado Duran Duran. Curioso. O filme é de 1968.

Mais uma vez, falamos muito durante a exibição. Exageradamente até. Não era assim. Tudo muda.

— Isto está parecendo uma pornochanchada espacial — gargalha Guga, depois que a gostosona Barbarella cai num planeta e dá o rabo para um nativo.

— É um filme B da melhor espécie — complementa André, enquanto Barbarella se recompõe com cara de quem comeu e gostou. No enredo, a personagem de Jane Fonda vive num futuro em que o sexo é feito de maneira asséptica, sem carne e esfregações, sem líquidos saindo e entrando, sem cheiro, sem língua, sem buracos.

Sem porra nenhuma.

O filme vai se desenrolando. É engraçado, propositalmente infantil, lânguido e absurdamente erótico. Mas um erótico escorregadio, viscoso, molengo, como sexo depois de um banho quente. Gostoso, mas sem maiores complicações viscerais. Barbarella continua em sua missão de salvar o planeta e vai escapando de bonequinhas que mordem gente, selvagens malucos e vilões espaciais caricatos. Ao seu lado, um anjo bonitão chamado Pygar.

Ele é cego, porém um filósofo. Tem asas mas não voa.

Barbarella pergunta.

— Por que você não voa, Pygar?

— Não tenho mais vontade.

Muito bom.

Vermelho, amarelo e roxo são as cores que predominam. As metáforas despencam em série e até a porta da nave da moça sugere o orifício anal. Tudo num cinismo impressionante e numa linguagem auto-referente e sacana. É o limite da ironia explícita.

Quando termina o filme, que é curto e passa rápido, uma avalanche de opiniões acontece na velocidade da luz.

Fico feliz.

Era meu filme.

Um dos meus filmes.

Eu escolhi, eu provoquei o tiroteio editorial.

Não era de Jane Fonda, Roger Vadim, Marcel Marceau, França, Dino De Laurentiis, Itália, de ninguém.

Era meu filme.

O filme que eu escolhera estava fazendo um sucesso dos diabos. Quase gozei.

— É erótico! É erógino! É andrógino! — vibro no meio do colóquio.

— Muito sexy, muito sensual — diz Paulina, largada no sofá, absurdamente sexy e sensual.

— Este Roger Vadim só fez cinema para comer gente — define André, lembrando as conquistas que ele enfileirou, como Brigitte Bardot e Catherine Deneuve.

Catherine Deneuve?

Versão, fatos, versão, fatos.

— Isso é um picareta da pior espécie — diverte-se Gustavo.

— Esse filme é uma baixaria! — reclama, rindo, Paulina.

Gustavo me puxa num canto e fala.

— A Jane Fonda está maravilhosa e me lembrou muito a Flavinha.

— É mesmo! A Flavinha — concordo.

— Quem é Flavinha? — pergunta nossa ciumenta preferida.

Marissa também eriça os ouvidos. A sempre silenciosa e atenta Marissa.

— Quem é Flavinha? — entra na pilha a convidada Hasla.

— Grande Flavinha — ajuda André, que não tinha a menor noção de quem era.

O ciúme impera.

Os homens riem.

Imperial, Paulina esquece o ciúme e relembra que há uma referência a Hitchcock no filme, quando Barbarella é atacada por centenas de canários.

— Vocês repararam que a impressão é de que o filme se passa durante um crepúsculo? O céu sempre é abóbora.

Só Marissa para fazer este tipo de observação. Nossa Aureliana Buendía. Nossa doce e sensível Aureliana Buendía.

— Eu não entendo é como um francês fez isso — arrisca Hasla.

— Basta lembrar de Moebius, uai — explica André.
Tem razão.
— Este filme é retilíneo, mas é uma mistureba só. Retrato de uma época que nos deu seriados sacanas como Batman e Robin — elogio.
— Mas o que eu mais gostei foi da essência de homem — dá o troco, tardio, Paulina.
— Essência de homem? — pergunta Gustavo.
Pronto. Caiu na pilha.
— Você devia estar dormindo, fazendo xixi ou pegando cerveja.
A cena da essência de homem era realmente hilária. Prostradas dentro de um grande salão, mulheres vestidas de odalisca dividiam um grande narguilé indiano, comprido e fálico. Aspiravam pela boca a fumaça que vinha de um grande tubo de ensaio. Dentro dele, um macho de sunga, flutuando num líquido claro.
As mulheres riem na sala.
Os homens com cara de bobos.
Já é hora de ir embora.
Uma das TPMs mais divertidas e leves. Em que se falou muita besteira, mas em que foi possível também perceber como o cinema europeu, mesmo sem o dinheiro e sem os efeitos especiais, consegue ser mais irônico e profundo que o americano.
— Bom, então vamos todos agora na Barbarella de Copacabana comer umas putas — finalizo, provocando o riso de todos.
Marissa vai embora de carro.
Hasla idem. Que pena, queria dar carona para aquela Barbarellinha do século XXI.
Gustavo vai dormir.

Eu deixo os irmãos em casa, apesar da insistente e recorrente blitz perto do Palácio Guanabara, e vou, feliz, dormir.

No alto do prédio onde mora Gustavo, o anjo Pygar sorri. Ele viu tudo. E vai embora voando, fingindo-se de Wim Wenders.

De cego, Pygar não tem nada.

O cara comeu a Jane Fonda!

Já eu e Gustavão...

Não comemos a Flavinha!

TPM ONZE E MEIO

Aconteceu.

TPM ONZE VÍRGULA SETENTA E CINCO

Entre mim e Paulina. Entre Irene e Gustavo. Aconteceu.

Não sei se no mesmo dia, na mesma hora. Não sei se vinha acontecendo entre eles. Não sei se vinha acontecendo entre nós. Mas a semana entre a TPM 11 e a 12 foi muito especial. Sexo é sempre especial. Até o mais ordinário, o comprado, o fingido. Ao ser tudo isso, mostra-se especial também. Pois dignifica o sexo movido a paixão, amor e desejo, infernal ou divino.

Caíra uma borrasca infernal na cidade naquela quinta-feira inesquecível. Dois dias depois de termos visto a bela Barbarella. Estava eu largado na cama, suado, me preparando para tomar uma ducha gelada. Chovia, mas era danado o calor. Havia acabado de passar meia dúzia de sete minutos ao telefone com Paulina. Conosco acontecera na quarta. Demos boas risadas. Deveria ser assim com toda cópula. Risadas e não mágoas. Eu estava começando a escrever sobre tudo o que ocorrera quando tocou o interfone.

Estranho. Ela não era. Afinal, qual o mal em fazer uma surpresa àquele que te fez feliz na noite anterior?

Ana também jamais se arriscou a me visitar. Era louquinha, mas não era idiota. Gostava do próprio casamento, jamais pensou em separação e simplesmente achava a infidelidade muito mais lucrativa do que a fidelidade. "Se a felicidade são momentos, por que não multiplicá-los?", dizia. E por isso achava que talvez eu não fosse seu único amante. Jamais perguntei. Não me interessava.

Farmácia?
Pizza?
Cortesãs?
Não pedira nada disso.
Quem era?
Bom, fui lá atender.
— Alô. Sim? Claro! Pode subir.
Era Gustavo.

Uma visita repentina. Fiquei inquieto. Finalmente teríamos nossa conversa particular, sem Paulina, sem ninguém, sobre em que eu transformara os encontros que ele tivera a idéia de promover. Em algo sob permanente tensão. O mar de tranqüilidade que eu imaginava poderia sofrer um abalo a qualquer momento. Estava no ar a insatisfação contida deles todos. Pensam que me enganam.

Pus uma bermuda, cacei o par de chinelos e acendi a luz da sala. Desliguei a televisão, o "Jornal Nacional" já estava acabando, e aguardei o toque da campainha.

Boa noite, Fátima Bernardes. Boa noite, William Bonner.
Pééénnnn!
Abri a porta.
Mas que susto!
Era Gustavo.
Mas não era só Gustavo.

Era Gustavo com Irene. Molhados por fora, encharcados por dentro, rindo, de mãos dadas.

Não entendi nada.

Ou melhor, entendi tudo.

— Entrem!

Chacoalhei a mão do amigo e dei um abraço forte e duas beijocas em Irene.

Uma felicidade me invadiu. Que curioso.

— Sentem...

— Tá um toró desgraçado lá fora, a Jardim Botânico está toda alagada. A gente estava indo jantar e desistiu no meio do caminho, literalmente. Atrás tinha água, na frente também...

— Aí eu falei: vamos para a casa do Victor — completou Irene.

— E eu topei — confirmou Gustavo.

Era uma situação para lá de inusitada. Eu sabia que havia olhares, sedução discreta e um namoro de gestos durante as últimas TPMs. Cheguei a brincar num chope com Gustavo, que replicou dizendo apenas que Irene era uma gata. Uma gata. Mas que ele tinha outras tantas pendências para resolver. Ou mentiu ou resolveu todas elas num fim de semana. E eis que lá estava o casal, sentado no sofá da minha sala, sem graça até dizer chega. Não conseguiam nem travar um olhar cúmplice comigo, e muito menos entre eles.

De onde teriam vindo? Da casa de Gustavo? Da casa de Irene? Acontecera realmente? As faces lívidas escancaravam que sexo ocorrera há muito pouco tempo. Estavam indo jantar pela primeira vez? É verdade que Gustavo andava esquivo ultimamente. Sair sexta-feira ou sábado, nem pensar.

Seguimos conversando frivolidades inúteis. O clima palerma estava no ar. Ofereci bebida e amendoins. Aceitaram cerveja. Pus no *freezer* e pedi paciência. Quinze minutinhos. Abri o amendoim, despejei numa pequena tigela e continuamos a falar da vida, a faceta mais bocó, boba e inconseqüente da vida. Falávamos sobre o nada.

Como nada eles sabiam de mim e Paulina. E isso, sim, acontecera no dia anterior. Certeza absoluta. E por pouco não resultou em risadas, mas em pedradas.

Foi numa festa. Ou depois de uma festa. Numa casa no Humaitá. Uma daquelas festas sobre as quais, daqui a três anos, não terei a menor possibilidade de lembrar o nome das anfitriãs, o motivo, qual a bebida, qual a comida, em que andar ficava o apartamento de dois quartos, quem comeu quem. Bom, talvez dê para lembrar de algumas coisas.

Chamavam-se Amália e Paola, era aniversário da segunda, só havia cerveja e dois grandes bolos salgados, uma varanda e uma vista entrecortada da Lagoa; estávamos no oitavo andar. Cheguei tarde, vindo de um lançamento de livro, uma biografia de sambista. Conhecia o autor, e só de nome e disco o sambista. Fui prestigiar e rumei para a tal festa, a pé mesmo, pois o lançamento tinha sido num espaço cultural do Humaitá. Como em toda boa festa, ouvi a música lá da calçada. Identifiquei-me para o porteiro, subi, como em toda boa festa, encontrei a porta encostada. Empurrei, abri, encostei-a de novo e penetrei, no mau sentido, no aniversário de Paola. Dois beijinhos para lá, dois beijinhos para cá, perguntei pela geladeira, para depositar a meia dúzia de cervejas que eu comprara no posto de gasolina e para pegar umazinha gelada para mim. Fiz isso e fui procurar a varanda, a maioria dos convivas estava lá. Calor. Encontrei poucos amigos, gente conhecida de outras farras, ninguém famoso.

E vi Paulina. Quieta no canto da varanda. Dissimulada, já me vira fazia tempo.

— Mas a senhorita está em todas, hein?

Riu, deu dois beijinhos especiais, daqueles que roçam na ponta esquerda e na ponta direita dos lábios, e me dispensou temporariamente. Não esperava encontrá-la, apesar de saber que ela era amiga da aniversariante. Coisa que eu não era. Apenas conhecia. E isso, no Rio, basta para obter visto de entrada em qualquer festa.

Pratiquei meu esporte favorito nos primeiros quarenta e cinco minutos. Falei merda. Bebi. Ri. Sacaneei bonitões, nerds, desconhecidos, velhos amigos. Sempre ao lado de um par de velhas amigas, da faculdade, que adoravam uma sarjeta sadia. Aos vinte e sete minutos, por exemplo, fui ao banheiro fazer xixi e aproveitei para praticar meu segundo esporte favorito.

Punheta!

Claro que não. Este é o terceiro.

Bisbilhotar banheiros alheios. É muito bom. Ver a marca do xampu, os perfumes, fio dental, badulaques e higiênicos afins. Mergulhar nos poros do dono da casa. Das donas, no caso. Puxei a cortina branca com motivos cinematográficos e olhei para a banheira. Havia frascos de banho de espuma, uma lixa para pés, um milhão de cremes sei lá do quê e um patinho de borracha. Igual ao do Ênio. Tudo isso eu observava enquanto fazia xixi. E foi nesta posição monárquica, defronte ao vaso, que candidamente peguei o patinho e apertei.

— Fon, fon! — fez a ave.

Acabei o xixi. Devolvi o pato ao lugar dele e o meu passarinho para dentro da braguilha.

Abri a porta do banheiro e, claro, havia alguém esperando para entrar. É sempre assim. Em qualquer festa do mundo.

Quantas voltas estou dando até chegar ao ponto? Ao ponto P?

Cansado de tanto falar besteira, joguei-me no sofá e lá fiquei, socrático, olhando ao redor.

Súbito, Paulina surge da varanda e também se larga no sofá. Nossos olhares se procuraram.

E ela, antipática e provocante:

— Que que é?

— Ué, nada. Eu que pergunto...

A eletricidade era tão gigantesca que a excitação tomava conta de todo o meu corpo. Principalmente do tal passarinho.

Ajeitei a coluna cervical, o osso sacro, disfarcei e empurrei com a mão esquerda o órgão mais duro do meu corpo naquele momento para baixo.

Idiota. Paulina deve ter percebido e rido muito por dentro.

Razoavelmente inebriado, dei dois pulinhos e me aconcheguei ao lado dela, meio que pedindo colo, meio que dando carinho.

Ela, maternalmente, me envolveu com seus braços quentes. Pode parecer patético, mas me senti o tal patinho de borracha do Ênio.

— Achei que Gustavo viria.

— É, eu também. Cheguei a ligar para ele.

— Vocês dois são todos amiguinhos, né?

— Ih!

— Ih o quê?

— Nada, ué.

— Ué, ué... É ciúme mesmo.

— Ciúme? É meu amigo, como você é meu amigo.

Olhei fundo para aqueles olhos que não eram de ressaca, eram de folia.

— Igualzinho?

— Hã?

O velho truque feminino. Fingem que não ouvem. Minha velha réplica.

— Você ouviu...

— E aí, cambada??!!! A festa está bombando??!!!! — interrompe tudo a dona da festa.

Legal ela.

Ô.

— Claro! Senta aí! — complementa Paulina, cínica e olhando para mim de esguelha.

Frustrado, fiquei quieto durante todo o colóquio entre as duas amigas.

Até que cansei e fui à cozinha pegar mais cerveja. Nem perguntei se elas queriam.

Abri o *freezer* e retirei a que eu escondera vinte minutos antes, oculta e camuflada por um saco plástico cheio de carne moída congelada e um *Tupperware* azul de conteúdo suspeito.

Voltei, e Paulina de novo estava sozinha. Ser antipático muitas vezes funciona. É como sentar atrás no táxi. Funciona.

Ela esticou a mão, roubou carinhosamente a minha latinha que ainda estalava de gelada, deu um gole obsceno, levantou-se e disse:

— Vamos embora?

— Vamos.

Saímos sem falar com ninguém.

E ficamos sem falar até que o elevador chegasse ao térreo.

Indisposição?

Constrangimento?

Vergonha?

Não. Passamos o trajeto inteiro da descida do elevador nos beijando lascivamente. Como testemunhas, o espelho interno e a câmera.

Lá embaixo, dois amigos abriram a porta, com os indefectíveis saquinhos plásticos brancos com cerveja dentro.

Não deram o flagra.

Apenas perguntaram se a festa estava boa.

— Está sim, a gente vai comprar mais cerveja e já volta.
Por que esta mania???
Por que dar satisfações???
Eles perguntaram???
Para que mentir??
Entramos no meu carro.
E, cortês, perguntei:
— Quer que eu te leve em casa?
— Não. Quero transar com você.

A polemista estava de volta. Direta, sem rodeios, assustadora, sem perder o controle, fazendo o que quer. Apesar de estremecer por dentro, porque, por mais que um homem tenha certeza de que irá para a cama com uma mulher, o demônio do revés sempre está à espreita. E foi ele que me incitou a dizer não. Como a provocação final. Ah, mas este demônio teve muito pouco argumento. O pau já estava no queixo.

E como num passe de mágica, ou no melhor recurso literário...

Lá estávamos. Plenos e extasiados.

Deitados no chão, na varanda da minha casa. Nus. Olhando a lua.

— Você está vendo o coelho?
— Que coelho?
— O coelho impresso na lua! Você não o conhece???
— Coelho?
— Olha bem, Victor, concentre-se. Na lua cheia, a mancha de um coelho.
— É mesmo...

E mais beijos.

A primeira vez nunca é muito boa. Costuma ser boa. Mas ainda há tanto a se descobrir, caminhos a percorrer, suspiros a provocar. Transamos duas vezes. Sem loucuras e posições animais. As línguas se comportaram, não buscaram terrenos desconhecidos, e relaxamos profundamente com massagens mútuas. Os dois corpos ainda se mereciam mais. Restava saber se as duas mentes consideraram aquilo a celebração única de uma amizade ou se iriam querer mais massagens, mais suspiros, mais suor. Várias vezes me perguntei se estava apaixonado pela fiação elétrica que nos enroscava e identificava ou se o coração resolvera ressuscitar de uma hora para outra. Várias vezes ela se perguntou se estava preenchendo a carência repentina com uma versão masculina de si mesma ou se, mais de uma década depois dos bancos escolares, redescobrira Victor Vaz, o *nerd* envergonhado que se escondia no fundo da sala e não descia jamais para o recreio.

Vupt!

Outro recurso literário e cá estou eu, na mesma sala cuja varanda nos abrigara no dia anterior, olhando, agora sim constrangido, para Gustavo e Irene. A curiosidade mórbida inflava meus neurônios. Como transaram? Ao mesmo tempo, era tácita a minha cumplicidade com Gustavo. Como se ele olhasse para mim e um balão de história em quadrinhos saísse dos seus lábios.

"Tô comendo!"

Curiosamente, também era tácita a minha cumplicidade com Irene. Por um momento fugaz, pensei que era eu que poderia estar ali, ao lado dela, de mãos dadas e sorriso bobo. Já me chamaram de promíscuo várias vezes quando penso estas coisas em voz alta. Sou apenas sincero e respondo aos meus impulsos elétricos. O pecado é coletivizá-lo.

Era como se ela olhasse para mim e um balão de história em quadrinhos saísse dos seus lábios.

"Tô comendo..."

Ele, exclamativo, ela, com reticências.

As mulheres são como as grandes potências. Ponderadas.

As vidraças do apartamento ainda exibiam uma grande corrida de gotas. A chuva inclemente e o trânsito, dava para ver e ouvir da varanda, continuavam insuportáveis.

Irene foi ao banheiro.

Gustavo olhou para mim com cara de bobo.

Eu aplaudi silenciosamente... simulei estar levantando um troféu e entregando a ele. Levantei rapidinho e o cumprimentei.

Rimos baixinho, gargalhadas.

E ele sussurrou...

— Sensacional, sensacional!!!

A tranca do banheiro sendo destravada nos calou. Irene voltou.

Foi a vez de Gustavo ir fazer xixi.

Irene me olhou, ligeiramente rubra. Sorriu, marota, e falou:

— Pois é.

— Vocês são adoráveis.

Dias depois, num Baixo qualquer do Rio, e com a ajuda de meia dúzia de chopes e algumas baforadas de cigarrilhas, Gustavo relatou trechos do romance.

— A gente andou trocando uns e-mails. Ela é muito gente fina. Aí vinha a TPM e ficava um clima. Eu estava relutando, podia embolar o meio-de-campo, de repente afastá-la da TPM; afinal, ninguém come ninguém ali dentro.

Gelei.

E nada contei. Covarde. E a competição? Está 1x0 ele.

— Mas há umas duas semanas, na quarta-feira depois de uma TPM, eu liguei e chamei, adivinhe, para ir ao cinema.

— Ver o quê?

— Tarantino.

— Isso é um merda...

— Que merda, Victor? É lindo.

— Claro que é lindo, Tarantino é um gênio. Mas um gênio a serviço do nada. Caralho, Gustavo, e *Laranja mecânica*?
— Ô, ô, menos... vai querer comparar Kubrick ao Tarantino?
— Ué, por que não? Na banalização da violência, o Kubrick te faz pensar. E o outro... Bom, foda-se o Tarantino, conta aí!
— Contar o quê? Saiu e rolou.
— Assim? De primeira? Ah, moleque...
— Deixa de ser bobo.
— Onde foi? Onde foi?
— Não fode, Victor. Pede outro chope aí.

Como anfitrião e mentor, era evidente o desconforto e o medo de Gustavo pelo futuro fraterno daquelas seis almas principais do encontro. Eu sempre soube que a TPM jamais acabaria, a não ser que ela própria cometesse suicídio. O anúncio do apartamento no jornal também não me assustara. Porém, jamais achei que paixões fugazes, repentinas ou surpreendentes fossem capazes de detonar o troço.

— Já vendeu o apartamento?
— Ainda não, mas achei um perfeito no Leblon.
— Três quartos?
— Não, dois. Três quartos no Leblon é inviável.
— Perto da praia?
— Duas quadras!
— Tem uma salinha reservada para a TPM?
— Claro! Aliás, semana que vem queria conversar sobre o tal livro em que você está pensando.

Fodeu.

TPM DOZE

E se o assunto é cinema...
Não, não. O assunto agora é o romance entre dois casais da TPM.

Melhor deixar isso para depois. Ainda está muito recente. O medo de que isto prejudique as sagradas terças me faz deixar as repercussões para depois. Vai que alguém lê.

E se o assunto é cinema...

Há uns vinte anos, passeava eu pelo Largo do Machado. Imberbe, buço ridículo, não comia ninguém. Mas já não tinha o menor problema em ir ao cinema sozinho. Até preferia. Fico assustado com quem não consegue namorar a si mesmo. O celular veio preencher este vazio tenebroso dos que não conseguem ficar sozinhos durante um par de horas.

Pois passeava eu, sem rumo nem coisas para fazer, quando tive a idéia de pegar um cineminha. Ainda era dia, o jantar estava longe de ser servido na casa dos meus pais e no bolso havia cruzeiros suficientes para o ingresso.

Curioso, há uns vinte anos não existia Internet, DVD e Iraque. Os americanos vivem inventando coisas.

Despretensiosamente, caminhei para o então Condor Largo do Machado. Estava passando *Poltergeist*. Eu tinha lido algo a respeito, mas, na época, a indústria do cinema no Brasil não recebia tanta generosidade dos cadernos culturais como hoje em dia, quando qualquer filmeco ganha capa e discussão acalorada.

Não tinha dinheiro para pipoca e me preparei para ver um filme como outro qualquer.

Não foi. Para os padrões da época, *Poltergeist* funcionou como *O sexto sentido* em 1999. Inovou na arte de assustar. Usou crianças, fenômenos eletrostáticos e mistério em vez do terror explícito de *Sexta-feira 13* e suas mil continuações.

Fiquei apavorado. Adolescente e impressionável, saí do cinema gelado, olhando para os lados e com medo. Depois de caminhar por toda a galeria achando que algum esqueleto nojento me seguia, tombei com a escuridão da noite que já chegara ao Largo do Machado e a toda a cidade. Corri para o ponto de ônibus, nem pedi carona ao motorista. Tomei o primeiro que me deixava perto de casa, na Glória. E paguei. Toquei a campainha de casa, pois ainda não tinha idade para ter chave, não jantei e me enfiei debaixo das cobertas. As imagens não saíam da minha cabeça. Nem a empregada, nem pai, nem mãe, nem irmãos perceberam que ali dormia alguém assustado. Nenhum consolo ou colo. Como sempre. Muitas vezes, estar acompanhado é o mesmo que estar sozinho.

Vinte anos depois, cá estou novamente. Passeando à tarde pelo Largo do Machado numa terça de TPM. Barba por fazer, com dinheiro no bolso, passara o dia da folga inesperada brincando com a minha filha. Com o carro estacionado e o trânsito daquela hora pegando fogo, eu tinha duas opções. Encarar o sinistro engarrafamento e visitar minha mãe, que continuava morando ali perto, ou passar o tempo de alguma outra maneira antes de ir para a casa de Gustavo.

Cinema!

Não tive medo de ser redundante. As velhas maratonas do Estação provam que não é crime assistir a dois filmes num dia só. Vinte anos depois, o cinema Condor virara apenas Largo do Machado. Um e Dois. A única sessão que se encaixava na minha agenda pré-TPM era a de dezoito e quarenta. *O chamado*. Não li a respeito, não sabia a sinopse e muito menos do que se tratava. Lembrava apenas que havia uma crítica do bonequinho aplaudindo ou olhando sério.

O cinema estava vazio, eu continuava sozinho na poltrona vinte anos depois, e o filme, novamente, era assustador. Também trabalhava com terror psicológico e utilizava fenômenos eletrostáticos, além de beber na fonte de *Poltergeist* ao utilizar ruídos de TV mal sintonizada. Tinha lá seus defeitos e suas péssimas interpretações. Mas para a tribo dos que adoram, encaixava-se na prateleira dos "perturbadores".

Não me perturbou. Nem mesmo me incomodou. Mas me fez lembrar de *Poltergeist*, Largo do Machado, adolescência. A magia individual da experiência cinematográfica, tão aclamada por Barthes, funcionara ali em todos os seus aspectos. O filme, o projetor, minha vida, a sala escura. Em apenas duas horas.

Saí do cinema e fui ao supermercado.

Precisava levar algum tipo de bebida para a casa de Gustavo. Enquanto passeava em busca de um bom vinho, toca o meu celular. Mas como tocam os celulares! Há vinte anos não havia celulares.

Era Paulina. Queria carona. Mas eu estava longe do Jardim Botânico, onde ela trabalha. E agora? Será que o que acontecera entre nós me impingia a obrigação de buscá-la com este trânsito infernal? Será que se nada tivesse acontecido ainda, meu corpo, ainda sedento do dela, me impulsionaria imediatamente para o carro, atrás dela? O fato é que eu não queria ir buscá-la de jeito algum.

Expliquei a ela que estava longe e atrasado. Ela deixou escapar um ruído de muxoxo, um quê de insatisfação feminina, mas logo recuperou a soberba e, curta e grossa, falou:

— Está bom! Eu te vejo lá! Beijo.

E nem esperou meu tchau. Como a conhecia bem, não encanei, apenas supus que a encontraria bicuda por quinze minutos na casa de Gustavo. Mas nada que meia dúzia de três piadas não fosse capaz de resolver. Entrei na *delicatessen* metida a besta.

Comprei um chileno.

Vinte anos depois, também havia tempo para comer uma esfirra de queijo no Árabe. Cumprimentei os funcionários de sempre e acabei encontrando o irmão de uma antiga namorada, daquelas que a gente acha que foi a mulher da nossa vida. Perdeu o posto. Bem feito. Há exatos vinte anos me abandonara.

O irmão caçula desta moça, Cicinho, contou-me da vida enquanto pedia um 2 em 1 para o portuga do Árabe. Era um código que ele usava há vinte anos, desde que começara a freqüentar, como qualquer morador das redondezas, a famosa esfirra do Árabe do Largo do Machado, e 2 em 1 significava duas esfirras e um mate.

Os pequenos códigos de nossas vidas.

Apelidos, interjeições, novas ortografias, xingamentos, olhares, jogadas ensaiadas, conversas cifradas, códigos e mais códigos constroem nossas vidas. Aí crescemos e carregamos a ilusão de que os códigos são eternos e para todos. E passamos a quebrar a cara diariamente.

No amor. Na amizade. Na vida.

No trabalho, não. Porque o código está lá para ser cumprido.

Por mais que eu me recuse a refletir, não foram só a preguiça e o trânsito daquele início de noite. Eu não quis buscar Paulina porque repentinamente, pelo menos naquele dia, me desinteressei. Não tenho o hábito da canalhice, mas às vezes recorro a ela como meio de fuga. Na realidade, estou apavorado. Com medo de, repetidamente, estilhaçar meu coração. E não estou pronto para mergulhar novamente. Há os tementes a Deus, há os que temem se entregar e, mais uma vez, mergulhar numa funda piscina. Sem água.

Sempre preferi suco.

Suco de maracujá, duas esfirras de queijo e um quibe. O famoso 3 em 1. Bom, 3 em 1 agora na minha cabeça.

Vinte anos depois, o 3 em 1 sofreu mudança sutil. O suco virou cerveja gelada. Tipo véu de noiva. Com o casco da garrafa nebuloso e branco.

De volta ao térreo! Cicinho e eu nos despedimos e, atrasadíssimo, corri para o carro. Lembrei, porém, que Gustavo avisara que tinha compromissos naquela terça-feira. Começaria mais tarde o nosso encontro. Não chovia, a garagem do prédio dele estava lotada e me vi tocando a campainha às vinte e uma horas e quarenta e oito minutos. Em ponto.

Porém, às vinte e uma horas e trinta e três minutos, o celular tocara novamente. Era Paulina. De uma hora para outra, não sabia se iria à TPM e, com desdém, não mostrava preocupação, alegando que nunca faltara e que talvez fosse a vez dela de dar o cano. Tinha muito trabalho e nenhuma carona. Percebi o charminho e não dei corda.

Quando Gustavo abriu a porta, Paulina já estava lá.

Mentira para mim. Mas jurava que não. Provavelmente, ligara de lá mesmo, fingindo que não ia.

Acreditei.

E caminhei com meus olhos pela sala escura, iluminada apenas pelo luar fluorescente da cozinha. Apesar das dúvidas sentimentais, sentia-me soberano, olhando ao redor, fotografando com a mente e usando estetoscópios imaginários para fruir tudo que fosse possível daquelas criaturas. Estava criado o absolutismo literário. Meu passeio peripatético pelo cômodo foi interrompido por uma visão surpreendente.

Pink Starr!

A querida Pink voltara. E pelo jeito dela e pela cara dos outros, era como se tivesse preparado uma festa-surpresa individual para cada um de nós, mesmo para os que não a conheciam, como Irene e Marissa. Eu me senti tão bem, mas tão bem quanto numa cerimônia de casamento repleta de amigos de infância. Ah, as pessoas do século passado... Merecem constante citação.

Corri e a abracei fortemente e, por tabela, saí abraçando todos ali. Éramos seis, finalmente. Os seis arautos, os seis profetas, os seis cavaleiros. Os seis virgens, os seis mosqueteiros, os seis porquinhos. Os seis orixás, os seis pierrôs, os seis centroavantes.

Os seis. Finalmente juntos.

Marissa, Paulina, Gustavo, Irene e Pink.

Meus amores semanais.

Era difícil conter a euforia. Falávamos de tudo. Falávamos muito. Pela boca, pelo nariz, pela orelha, pelo umbigo.

Fui para a cozinha pôr o vinho para gelar.

Quando voltei, vi Marissa e Pink falando de astrologia.

Meu mundo caiu.

Impliquei com as duas.

Que riram e me estapearam.

Descalça, à vontade e com uma fina pulseirinha adornando o tornozelo, Pink captava a atenção de todos. Estava risonha, radiante, falava do filho e nem de longe parecia aquela alma atormentada, misteriosa e preocupada com o passado e o futuro que freqüentara as pioneiras TPMs.

Pela primeira vez, Marissa não pusera esmalte escuro nas unhas das mãos.

Meu mundo subiu.

Gustavo, Paulina, Pink e Irene também estavam de mãos limpas.

Era uma TPM pré-carnavalesca. Todos apresentavam os planos da folia. Viagem, blocos, Sapucaí...

— Eu trabalho — disse com cara de corno.

— Ah, mas se der, estou pensando em levar uma turma para a serra. Você está convidadíssimo, Victor. Não curto muito a badalação do Rio — convidou Marissa, enquanto se sentava, ajeitando o belo vestido florido.

Tenho a impressão de que o destino sempre escolhia um de nós para ir arrumado, belo e chique naquelas TPMs muitas vezes esculhambadas no quesito moda verão.

— Vamos para os blocos, Victão! — disse Gustavo, abraçando Paulina e simulando uma sambadinha de turista.

Foi gostoso nos ouvir falando de tudo. Menos de cinema. Era ele que nos unia, que nos dava tesão, que nos excitava. Era ele que me ajudava a criar, manipular, inventar. Mas naquela TPM, pela primeira vez, o filme era um detalhe. E aquela reunião, ali, exatamente naquela terça, transcendeu aquele apartamento. Teria sido o sexo entre alguns de nós? Não creio. Estávamos transcendendo. O apartamento, o bairro, os filmes, este livro... Como um convite público. Para que todos os amigos do mundo resolvam abandonar a preguiça e promover encontros semanais, quinzenais ou mensais. Para discutir cinema, teatro, filosofia, história, futebol, literatura, tricô, crochê ou vinhos. O mundo precisa se reunir.

Lá estavam os seis. Sem desculpas, sem motivos, sem filmes, apenas por afeto. E sem carências. O amor estava presente. E não era por causa do que acontecera entre mim e Paulina, entre Gustavo e Irene. Aliás, estávamos muito discretos. Os quatro. Será que Irene contara para Marissa, velha amiga, o mais novo segredo? Ao mesmo tempo, o quadrilátero amoroso era desonesto. Eu sabia de três. Paulina sabia de mim com ela. Gustavo sabia dele com Irene e sabia que eu sabia deles. E Irene idem.

Um quatrilho sem troca de casais.

Ou não?

Faço força, puxo o sofá com Gustavo para que caibamos todos. Ele não perde a oportunidade e, citando a TPM de *Verdades e Mentiras*, quando, hipoteticamente, todos se comeram e ainda dormiram juntos depois, berra:

— Você não pode sentar no meio delas duas não! — grita, apontando para Marissa, sentada no canto esquerdo da poltrona central, e Paulina, acomodada no lado direito. Diz isso e dá um pulo para ficar entre as duas.

Rio sem graça. Escrever sobre mim, sobre eles, sobre nós, semanalmente, era prazeroso e conflituoso. Usar as palavras para brincar de Deus tem suas desvantagens. Apesar da inerência divina do egocentrismo, havia sempre o risco da vergonha e do desconforto com comentários alheios ou, principalmente, saídos das bocas dos meus personagens.

Meus personagens?

Foi aí que se deu o baque.

Num curto momento de silêncio, Gustavo Henrique se levantou, desligou o aparelho de DVD que se preparava para reproduzir *Laranja mecânica* e proferiu em tom solene:

— Estamos todos aqui, os personagens de Victor Vaz!

Era agora.

— Como assim? — perguntou Pink, sentindo-se atraída involuntariamente por uma cilada arquitetada por Gustavo.

— Os personagens misteriosos e mentirosos de Victor Vaz. Olhem pare ele. Arguto, astuto, observador, prestando atenção em mim, em vocês. Victor, vou dar um passo, tchan, anotou?

Victor, vou até o quarto saltitando, um, dois, três, anotou? Victor, vou confessar algo íntimo para você, anotou, Victor, anotou?!!!

Ele vociferava na minha direção. Paulina se levantou e o conteve. Marissa e Irene estavam assustadas, apesar de terem sido prevenidas por Gustavo de que conversaríamos antes do filme sobre o tal livro que o Victor andava mandando por e-mail.

— Calma, Gustavo — ponderou a mulher que eu pensava já ser minha namorada.

Ela se virou e, absolutamente controlada, me disse:

— Victor, tudo tem limite.

Levantei-me desconfortável, procurando palavras, buscando os argumentos preparados há tempos, quase que anotados na minha cabeça. Mas o que derrubara os meus pilares fora a cachoeira de afeto onde eu acabara de enfiar cabeça, nuca e costas. Estava tudo tão lindo, romântico e controlado. Respirei fundo, preocupado. Havia uma cratera fria entre estômago e rim. Odiei minha insegurança. Mas encarei o front.

— Todos leram a última TPM? A penúltima, a antepenúltima... sim, porque o silêncio, sinceramente, me perturbou. Antes havia comentários, respostas, sugestões. Para alguns, aqui era bacana palpitar, reclamar, bronquear. De repente, nada. Cheguei a supor que, na verdade, as conversas sobre o meu livro continuavam, mas, curiosamente, sem a minha presença. Aliás, para ser bem sincero com todos aqui, até mesmo com Pink, vocês sabem que foi até um silêncio utilitário? Ótimo, pois passei a provocar, a criar situações, a imaginar encontros, a me meter em sentimentos, como um verdadeiro autor faz. Vocês me ouviram? Como um verdadeiro autor faz — disse e me sentei.

Um jogo de xadrez se anunciava. Marissa e Irene continuavam quietas. Pink, ingênua, levantou o dedo e falou:

— Gente, o que está havendo? Eu li uns relatórios dele, eram ótimos, engraçados, tinham lá seus exageros...

Paulina continuou, senhora de si.

— Pois é, Pink, tinham lá seus exageros. Agora, ele sai com Gustavo para beber, ouve confissões, volta para casa e escreve. Ele dorme comigo, ouviu bem, ele dorme comigo, volta para casa, e em vez de pensar em mim, no meu corpo, na minha alma, não. Ele senta no computador e reproduz as minhas palavras mais íntimas. Ele recebe a visita deles dois, simula um encantamento cínico e revela o surgimento do mais novo casal. Ele me seduz e depois joga fora. Já me usara para obter a parte sexy da trama, sabia?

— Peraí! — gritei.

— O que foi? — continuou calmamente Paulina.

— Eu não contei nada da intimidade deles...

A reação de Gustavo foi imediata. Ele esmurrou o braço do sofá.

— Porra, Victor, só faltava ter descrito a nossa noite também!

— Vocês bem que gostaram de brincar de Deus também, não é, Paulina, Gustavo e Irene? Com seus textinhos ingênuos, colaboracionistas, cheios de boas intenções. E eram, tanto é que os usei.

— Poxa, Victor, eu tinha escrito e mandado só para você a minha aflição na locadora, lembra — disse Irene com a voz quase sumindo, escancaradamente decepcionada. Tive pena. Mas eu não poderia voltar atrás ali, naquela hora, acuado e solitário. Magoar me fortalecia.

— Também gostamos de brincar de Deus??? — Paulina alterou a voz.

Ela pensou por um átimo e prosseguiu.

— Alguém criou? Manipulou? Aquilo que escrevemos foi uma declaração de amor para você, sua besta.

— Uma declaração de amor pública?

— Sim!

— Mas é o que eu faço semanalmente com vocês, meu Cristo! Uma declaração de amor! Quando escrevo sobre Gustavo, estou sendo Gustavo, quando escrevo sobre você, Paulina, estou sendo Paulina, quando brinco com as unhas pretas de Marissa, estou dizendo sutilmente que a preferia sem as unhas pretas. É a minha forma de dizer que amo vocês, que amo a TPM... Sinceramente, é muito pobre da parte de vocês ficarem chateadinhos porque eu não reproduzi exatamente o que aconteceu aqui. Só faltava essa, eu vir com um gravador, dar *play* e depois reproduzir como um autômato. Não é possível que vocês sejam as mesmas almas que me excitavam tanto. Que são a espinha dorsal desse troço maravilhoso chamado TPM.

— Pára com essa bobagem de TPM! — pediu Gustavo, mais calmo.

— Por quê? É um achado. Um achado literário.

— Você está virando uma caricatura, Victor. Um achado? Você lê jornal? Vê televisão. TPM, TPM, isto é um jargão tolo, uma bobagem, um lugar-comum, clichê.

— Não é, não.

— É sim, Victor — disse Marissa, até então observadora.

— Gente, vamos ver o filme? — pediu candidamente Pink.

— Bom, o que vocês todos querem me dizer? Isso é uma armação clara contra mim.

Marissa retomou a palavra.

— A gente se reuniu ontem, conversou com calma, combinou de não ter briga...

— Ontem? Onde?

— Aqui mesmo.

Andei pela sala revoltado e murmurando...

— Caralho, vocês ensaiaram tudo... Gustavo sentado ali, Paulina aqui, vocês duas... pena que Pink chegou e estragou tudo. Pessoas fora do roteiro sempre estragam tudo, não é mesmo? Acho que a culpa sadia das revoluções é dela. Que coisa torpe! Pelas minhas costas!

— Não se altere, por favor. Posso continuar?

— Claro; ao que parece você é a única calma aqui.

— Eu gritei com você? — disse Paulina.

— Vamos parar com esta caça às bruxas ridícula! Continua, Marissa — clamou Gustavo.

— Victor, o que você quer fazer com tudo isso que escreveu? É exercício teu... é um projeto... um livro. Vai ser publicado mesmo? Quando, por quem...? Você precisa nos consultar.

— Por quê?

— Porque somos nós ali, caralho! Você é cego??? — Gustavo explodiu novamente.

E continuou, de pé.

— Existem vísceras e vísceras, Victor! Olhe para estas pessoas ao nosso redor. Por que elas precisam ler nossas disputinhas ridículas? Qual a razão disso? Diz para mim! A intenção é provar que você é incrível. Se auto-afirmar nesta idade?

— Você é muito melhor do que eu, Gustavo.

— Isso você não precisa me dizer. Nem escrever. E muito menos para elas.

— Quem disse que eu estou escrevendo para vocês? Quem disse que eu estou contando para elas nossas aventuras, que, aliás, são muito mais divertidas... quando não são levadas a sério.

— São nossas aventuras! Nossas disputas! Nossa competição! Até isso você usa em benefício próprio. Provavelmente estimulou sua verve genial. Mas é a minha relação de amizade contigo e isso diz respeito a nós. E não são propriedade do grande público! Do teu grande público leitor... escritorzinho de merda.

— Pára de dar show, porra!!!! — e empurrei Gustavo para o sofá.

O azul-claro que permeava o começo da reunião foi substituído por um cinza pesado, que não chegava a ser triste, mas era explosivo.

— Gente, na boa, acho que vou embora — ameaçou Pink.

— Calma, Pink. É normal, é normal. Fica aí, sem estresse. Não é a primeira vez que estes dois quebram o pau. E se não discutirmos isso agora, aí, sim, pode não ter mais filme nenhum. A gente vai resolver isso, vai ver o filme. Calma. Fala, Victor — ponderou Paulina.

Apesar de estar com um ódio primitivo de Gustavo, comecei a recompor minha insegurança, e já sem o tal buraco da barriga, discorri.

— Bom, vamos lá.

Enlacei todos os dedos, abaixei a cabeça, suspirei.

— Eu quero publicar tudo isso. Não vejo problema. Estava esperando chegarmos até a TPM 15 para pedir a autorização de vocês. Enfim, estava esperando ficar com cara de livro. Não adianta escrever, escrever, reler tudo e ver que não tem uma liga, uma trama, um drama. Afinal, um livro.

Irene:

— Você já conversou com a sua editora?

— Estou sem editora agora.

Marissa:

— Você acha que interessa a alguém o que seis amigos conversam numa sala sobre cinema?

— Tenho certeza.

Gustavo:

— Você já mostrou para alguém além de nós, Victor?

— Sim. Para duas amigas. Ambas morreram de vontade de fazer parte da TPM. Eu impedi. Mesmo sem consultar vocês, eu impedi. Já vocês...

— Deixe de ser bobo, deixe de ser ciumento — acusou o golpe o anfitrião.

Eu experimentava ali uma sensação louca. E me sentia um ator de mim mesmo. Por mais que me entregasse aos argumentos e que sofresse com a mágoa deles todos, sabia que estava interpretando o papel do escritor provocador. Eu precisava disso. Eu precisava daquela tensão. Era aquilo que poderia transformar meu trabalho num grande livro. Nas entrelinhas, eu sentia a discussão da inspiração, do furto das almas. E continuei, calmo.

— Será que ninguém aqui percebe que estamos diante de uma discussão muito mais profunda do que "eu não beijei fulano, eu não falei aquilo, ah, eu gostei daquele filme sim..."? Não está claro que usei algumas técnicas para prender a atenção de vocês? Até mesmo trabalhando com a vaidade, extraindo textos que vocês me mandavam, publicamente ou não, isso é irrelevante. Imaginemos que o livro acabe de ser publicado. Pronto. Está lá, bonitão, na livraria, sucesso de vendas, presente de Natal perfeito. O que vai ficar na cabeça de quem ler? Seis amigos que se encontraram na virada do século para discutir aflições, trocar ternura, tendo como pano de fundo o cinema, o fascinante cinema e seus clássicos. Seis pessoas interessantes, diferentes, capazes de opinar com base, sem base, com o coração, com raiva, sobre o que acontecia na pequena tela. Eu só sistematizei uma idéia. Criei.

— Não, você nos usou para seu pretenso sucesso. Manipulou — disse Irene, me surpreendendo.

Deuses criam ou manipulam?

— Por que você odeia tanto o Nabokov? — interrompeu Pink, surpreendendo todos desta vez.

Aproveitei para dar uma trégua e dissipar um pouco o acúmulo de nuvens no cômodo.

— Porque um ex-chefe da minha ex-mulher, muito mais velho do que ela, dava em cima dela sem pudor algum. Descaradamente. Eu nem ligava. Até o dia em que ela chegou em casa com *Lolita*. Aí eu fiquei muito puto. Não com ela. Nem com a paixonite que ele estava sentindo por ela. Mas aquele presente era tão caricato, tão descarado, tão óbvio, que me deu raiva daquela imbecilidade deselegante. Dias depois, houve uma festa no trabalho dela, eu fui, e quando ele foi me cumprimentar, eu nada fiz, dei as costas e o deixei com as mãos abanando. Foi muito mais forte que um bofete. Ela também se mancou, viu que os limites já tinham sido ultrapassados havia muito tempo e parou de dar corda para aquele velho babão.

— Velho babão... velho babão... em que página você escreveu isso, Victor Vaz? — disse Gustavo com ironia.

— Mas então, Gustavo! Não está percebendo, é minha vida exposta ali.

— Não acho que sua vida seja esta bobagem ciumenta acompanhada de uma reação infantil — brincou Pink me cutucando, irônica.

Gustavo ignorou a tentativa da atriz de abrandar os ânimos.

— Só que você não me pediu para expor a minha...

— Você vai manter os nomes? — perguntou Irene.

— Como assim manter os nomes? Quem disse que ele vai publicar alguma coisa? — observou Paulina.

Ali eu me enfureci. Que me acusassem de manipulação e vampirismo, mas ninguém vai mandar na minha vida e muito menos na minha obra.

— Nem quando você é protagonista de um romance você fica satisfeita? Nem quando você é, de todos aqui, a mais elogiada, a mais acarinhada e afagada pelas minhas palavras? Nem que para isso eu minta?

Ela sentiu o duro golpe. Vi que seus olhos ficaram marejados. Não me fez bem provocar o choro de quem eu fizera gozar na semana anterior. Gustavo, mais calmo, ficou comovido e foi abraçá-la. Aquilo não me comoveu. O que me entristecia ali era antever o fim de duas relações já inesquecíveis. Com eles. Com ela.

— Diz uma última coisa para mim — falou Gustavo, ainda confortando Paulina.

— Fala, Guga, fala, Guga. Pára de me tratar mal.

— Você pensa em escrever tudo o que foi discutido aqui?

— O que você acha?

— Que você tem vergonha na cara.

— Errou. Está tudo aqui, ó — apontei com o dedo minha cabeça e esfreguei logo depois na testa dele.

Gustavo deixou Paulina, levantou-se, andou até a porta, abriu-a, e olhando para o chão ordenou.

— Saia da minha casa.

Peguei meu celular, minha chave, minha carteira. Não olhei para mais ninguém. E saí. Ele não bateu a porta. O silêncio continuou no apartamento. Apertei o botão dos dois elevadores, um deles chegou. Não entrei. Ele desceu novamente. O dos fundos chegou. Também não esbocei reação, ele desceu. Apertei os botões de novo. Sozinho no corredor, acompanhei o apagar e acender das luzes automáticas. Tomei uma decisão. Voltei para o apartamento e pus o ouvido na porta.

Depois de uma pequena pausa, ouvi um suspiro forte e a voz de Gustavo.

— Bom, gente. Não vamos estragar a noite. Bola pra frente. A Marissa trouxe *O Expresso da meia-noite* e *Laranja mecânica*.

Voltei para minha casa e escrevi:

Tão logo soube dos dois filmes, Paulina Ribeiro do Couto ergueu-se, pegou a bolsa e pediu desculpas.

— Gente, na boa, juro que não estou chateada, que não vai haver o menor problema se eu for embora. Mas eu acabei de ver estes filmes. Parece mentira. O *Laranja mecânica*, então, vi semana passada. Eu estava perigando não vir mesmo, vai ver até que era um aviso. Foi maravilhoso rever todo mundo, mas eu aproveito o tempo para terminar uns trabalhos atrasados.

O que ela queria era me ver imediatamente.

Pequeno constrangimento.

Gustavo espetou, traído.

— Não acredito que você vá atrás do Victor, Paulina. Mas é impressionante, quanto mais você conforta uma mulher, mais ela foge em direção à dor.

Marissa pede desculpas por ter escolhido exatamente aqueles filmes.

— Não, Marissa, pelo amor de Deus. A culpa não é sua. É minha.

Pink descontrai o ambiente.

— A partir de hoje, está decretada uma lei de que, salvo lançamentos, ninguém mais pode ver filmes antigos a não ser aqui, nesta sala, neste recinto, nesta TPM.

— Aprovado! Mas chega dessa história de TPM, basta de confusão — diz Irene, lá do outro canto da sala.

— É isso que ele quer... — define Marissa.

— Ah, Paulina, então tá, vá embora... — chuta o balde Gustavo, com a paciência do tamanho de um ovo de codorna.

— Calma, Gustavozinho. Ela vai ficar. Fica, Paulina, escolhe o filme que você tenha mais interesse em rever — contemporiza Irene.

— Então eu voto no *Expresso da meia-noite*.

Todos votam e o escolhido é *Laranja mecânica*.

— Vou embora, na boa, sem estresse.

— Tá bom, tá bom, sem estresse... — irrita-se Gustavo.

A desarmonia me agrada. Senão a TPM seria apenas uma construção literária, uma mentira, um conto da carochinha.

— Será que o Gustavo não tem um outro DVD aí na DVDteca dele...

— Eu não ligo se for outro — alivia Marissa.

É a própria Paulina quem resolve a questão. O chilique repentino dá vez à razão, a estranha forma de chamar a atenção num dia tão especial, em que Pink voltava aos braços dos seus pares e eu era expulso do ninho, dá lugar a uma calma surpreendente.

— Besteira minha, vamos todos ver *Laranja mecânica*!

Irene e Gustavo estão distantes. Mas só fisicamente. Acho que ela já estava ali antes de todos chegarem. O clima, finalmente, fica menos jururu.

Play.

O filme é longo. O sono ronda todos. Fala-se pouco durante a ultraviolência de Kubrick. Stanley Kubrick, o primeiro a ser bisado numa TPM. A última vez tinha sido em outubro, com *Lolita*.

Entre uma porretada e outra da gangue de Alex, esplendidamente interpretado por Malcolm McDowell, surge o murmúrio singelo de Pink Starr, nossa atriz de plantão.

— Vai ser barra-pesada...

Um filme de 1971, profético, caótico e escancarando nossa falta de controle sobre crianças bestiais.

65531

É o número dado a Alex na prisão. Depois de barbarizar mendigos, aleijados, esposas alheias e gangues inimigas, ele é preso numa emboscada criada por sua própria gangue, após matar uma solteirona hippie e rica.

— Ele sofre. Mas se regenera na porrada. Na corrupção. No cinismo dos que se interessam por Alex como um exemplo de possibilidade social — interfere Gustavo durante a projeção.

Tem sempre quem acredite.

Duas horas e dezessete minutos depois do *play*, o filme acaba. Todos estão triturados. A singeleza do reencontro, interrompida pela mágoa e substituída imediatamente por um murro no estômago dado pelos meus argumentos literários, seguido de um chute no saco dado pela gangue branca de *Laranja mecânica*.

E pensar que o apelido da seleção holandesa de 1974 era Laranja Mecânica por analogia da cor do uniforme com a tática do carrossel holandês. Todos os jogadores ocupavam vários espaços sem terem posições fixas. Cruyff, os irmãos Van Der Kerfoff, Neskens...

— Como é fálico este filme... Porretes, esculturas, bonecas infláveis, narizes em forma de pênis...

— Mas, diferentemente de *Barbarella*, nada tem de sensual. Tudo parece um estupro.

— Tudo — emenda Marissa.

— Isto não é um filme. É uma obra! É Londres! — jura Paulina.

— E me agrada muito o modo como ele explora a lente grande angular. Tudo é meio distorcido para o lado, espichado, como se o filme estivesse de pernas abertas, olhando para a gente — comenta Gustavo.

— Como é engraçado ver o que os caras achavam que seria o futuro. O velho que toma porrada está datilografando numa máquina de escrever — joga Marissa.

— Aliás, em nenhum momento o filme diz que futuro é esse. Quando é. Que século — questiona Irene.

É verdade. Feito em 1971, poderia ter sido ambientado em 1972 ou 1982 ou 2001. Também de Kubrick. E se Kubrick fez *2001* três anos antes, projetando supercomputadores para um futuro próximo, por que não usaria a mesma projeção tecnológica para *Laranja mecânica*?

— Talvez porque não seja o futuro — sentencia Marissa.
— Talvez. Nunca tinha pensado nisso — reflete Paulina.
— Viu como foi bom ver de novo? — pondera uma voz na escuridão.
— E o jeito deles de falar? Qualquer psiquiatra sabe que um dos sintomas da esquizofrenia é a criação de uma língua própria, adaptada, convergente, quase incompreensível.

Códigos.

Era isso. Fim da TPM 12. Mas exatamente antes do meu ponto final, depois do 12, toca o interfone do meu apartamento. É Paulina. Ela sobe, eu abro a porta, ela me abraça, me beija e pergunta.

— Onde tudo isso vai parar, Victor?

Seguiu-se uma troca de fluidos extensa. Lágrimas, suor, secreção e gozo. Durante duas horas ininterruptas. De todas as formas possíveis. Ela deixou minha casa aos prantos. Eu fui mijar e dormi. O epílogo estava mais próximo do que eu e ela imaginávamos.

Dormi sem escovar os dentes. Mantendo na boca o hálito de Paulina.

TPM TREZE

Resolvi me preservar.
Resolvi blindar meu livro.

Não mandei a 12 nem mandarei a 13, a 14, quantas mais eu quiser escrever até resolver que possa parar. Eu conhecia Gustavo havia quase quinze anos, tinha certeza de que em algum momento ele entraria em contato. Fosse para pedir desculpas ou seguir adiante na discussão. Ele preferiu o meio-termo num curto e-mail.

"Ô bichona escritora, vamos deixar isso para lá, não é? Lembra que eu falei que manteria a TPM a qualquer custo. Pois é. Você é um custo baratinho. Venha terça que vem, ok? Abraços, Guga."

A intensidade do meu último encontro com Paulina inviabilizou uma ruptura imediata. O sexo visceral é contagioso, dependente, um problema. Passa a fazer parte da mente, do dia, da rotina e do trabalho. Voltamos a dormir algumas vezes, no meu quarto. Ela talvez lembre quantas. Nenhuma delas, porém, igual àquela catarse dos líquidos.

Numa delas, fumando, soltou a fumaça e em seguida soltou uma frase espetacular, apontando para a minha escrivaninha.

— Tenho muito medo deste computador.

Em outra, sem fumar, segura de si, já tinha reassumido a realeza.

— Este computador tem que ter muito medo de mim!

Evitávamos conversar sobre o livro. Optamos pela cama. Mas o gozo que eu sentia nas grandes conversas, dentro do meu carro, depois de várias TPMs, era bem maior que o da cópula. Que não era ruim. Mas não era inesquecível. Cheguei a me perguntar se realmente era ela que tinha batido no meu apartamento depois da bélica TPM 12 ou se eu enchera a cara e encomendara uma puta, ou se era Ana, ou uma surpreendente Irene dizendo-se apaixonada, ou mesmo a contida e controlada Marissa. Sentia essa dicotomia na pele de Paulina também. Um estranho desconforto. Como se devêssemos ter parado na primeira celebração, aquela, tranqüila e honesta, depois da festa no Humaitá. Um dia, um sexo, uma história, um marco para sempre.

Até que comentei com ela, depois de um sexo corretinho, que Gustavo me chamou para a próxima.

— Eu já sabia...

— Mas este conluio de vocês é irritante. Vocês já transaram?

— Sim e não.

Melhor ficar quieto. Fui buscar na geladeira uma garrafa de água para nós dois. Voltei bebendo no gargalo, ela fez o mesmo.

— Qual será o meu pseudônimo no livro?

— Paulina — respondi imediatamente.

— Fala sério, vai.

— Paulina. Não vai ter pseudônimo.

Ela suspirou forte, ficou transfigurada, retomou a candura e se preparou para discutir.

— Você tem certeza? Não falo por mim, apesar de me sentir muito mal com esta história toda.

— Eu cheguei a pensar em usar cores em vez de nomes.

Ela voltou a se animar, dando um pulo na cama e ficando de joelhos.
— Uau, grande idéia! Qual a minha cor?
— Vermelha.
— Você?
— Verde.
— Gustavo azul?
— Isso.
— Bingo. Calma, não fala... Irene, Irene... Laranja?
— Amarelo, Maria Amarela.
— Meu irmão, o Vermelho, nem precisa dizer. E Marissa. Ai, não tenho a menor idéia.
— Lilás; nas últimas, eu já tinha até trocado o nome.
— Que últimas?
— Resolvi não mandar mais o que andei escrevendo. Melhor assim. Para falar a verdade, mandei apenas para aquelas duas amigas que eu citei lá no dia do bate-boca.
— Eu conheço?
— Não, não. E nem precisa ficar ciumenta, são duas pessoas completamente fora do nosso meio. Tipo piloto de testes. É uma prática editorial, não adianta ficar mostrando só para gente que pensa igual a você. Igual a mim.
— Então dá um abraço aqui na Vermelha, dá...

E ficou me chamegando debaixo do lençol, me chamando de Verdinho. Paulina é uma mulher misteriosa. E que não me interessa mais como mulher. Também parei de ver Ana paulatinamente, já tinha perdido o encanto. Minha fixação eram as duas leitoras secretas. Uma não sabia da outra. Eu usava as TPMs para me aproximar delas, seduzir e, ao mesmo tempo, saber o que elas estavam achando, confrontando opiniões e dando as mesmas desculpas para não levar nem uma nem outra à casa de Gustavo.

Érica era casada. Recém-casada. Lia com afinco, dizia-se muito burra e prometia pegar todos os filmes citados para "ficar inteligente da noite para o dia", brincava. Suas respostas eram tão bem-humoradas e por vezes cheias de duplo sentido que eu me perguntava se ela realmente tinha desejo por mim ou apenas jogava com as palavras pelo prazer de jogar. Nunca tínhamos tido nada. Eu a conheci no sebo mesmo. Ela queria saber se eu seria capaz de descobrir em algum lugar um livro chamado *Rio de Janeiro — um retrato*, do Fausto Wolff. Por sorte, um cliente jornalista tinha colaborado no projeto e trouxe o dele de casa.

Rose era advogada. Apesar de ter nome de faxineira. Irmã mais nova de um colega de colégio, reencontrou-me num supermercado, trocamos e-mails e virou uma possibilidade. Eu ficava com um certo pé atrás porque a achava muito escandalosa. Além disso, é estranho dar em cima de uma mulher que você conheceu com 11 anos de idade. Fora o irmão, o Gil, que não sei se me perdoaria. E olha que ela estava muito, mas muito a fim de se enrolar comigo.

Rose e Érica, minhas leitoras cobaias, estavam adorando o livro. E achavam que eu era muito criativo, pois discordavam de certas frases femininas. "Ah, esta Paulina jamais diria isso." Nunca acertaram quais eram as frases realmente "adaptadas" e que poderiam causar um estranhamento quando lidas por uma mulher, por exemplo.

Cheio de segredos, fui para a TPM 13. E acabei chegando cedo demais. Nem liguei para a Paulina e muito menos respondi aos recados. O que era prazer tinha virado chateação. Não queria ser namorado dela. Aquele tapa na cara inviabilizou tudo. Mesmo gozando dentro dela e beijando-a apaixonadamente, o fantasma desta violência me atormentava diariamente. Quem era ela para me dar um tapa na cara? Xingue-me, roube-me e até estupre-me. Tapa na cara, jamais.

Chegar cedo me empurrou para o ócio. Foi um tal de dar voltas pela vizinhança, percorrer quarteirões próximos, ligar para a Rose no celular, tomar um cafezinho no pé-sujo da esquina, puxar conversa com desconhecidos, fumar uma cigarrilha, até chegar o momento de tocar a campainha, exatamente na hora marcada.

Melhor esperar um pouco mais. Eu não percebia o quanto estava ansioso.

Três minutos depois das nove já estava me anunciando no interfone.

Três minutos depois, e finalmente o encontro com o meu amigo. Tinham se passado poucos dias, mas senti sua ausência como se fosse um ano.

A tiracolo, quatro latas de cerveja ainda geladas.

Olho ao redor. Mais uma vez, sou o primeiro.

Gustavo me pergunta pela vida, filha e amores. Diz que sumi, embora tenha sido expulso da última TPM. Ele parecia forçar um bem-estar inexistente, eu também não dei corda e muito menos fui frio. Ficamos distantes e ausentes no pequeno intervalo de uma semana. Eu sabia dele. Ele não sabia de mim. Estranho que ele temesse tanto que a TPM fosse ameaçada por amores fugazes entre seus membros, mas jamais refugou em confessar o que andava tendo com Irene. Já eu e Paulina. Segredo total. Por quê?

Sinceramente, não sei.

Mas o que eu sabia era que ele tinha quase certeza. Talvez por isso eu não tivesse revelado nada. Ele sabia.

Ela me jurou mais de uma vez que jamais contou. Mas ele nos conhece muito bem. E deu várias indiretas, não perguntando, mas comunicando que já conhecia muito bem o nosso rolo.

Desconfortos à parte, em um minuto a amizade e a afinidade cultivadas aos trancos e barrancos da vida particular de cada um afloram. Falamos daquele apartamento cujos rodapés nos cercam. Tão aconchegante às terças-feiras. Daquelas paredes fiéis que havia mais de 120 dias vinham recebendo cartazes imaginários de filmes inesquecíveis. Daquele breu sutil que nos envolvia a cada "sessão", a cada TPM.

Finalmente, o apartamento foi vendido.

O que será de nós?

O interfone ainda não foi vendido.

Toca o interfone.

Gustavo chia.

— Caceta! Ô porteiro burro! Lá vai ele me dizer que é a menina que vem sempre aqui! Deixa entrar e pronto.

Gustavo não anda calmo. Talvez seja a venda do apartamento. Talvez seja por causa da minha prática de chegar mais cedo na maioria das vezes, por mais que eu não queira. Talvez seja o talvez. Ou Irene.

Era Paulina.

A menina que sempre vem aqui!

Não, não era.

Eram Irene e Marissa. As meninas que sempre vêm aqui.

Ninguém falou do meu livro.

Nessa noite não houve suspense, nem explicações nem nada. Irene muito mais segura, sem medo, confiante nas próprias escolhas, confiando em si, confiando em nós. Rapidamente, ela tira as três caixinhas da bolsa.

Paris, Texas. Wim Wenders. Um *road-movie* às avessas, sobre solidão. Longo, vermelho, abóbora, desértico.

Taxi driver. Robert De Niro, brilhante. Martin Scorsese, afiadíssimo. Um *road-movie* urbano. Sobre solidão, fixação. E morte.

Último tango em Paris. Um *flat-movie* tenso, meio maluco, doente, apaixonado. Mas vivido em Paris. Basta. Paris justifica qualquer escolha. Até as erradas. Paris as consola.

Três filmes, todos com a letra tê.
T de tamanco.
Irene tem um tamanco barulhento.
Ela sorri discretamente com o *toc, toc* que estava produzindo e pergunta se alguém quer beber algo.
— Eu!
A iluminação é mínima na sala. Gustavo papeia com Marissa enquanto Irene abre a geladeira. Traz uma latinha.
Ainda em pé, abre e bebe:
— Ando bebendo muito.
Marissa toma, serena, um guaraná.
Gustavo Henrique, que costuma jantar um pouco antes de chegarmos, não bebe nada.
Toca o interfone.
Agora sim é Paulina.
Virá sozinha?
Não, não era.
Era Pink!
Seremos os eternos seis novamente?
Espevitada, a atriz chega sorridente com uma garrafa de Matte Leão Diet Limão sob o sovaco direito. Custou R$ 2,60. O mate, claro. O sovaco eu não sei o preço e nem veio com etiqueta. Beijos, abraços, e a confraria desata a falar de assuntos extra-filmes. Quando Pink tocou a campainha, estávamos proseando sobre carnaval, blocos, e havia um empate. Eu e Irene detestando, reclamando da muvuca que se instaura na cidade, do clima insuportável da azaração, do samba horroroso e amador. Dois amargos. Gustavo e Marissa nos chamando de chatos e deitando elogios ao Monobloco, que saíra na praia tocando samba, funk, marchinha e pop.
— É muito legal! Não dá para perder — convida Gustavo.
E Pink? Cadê a opinião de Pink?

— Eu acho um saaaaaaco!

Pronto, desempatou.

Pink me chama para ajudá-la a abrir a geladeira, e na cozinha sussurra:

— Não vai ter barraco hoje não, né?

— Não, não. Pode ficar tranqüila.

— Menino, depois daquele dia, eu saí lendo os teus relatórios. *Vixe*, você é maluco. Está se expondo demais.

— Concordo. E não expondo os outros, concorda?

— Mais ou menos, né, Victor, mais ou menos...

Eu preparo um pão com Polenguinho para nós dois. Voltamos.

— Não quer um prato?

Ninguém esquece que a casa é do Gustavo. Na quarta-feira de manhã, é ele quem lá acorda, na quinta idem, e por aí vai. Daí sua preocupação doméstica com a empolgação gastronômica de seus amigos.

— Victor, você não quer um prato? — ele repete, temendo que a farelada do meu sanduíche caia pelo chão.

A minha lógica, porém, é outra.

— Que nada. Vamos economizar detergente. Você mora sozinho, a faxineira não vem amanhã. Pode deixar que eu como tudo aqui na cozinha mesmo.

Também na cozinha, mastigando pedacinhos de queijo gouda, Marissa e Irene conversam sobre as melhores técnicas para derreter ouro. Papo de trabalho.

Cadê Paulina?

Na hora de escolher os filmes. Confusão. Polêmica. Dúvidas.

Eu voto *Taxi driver*, Irene, *Paris Texas*, Marissa, *Taxi Driver*, Pink, *Último tango*, e Gustavo, *Paris, Texas*.

— Olha, pensando bem, *Paris, Texas* é longo. A Paulina ainda não chegou, já está ficando tarde. Eu ainda acho que esta história de trazer três filmes atrapalha mais do que ajuda — repete Gustavo.

Discordo mais uma vez. Lembrando que, se não houver opção, num dia como aquele, por exemplo, correríamos o risco de assistir a algum longa longa-metragem.

— Vamos sortear? — ele propõe.

Vaias!

E uma nova votação é feita.

Muda tudo.

Eu, *Tango*, Pink, *Paris*, Irene insiste com *Paris*, Marissa, *Tango*, e Gustavo, meio contrariado por achar que é um filme datado, aceita ver de novo as peripécias e besuntadas de Marlon Brando e Maria Schneider num apartamento em Passy.

O filme era inédito para as ourives. Já eu, Gustavo e Pink o tínhamos visto num passado distante.

Cadê Paulina?

Ligamos para ela e nada. Estranho.

Gustavo resmunga. Comum.

Pink está excitada. Irene, amuada. Marissa, social.

Play.

Sem Paulina.

Por segundos, minha atenção sai daquela sala. E refleti, olhando fixamente para a cordinha da persiana. Temos dois braços, duas pernas, dois rins, dois olhos, dois quase tudo. O computador é binário. Um duelo é feito com dois. Natural termos duas personalidades. Nós cinco éramos os mesmos fora da TPM? E dentro da TPM? Afinal, Gustavo tinha um caso com Irene e eu estava terminando o meu com Paulina. Casos e beijos secretos. Refletia sobre isso enquanto os primeiros créditos do filme apareciam. Desde o sexo que teve como testemunha o coelho lunar, minha relação com Paulina, óbvio, mudara. Nos primeiros dias, para melhor. Nos segundos, já não sei. Éramos tão parecidos que talvez não nos merecêssemos. Mas vá convencer os corações. A verdade é que não estávamos sabendo lidar com aquilo tudo. Já Gustavo e Irene estavam tendo uma dinâmica e agitada *love story*, certamente transaram mais do que a gente. Bom para eles

De volta a Paris.

Lindas tomadas de câmera. Sutis, suaves, fortes. Bernardo Bertolucci.

Estamos falantes. De novo. O filme passando e o quinteto tecendo comentários pontuais.

Paulina chega!

E a taquicardia me ataca. Não sei se ela já percebeu o nosso epílogo. Gosto dela e me culpo por magoá-la seguidamente. Só que a relação é de gato e rato. E ela não fica atrás. E como posso querer terminar sendo vítima desse ataque cardíaco cada vez que ela aparece. Qual dos meus dois queria se afastar dela?

Meio esbaforida. Manda beijos com a mão, olha para a tela, não reclama do filme começado e descortina um sorriso alvo, que brilha na meia-luz do nosso cinema de mentirinha. Paulina simplesmente adora a escolha de *O Último tango em Paris*. Enquanto rebobinamos o filme por solidariedade, comento que Maria Schneider, então ninfeta descabelada, está parecidíssima com nossa rainha do cabelo vermelho. Que ri.

Paulina Schneider.

E um remorso repentino me acomete.

No meio da trama. A pergunta que vem da tela. Da boca da principal personagem feminina. O acaso pode virar destino?

Sinopse: Vísceras, sexo, doença, obsessão... Uma noiva parisiense, meio da pá-virada, procura apartamento para morar quando casar. Jeanne. Conhece, por acaso, um viúvo estranho, quieto, arisco, grosso e tacanho. Paul. Mas o sexo é mais forte que toda dissonância e qualquer discordância. Uma paixão carnal rompe e atrai os dois corpos, aquecendo aquele inverno de 1973.

Paris. De repente, me pego saudoso da ponte Bir-Hakeim. A única que abriga pedestres, carros e metrô. É cenário do filme. Seus arcos misteriosos e pesados, napoleônicos, convidam à solidão. Toca o meu celular.

Levanto, saio da sala e perco um pedaço do filme.

Era Ana. Jurou que ligara só para papear e desligou ao lembrar que era terça.

— Ih, desculpa, vai lá, vai lá ver teu filme, me liga amanhã. Estou com saudades, viu?

Volto depois de dispensá-la mais uma vez, tropeço e derrubo um copo de guaraná.

Gustavo resmunga.

Da paz ao caos.

Suspense e constrangimento.

O dono da casa se chateia com a sujeira repentina no assoalho.

Irene está no sofá e observa. Suspira também, como quem andasse às turras com o anfitrião. Droga.

Entre ela e Gustavo, um buraco não preenchido.

Pink, deitada, está perto da janela.

Marissa, agachadinha no chão. A gafe de derrubar o copo não foi a única da noite. Aguardem um parágrafo.

Minutos depois, cansado por causa do trabalho e das noites em claro, perco a partida para as pálpebras.

E ronco.

Um ronco abafado, poderoso, bélico.

Tão forte que eu mesmo acordo.

Todos riem.

— Inacreditável, olha o Victor dormindo... — alguém fala, mas, sonolento, não sei quem é.

Logo me ajeito, desentorto a coluna, vou ao banheiro, jogo água no rosto e continuo a ver o filme.

— É assim que ele escreve sobre a gente, dormindo — murmura Gustavo.

— Shhhh... — pede Marissa.

Que demora. A trama é longa, pesada, difícil e incômoda. O sexo selvagem passa a doentio em dois ou três coitos. Cria-se uma dependência maléfica entre Jeanne e Paul. Soturno, ele a domina com mergulhos sodomitas e novas possibilidades. Marlon Brando mistura vulnerabilidade, brutalidade, doçura e niilismo. E tudo acontece num apartamento de Passy.

Chove analogia entre o filme e nós. Desta vez, assustadoras.

Pink não ronca, não está com sono, mas vai ao banheiro fazer xixi.

Mal volta, é Marissa quem se levanta. Também não roncou. Também vai fazer xixi. Estamos incomodados.

Mal volta, é Paulina quem se levanta. Também não roncou. Mas fez xixi no trabalho e não tomou cerveja e guaraná antes do começo do filme. Foi o celular. Ela atende baixinho e entra pelo corredor para não incomodar. Volta sem maiores explicações.

Aliás, mal volta e é Gustavo quem se levanta. Nada de xixi. Nada de roncos. Mas também um celular. Ou o filme não é lá essas coisas ou o mundo acabou em xixi e celular.

Todos de volta, a postos.

— Demorado, né?

— Ué, você não sabia? Este filme não acaba jamais — previne Paulina.

Pela primeira vez, a TPM não se autocensura, não pensa em fazer bonito e, uníssona, torce para que a relação esquizofrênica do tarado e da ninfomaníaca acabe logo. A angústia destilada pelas falas, pela impotência do noivo oficial, pela covardia do casal tarado para sair do apartamento. Aprisionados.

Como Jeanne.

Sempre nua.

Como Paul.
Viúvo de uma suicida.
Como o noivo de Jeanne. Ainda apaixonado.
Como eu por aquelas pessoas deste apartamento.
O fim em forma de tiro. Ele, de amante, passara a ser um maníaco correndo atrás dela pelas ruas de Paris. Ela, de possuída, passara a ser uma mocinha em busca do passado burguês, sem sobressaltos ou "loucuras". Não segurou a onda. Como nós.
Quando o filme finalmente acaba, já tinha gente com a capinha do DVD na mão, fazendo as contas do tempo de exibição.
Mesmo assim, as análises são boas. Como são boas as últimas pipocas. Elas haviam voltado depois de muito tempo.
Gustavo foi o primeiro a se manifestar, dizendo logo que gostara bastante.
Eu fico meio quieto. Paris ainda mexe muito comigo. Lá vivi um ano, cheio de penúltimos tangos.
Paulina diz que o filme é feminista.
Ninguém concorda. Nem ela, depois das contestações. Bom isso nela. Tão difícil de encontrar.
Com a Paris de dez anos atrás me martelando a cabeça, falo para todos sobre o perigo espiral das relações que têm o sexo como pilar.
— Perigo espiral? — assusta-se Marissa.
— Que fálico — ironiza Paulina.
Já Pink sacaneia o papo e recebe um carão cínico de minha parte.
— Estou surpreso e decepcionado com você. Numa das primeiras cenas de sexo, você disse que o pau do Marlon Brando tinha que ser grandão para sustentar aquela posição apresentada.
— Você está falando sério? — diz a atriz.
Rio.

Marissa comenta que os contrastes do filme chamaram muito a atenção dela. E não eram contrastes cromáticos. Era o antagonismo presente numa vida só. A libertina, prazerosa e inconseqüente, mas que recusa, assustadíssima, uma proposta de casamento dele. E a contida, amorosa e enamorada ao lado do noivo e futuro marido.

— E a clausura daquele apartamento? Nossa senhora — aponta Irene, que acrescenta uma certa curiosidade pela atração *trash* vivida pela moçoila na figura do velho decadente.

— Todo mundo bebeu deste filme, isso sim. Quantas e quantas tramas sobre relacionamentos neuróticos não vieram depois disso? Até o tal *Nove e meia semanas de amor*, que tanto fez sucesso na época — diz Paulina.

— O Arnaldo Jabor, então, escancara a inspiração em *Eu te amo* — relembra Gustavo.

Levanto e pego mate para Pink Starr. Antes fosse malte. Paulina, curiosa, pergunta se todos aprovaram a novidade da mandioca frita. Eu não comi. Tive medo.

— Desculpem, desculpem, não trago mais. Sou meio anárquica mesmo.

Voltando ao filme, Pink destaca as lindas cenas do banho, quando o velho Brando ensaboa e seca a jovem Maria. E Paulina, que descaradamente tem *Noites de Cabíria* como um dos melhores filmes que já viu, lembra-se da prostituta felliniana e de *Lolita* como filmes parentes do *Último tango*. Pela entrega cega de um coração para outro.

— Mas que o Marlon Brando está um canastrão, ninguém pode negar — critica, rindo, Gustavo.

— Canastrão é o Victor, que roncou o filme inteiro e só acordou na cena da manteiga!

Muitos risos. Pipoca com manteiga.

Sem manteiga, Marissa avisa que faz aniversário na quinta-feira. A excitação é geral, não pela quinta, mas pela próxima terça.
— Eu também faço aniversário esta semana. Festa na próxima TPM!
— Eu trago o bolo! — antecipa-se Paulina.
— Eu, os salgadinhos — vibra Irene.
— Eu, a boca! — sacaneio para não perder a viagem.
Não haverá caronas. E muito menos tangos. Todos estão de carro. Menos Paulina.
— Eu sou muito Maria Gasolina — diz para me provocar.
Dou carona para ela. Mas uma *blitz* no meio da Rua Pinheiro Machado, em Laranjeiras, nos faz falar de futilidades e planos amorosos. Não necessariamente nesta ordem. Se bem que, muitas vezes, planos amorosos são estrondosamente fúteis.
Decidimos não ter planos. Terminar nosso romance de forma gélida, clara, sem dúvidas. A despedida foi melancólica.
— Você vai pôr isto no livro?
Não respondo, mas fico com uma cara afirmativa. Ela, por sua vez, balança a cabeça negativamente, bate a porta, dá a volta, enfia a cara na minha janela, cola a boca no meu ouvido.
O arrepio me vem rápido.
— Você é execrável, Victor Vaz.
Eu desfaleço na poltrona do carro. E o arrepio vira tristeza.

TPM CATORZE

Havia poucos alunos do velho colégio. Lançamento de um livro polêmico. O velho professor Rubin, de tantas histórias nas costas, queria contar a verdadeira do Brasil. Uma resposta à máxima de que quem escreve a história são os vencedores. No Brasil, são poucos os vencedores.

Semanas depois, o mesmo Rubin, ao agradecer minha presença por telefone, soube de uma ida profissional a São Paulo e me mandou essa:

— Não deixe de ver a montagem brasileira de *A bela e a fera*. Está lindíssima.

Não entendi nada. Mas isso é normal. O mundo já acabou há algum tempo. O companheiro Rubin apaixonado por uma montagem da Broadway de um clássico adaptado pela Disney que enaltece o latifúndio?

O errado talvez seja eu. Certamente o sou.

O lançamento foi no jardim do suicídio. Atrás do Palácio do Catete. Cheguei cedo porque não queria demorar. Havia TPM, e nada mais importante na terça-feira do que a TPM. Ainda mais porque eu começava a sentir que o meu livro precisava dobrar alguma esquina. E que ele jamais conseguiria assassinar a TPM.

Nada era capaz de abalá-la. Nada era capaz de explodi-la. A não ser ela mesma.

Implosão.

Túlio, um colega da editora que lançava o livro naquela noite, me tranqüilizou.

— A fila está muito grande. Vai embora que eu te mando um livro depois e ainda digo para o Rubin que um disco voador esteve por aqui e te seqüestrou.

Fui. E ele disse isso mesmo.

A vida é uma repetição de ritos banais. Resolvi parar o carro rapidinho no Árabe. Tinha festa na TPM. Levaria esfirras de queijo. Muitas esfirras de queijo.

Saí do museu com passo apressado, entrei no carro, acelerei, e em três minutos estava estacionando no Largo do Machado. E foi só fechar a porta para ouvir o assobio insuportável do flanelinha. O desemprego é assustador, mas sou a favor da pena de morte para os flanelinhas.

Todos.

Logo depois do assobio do pária, me virei com a face pesada de ódio. Só que o flanelinha era o Joãozinho! Quando fui estagiário de um banco, no centro da cidade, ainda garoto e com buço, conheci Joãozinho. Também ele era garoto. E já sabia que não dava para mudar o mundo. Joãozinho fazia parte de um projeto da Febem de primeiro emprego para jovens carentes.

Não deu certo. Virou flanelinha.

Joãozinho me explicou também que era ajudante de van, vendedor ambulante de cerveja e, para não perder a oportunidade, tomava conta ali dos carros da área. Dei-lhe um abraço, falamos do passado.

Ô terça nostálgica. Depois do professor, o flanelinha. Só falta encontrar a primeira namorada, ver um Karmann-Ghia, comprar drops Dulcora, pedir carona no 584, brincar de telejogo da Philco e trocar figurinhas do Mundo Animal.

Abalado com tantas lembranças, dirigi-me, reflexivo, para a lojinha de esfirras. Com o umbigo colado no balcão da rotisseria, comecei a devorar alucinadamente a primeira esfirra de queijo e, com a boca cheia, encomendei doze para viagem. Seis de carne e seis de queijo. Paguei com tíquete. Pedi também quatro cervejas. Voltei carregado. A trilha sonora ao atravessar a rua era o tilintar das garrafas de cerveja dentro do saco plástico branco. O cenário: a lua e os nordestinos do Largo do Machado.

Amo esse lugar. Amo essas esfirras.

Feliz do homem que ama suas próprias esfirras.

Despedi-me rapidamente de Joãozinho, desejei boa sorte e não dei dinheiro algum. Seria uma ofensa.

De volta ao carro, farol ligado, cinto de segurança, primeira marcha e vruuum! Vamos para a TPM. Achei que estava atrasado.

Achei.

Cheguei, mais uma vez, antes de todos. A semana se anunciava especial. Dois aniversários. Marissa e Pink. A razão das esfirras. A razão dos Borges. Dois livros. Comprados na livraria onde trabalho. Um para cada uma. Elas merecem.

— Ih, é mesmo! Só comprei um presente! Esqueci de comprar o outro. E as duas fazem aniversário — lembra Gustavo, desesperado, ao me ver entrar com os dois embrulhos literários.

— Ou dá um para a primeira que chegar ou deixa para lá, compra outro e dá os dois na próxima terça — sugiro.

Mas isso é problema dele.

Cadê Pink?

Toca a campainha.

Pink Starr! A morena está animada, os olhos brilham, radiantes. Cheia de mãos e bolsas. Que inveja. Do entusiasmo, não das bolsas. Nem sei quantos anos ela faz hoje. Problema meu.

Ansiosa, a primeira aniversariante quer mostrar logo os filmes. É a vez dela.

Contra-ataco com meu presente. Ela se emociona. Não esperava. São esses os melhores. Beijos e presentes inesperados, elogios inesperados. Afagos sutis. Deveríamos dar mais presentes. E mais beijos. E trocar mais elogios. Somos tímidos errantes.

— Só não pode roncar — me sacaneia Gustavo, o rei dos escrotos.

Gustavo é rápido, inteligente, irônico e, apesar de tudo, um boa-praça. Pink é linda, sacana, afetuosa e, apesar de tudo, uma escrotinha do bem. Ela me abraça forte e agradece o livro. Eu aproveito e finalmente pergunto.

— Por que Starr?
— Alva Starr.
— Natalie Wood! — berra Gustavo.

Boiei.

— Quando eu nasci, em 1966, minha mãe tinha acabado de ver um filme com a Natalie Wood e o Robert Redford. Ela fazia uma prostituta perdida, filha da dona do bordel, mas que se apaixona por um caixeiro-viajante.

— Caceta, nome de puta???

Risos gerais. Ela já estava acostumada com a brincadeira.

— Minha mãe nem percebeu isso. Ela adorou que Alva Starr, essa era a personagem, era adorada por todos os homens da cidade e blablablá. Juntou o fato de eu ter nascido rosinha. Pronto, Pink Starr. O foda é que eu virei atriz e todo mundo jura que é pseudônimo.

— Qual era o nome do filme?

— *Esta mulher é proibida*, no original *This property is condemned*, é do Sydney Pollack e um dos roteiristas era o Coppola. Não é uma obra-prima, mas... eu sou!

— Ô...

Todos chegam. Bolo na mesa. Abraço. Afeto geral. É a vez de Irene ganhar o Borges dela. E se emociona também, apesar de o ciúme dar aquela comparecida. Afinal, eram dois presentes. Dois Borges. Duas mulheres. Mas ganhei outro abraço gostoso. Acho que vou comprar todos os Borges e sair por aí presenteando as mulheres.

Parabéns pra você, nesta data querida, muitas felicidades, muitos anos de vida!

Fotos digitais dão charme ao encontro mais afetivo de todos os realizados. Tem cerveja, tem bolinho, refrigerante, esfirra, ovinhos de amendoim. Estamos crianças.

— Adoro estas fotos digitais granuladas. São meio surreais, tremidas, intensas — diz Irene, enquanto passeia pela sala flagrando nossos carinhos e caretas.

— O flash é aqui — ensino, enquanto Paulina desembrulha o bolo de abacaxi.

Paulina está meio quieta. Claro.

— Prefiro sem flash, para poder granular — explica Maria Irene.

Recolho minha ignorância e vou ajudar Paulina com as velinhas.

— Posso te ajudar?
— Claro.
— Você está amuada.
— Passa.
— Fica assim não.
— Passa, sério. Tem horas em que é bom ficar quieta, recuar. Não se aflija, estou bem.
— Só acredito porque é você que está falando.

Ela sorri sem graça.

São dezenas de velas. Rosa. Mais de cinqüenta. Paulina não perderia a chance de fazer do bolo em si um acontecimento.

Num ataque repentino de estupidez, começamos a acender as velinhas do bolo de fora para dentro, em vez de começar por aquelas que estão no centro. Conclusão rápida: impossível acender as do miolo

— Que toupeiras! — auto-sacaneia-se a rainha.
— Cuidado, você vai se queimar!
— Os dois gênios da raça nem vela de bolo sabem acender — emenda.
— Estou com vergonha de chegar na sala com este bolo semi-aceso.
— Vamos chegar cantando, berrando, que ninguém percebe.

Parabéns pra você! Nesta data querida! Muitas felicidades! Muitos anos de vida!

Mais fotos granuladas.

E ninguém notou. Até porque Marissa e Pink logo se precipitaram para soprar, soprar e soprar as dezenas de velas rosa. Parecia bolo de propaganda de banco.

Gustavo nos apressa. Marissa concorda, lambendo beiços e dedos; afinal, nós estávamos ali para beber ou ver filmes?

Depende do filme.

Pink apresenta sua trindade. *O império dos sentidos*, *O céu que nos protege* e *Festa de família*.

— *Império dos sentidos*, oba! Esfirra com ovo cozido — digo eu, descendo o nível da escolha à altura do porão da Casa de Cultura Laura Alvim. O filme japonês marcou uma geração por causa da famosa cena em que o casal usa um ovo cozido de um modo heterodoxo. Depois de tanto tempo dentro de uma galinha, da panela com água fervente, o pobre ovo pára na vagina da moça. Em seguida é retirado e saboreado.

Risos gerais. Lembranças. Nossos pais viram o filme quando foi lançado. Éramos crianças e só de orelha ouvíamos as histórias escabrosas do cult mais pornô dos anos 80. Ovos à parte,

Gustavo lembra que *O céu que nos protege* é muito longo e a TPM já estava atravessando a barreira das dez da noite por causa da festinha dupla de aniversário. E ninguém ali precisa de proteção. Não da de Bertolucci.

Enquanto Gustavo desfia conhecimento sobre o que foi, do ponto de vista teórico, o dogma 95, o imaginário coletivo vai escolhendo, por unanimidade, *Festa de família*, de Thomas Vinterberg, um dos primeiros filmes a adotar os preceitos do tal dogma. Eu continuo faminto, vou devorando as esfirras enquanto todos discutem. Sento no chão e continuo fazendo as minhas anotações mentais.

— Quero avisar a todos que achei a festa para Marissa e Pink linda de morrer. E quero avisar também que faço aniversário em abril, ouviram? — diz Irene.

Play.

Depois de uma festa de amigos maravilhosa, uma festa de família arrasa-quarteirão, com incesto, desabafo, pedofilia e ódio entre parentes.

— E vai piorar — avisa Paulina depois da primeira cena tensa do filme, quando dois irmãos brigam ao chegarem à casa de campo dos pais durante as bodas de ouro do casal. Ou era aniversário do pai? Não importa. Festas de família são todas iguais.

O protagonista lembra Sting. O filme é dinamarquês.

E vai de mal a pior. A tensão entre os irmãos, a caçula fracassada, o mais velho destemperado, a aridez da língua dinamarquesa e o fantástico jeito de filmar do dogma atingem nossos estômagos. No meio do filme, durante o início da ceia, o sósia de Sting se levanta, pede a palavra e comunica a todos os glutões:

"Aproveito que aqui estão todos reunidos para revelar que papai abusava sexualmente de mim e da minha irmã gêmea. Ele nos levava para o quarto e exigia sexo oral e outras promiscuidades."

Estupefação geral. Poucos meses antes, a tal irmã gêmea tinha se suicidado, vítima do trauma.

— Eu estou enjoada. Este filme é indigesto — comenta Paulina no escuro.

— Alguém viu *Zona de conflito*? — pergunto baixinho.

— *Putz*, nem me fala. Este então é heavy metal. E é um filmaço — responde uma voz na escuridão.

— Só falta um Greenaway na veia para vomitarmos de vez — brinca, baixinho, um Gustavo mais relaxado.

— Que horror — sussurra Marissa, enojada.

Na pequena tela da casa em Botafogo, a hipocrisia. Entre nós, sentados no escuro da sala, ainda não. Talvez de forma branda. Não, não, acho que não.

Suicídio, tensão, barra-pesada. *O último tango* fora assim.

Na obra-prima do Dogma 95, o menino estuprado pelo pai torna-se um rapaz quieto, estranho e indesejado. É expulso covardemente da festa por tios grandalhões e enfurnado numa casa no quintal. Porém, há inquietação em todos os convidados. O sobrinho indesejado convidara dezenas, centenas de fantasmas do passado. Involuntariamente, mas convidara.

— O naturalismo deste filme assusta — crava Paulina.

— Ao mesmo tempo que é muito simples, é muito profundo e complexo — emenda o anfitrião.

— Olha, mas as imagens não me mostraram nada de simples. Pelo contrário, me impressionaram bastante, talvez por ser o primeiro filme que vejo deste movimento — conta a futura aniversariante.

Algumas angústias e ânsias de vômito depois, o filme acaba. Um grande e longo vazio sobrevoa a sala.

Marissa desvirgina a mudez geral:

— Curioso ser um filme feito na Dinamarca, um país onde há tolerância com vários desvios. E, mesmo assim, consegue ser chocante.

Começa então uma discussão sobre o Dogma 95, filmes como *Os idiotas* e *Italianos para principiantes*, cuja forma é semelhante, mas o conteúdo, distinto. Eu perco alguns minutos elogiando o movimento, não por sua ruptura ou falta de dinheiro, mas pela poética das imagens e o uso inteligente da câmera, que não tenta se esconder; pelo contrário, luta para ser também um personagem. O enquadramento nem sempre é em quem está falando, mas em quem está ouvindo.

Nossa festa de família é ali.

E eu sinto que é a hora de falar do livro. Do meu livro. Deste livro.

— Pessoal...

Gustavo parou o que estava fazendo e se afastou do DVD. Pink tremeu. Marissa se acomodou e abraçou Irene. Paulina se afastou de mim.

— Ai, outro estupro — lamenta Pink.

— A verdade é uma só. Aquela atriz que lembra uma aeromoça da KLM é muito da gostosa! — falo de repente, para retomar o assunto do filme e provocar o mulherio.

— Christian, Michael, Helene... — repete duas vezes Paulina, olhando para a parede enquanto cita as personagens.

Festa de família ganhara o prêmio especial do júri de Cannes em 1996.

— Sabe que me lembrou Bergman... — sussurra uma.

— De jeito algum! — grita outra.

Gustavo aproveita para anotar alguns detalhes do filme num caderno. O resto se delicia com o resto dos biscoitos de polvilho.

Pink, que é mãe e, ao que parece, tinha ressuscitado da casa dos mortos, desandou a falar.

— É tudo culpa da mãe. Que sabia de tudo o tempo todo e até o fim foi cúmplice da perversão do marido. Ela não esboça reação e encarna, metaforicamente ou não, estas esposas insuportáveis que tudo agüentam em nome de um equilíbrio familiar mentiroso e falido.

Sobrou para a mãe.

— Pessoal...

E a tensão voltou de uma hora para outra.

— Eu queria publicar o livro baseado no que andamos vivendo nestes últimos meses. Queria pedir, formalmente, a autorização de vocês.

— Mas ele não tinha desistido? — perguntou Irene, virando-se para Marissa.

— Era o que eu achava, era o que eu achava...

— Você continuou a escrever?! — espantou-se Gustavo.

— Sim, mas não mostrei.

— Como não? Achei que você tinha desistido depois de tudo aquilo.

— Eu não achei.

— Você continuou nos usando.

Paulina despertou.

— Eu quero ler as últimas.

— Não, ninguém vai ler — disse eu, imperativo.

— Calma aí, Victor, calma aí... — falou Pink, que raramente perdia o rebolado. — Imprime este troço e traz para a gente ver.

— Vocês vão querer mudar coisas. É uma obra de ficção.

— Claro que não é — Paulina.

— Manteve os nossos nomes? — Irene.

— Por que parar de escrever agora? — Marissa.

— Deve estar querendo ganhar dinheiro, fazer continuações... — Gustavo.

— Eu não vou te autorizar — Paulina.

— Ah, vai sim.
Gustavo refletia. Por um momento pensou no ego. No que podia estar destruindo. Andou relendo o que eu havia mandado e tinha adorado as próprias intervenções. Passara até a estudar mais, reler textos do mestrado, e tentara cooptar, sem sucesso, Irene. Queria que ela fosse quase diariamente ao cinema com ele. Olhando ao redor, olhando Irene, vendo que o meu livro não era um livro de amor, que ele não devia nada a ninguém... aproveitou a deixa para acabar com as discussões da noite.
— Gente, vendi o apartamento.

TPM QUINZE

O título do e-mail que Gustavo mandou para todos nós era mordaz e dúbio. "CONVITE PARA A ÚLTIMA TPM". Em letra maiúscula. No corpo da mensagem, porém, atenuava o terrorismo. "A última TPM do apê em Botafogo! Chamei a Hasla, minha irmã, Marrom, André... está faltando mais alguém? Victor, imprime e traz o livro."

Achei tudo aquilo estranho. Pressenti mais uma cilada.

Movido por uma força maior, porém, imprimi e levei o livro. Por mera formalidade, pois já decidira publicá-lo havia muito tempo. E não seria por ameaças que mudaria nomes, enredo ou falas. Era o meu livro.

— As nossas histórias! — disse Gustavo, pegando o pacote pardo da minha mão com as 280 páginas do Word.

A mudança de comportamento dele era radical.

— Quero colaborar!

Não era apenas um exemplo bobo do "não pode com eles, junte-se a eles". Pela tristeza de Irene, percebi que também não havia mais amor entre eles. Muito menos sexo. De uma forma mesquinha, ele recebera Hasla com entusiasmo exagerado. André conversava alegremente com Sônia, irmã de Gustavo. Eu, que sempre vi em Paulina o fiel da balança, o fio da meada das TPMs, percebia que o meu amigo Guga agia como um manipulador. Como assim "quero colaborar"?

— Catorze, já são catorze. — contabiliza Paulina sem festejar, apenas informando.

E o pêndulo da minha amizade com Gustavo contrariava as leis da física e agia de forma estranha. Seu papel era de concorrente e não de um aliado repentino. Ele está me obrigando a mudar meus personagens de uma hora para outra. Não vai conseguir! Não vou ser incoerente. Já está tudo aqui, perfeitamente encaixado e construído. A tensão precisa continuar no ar até o fim. Ele, espiritualmente, nos escolheu e nos guiou para aqueles encontros inesquecíveis. E só. O que Gustavo quer de mim?

Nada daquilo, daquela euforia, desde o e-mail, combinava com o tom irritadiço de seu comportamento recente.

Assobiando e cantarolando, ele nos deixou conversando na sala para fazer duas panelas de pipoca na cozinha enquanto as mulheres cuidavam da mesa. Eu me senti acuado e sentei no pufe, com os originais do livro nas mãos.

Ao meu lado, quieta, como que preparando uma bomba, Paulina, que, também estranhamente, chegara de mãos vazias. Nem comidinhas nem bebidinhas. Ninguém chegou atrasado à última TPM de Botafogo. Gustavo volta da cozinha cheio de idéias. Conta que já está mobiliando o apartamento no Leblon e, para marcar a mudança de local, sugeria estudos mais profundos e menos diletantes às terças-feiras. Que pudéssemos escolher um tema, um movimento, um diretor...

— Assim os participantes podem fazer analogias, e teremos condições de compreender melhor e mais profundamente determinadas obras — propõe ele, de modo quase acadêmico.

— Bom, posso dizer os filmes que eu trouxe — interrompe timidamente o irmão de Paulina.

— Claro, André, temos a noite toda para conversar — respondeu Guga energicamente.

Três.

Um de Kubrick, com Kirk Douglas. Um filme de guerra.

La dolce vita, Fellini, o filme preferido de Gustavo.

E *O homem que não estava lá*. Irmãos Cohen. O filme mais novo que aparecera entre nós. O famoso caminhão de lixo barulhento, que nos irritava em algumas projeções, também não estava lá.

Foi o escolhido.

Mas cadê Pink?

O personagem Ed Crane tinha pé chato. Não serviu no Exército. Gostava de charutos. Romeu e Julieta. E fumava o filme todo. Excelente interpretação de Billy Bob Thornton. Não era o único a interpretar naquela noite.

Cadê Pink?

Ela chega quinze minutos atrasada. Esbaforida, pedindo desculpas, elétrica, divertida. Com dois pacotes de biscoitinhos de polvilho Boca de Forno. Está perdoada.

Mas Paulina reclama.

Está achando a noite barulhenta. Quer ver o filme logo.

Irene reclama que o ar-condicionado está fraco.

— Vai lá e aumenta, porra.

A grosseria de Gustavo elimina todas as dúvidas. Já não eram um casal.

Sem medo do mal-estar, eu resmungo que estamos muito egoístas, só pensamos no nosso cansaço, no nosso dia seguinte, na nossa impaciência e na nossa pontualidade.

Sem eco.

— Já são nove e meia, gente!

Já estávamos cansados uns dos outros.

A cada minuto fico mais quieto, acabrunhado. As pessoas estão eriçadas. Ariscas. Perigosas. Pink percebe. Diz que estou "tristinho".

Besteira.

Paulina fala que sou o espelho, o reflexo do Gustavo. Ou seja, para ela, na verdade é ele que está tristinho e isso rebate em mim. Ao mesmo tempo, Gustavo penetra na conversa reclamando de Paulina. Diz que ela tem uma mania muito perigosa.

— Você representa o tempo todo.

O irmão dela, agora bem mais à vontade, nos interrompe para sentar naquela que diz ser a poltrona dele. Pink é informada de que os irmãos Cohen ganharam. Votamos antes de ela chegar. Estamos ficando egoístas. Ou, talvez, íntimos demais.

O paradoxo da intimidade. Somos injustos com quem mais amamos.

As luzes da sala insistem em ficar acesas. E o filme não começa. Tem alguém no banheiro.

— Tem alguém no banheiro!!!

— Foda-se, começa logo.

Realmente estamos ficando egoístas.

Pink no chão.

Eu no pufe.

O resto espalhado.

Play.

O filme é bom.

Um barbeiro. Numa cidade pequena. Uma esposa equivocada, mas gostosa. Traição. Tudo num preto-e-branco moderno, contrastante, com profundidade e movimentos suaves de câmera. A vida dando voltas e o destino de sacanagem com o protagonista. Ed Crane, o barbeiro, crê que só ele detém a verdade. Ed Crane, o barbeiro, resolve ser esperto. Assusta o ricaço que comeu sua esposa. Assusta a esposa do ricaço. Chantageia. Pensando na grana. Pensando em fugir.

Seu parceiro de salão fala muito. As atuações são impecáveis. Os *zooms* também são suaves, mas nada é teatral. A trilha sonora, muitas vezes, é uma soma surpreendente de sombras. E silêncios.

A chantagem de Ed Crane com seu algoz sexual traz conseqüências terríveis. O suicídio da mulher de Ed.

Paramos o filme na hora em que ele descobre que a mulher suicida, Doris, estava grávida de três meses.

— Alguém quer água?
— Aumenta mais o ar, Irene.
— Porra, desliga esse celular.

O encanto acabou. Funciona bem como a última frase do livro.

São 118 minutos de Billy Bob. Ele contracena com discos voadores imaginários, advogados pilantras, e brilha no bom roteiro. Acaba o filme, Gustavo adora e reafirma ter sido ótimo, e até melhor, rever. André concorda e diz que ele se sentiu assim com *Ladrões de bicicleta*.

Em compensação, rever *Lolita* foi ruim para alguns.

Sobre o filme de hoje, citações variadas. Edgar Allan Poe, David Lynch e até Cartier-Bresson. A TPM se sofistica. E se distancia da realidade.

Autofagia.

Pink Starr, atriz falida e que acabara de passar no vestibular para Psicologia, filosofa:

— Dilema, tomada de decisão, dilema, tomada de decisão...

Paulina quieta. E eu achando o filme mera e simplesmente poético.

Gustavo garante que houve uma pesquisa de película por parte dos irmãos Cohen em busca do melhor filme preto-e-branco do mercado. Mas há um tratamento pós-produção evidente. A irmã dele diz que vai pensar durante uma semana no filme. Pink lembra que é irrelevante se o gordinho gay iria trair o personagem principal, roubando o dinheiro e fugindo.

Lolita mais uma vez é citada por causa de uma cena divertida. O protagonista leva uma mocinha para ter aulas de canto com um professor de francês caricato. Ela é ridicularizada e ele se frustra como o mais novo descobridor de talentos da praça. Mas as entrelinhas mostravam outro interesse, que não se consuma.

— A garota é uma imbecil — reforça Pink, alegando que a personagem não tinha o menor apreço pela arte que fazia. Coisas de atriz.

Estamos todos cansados mais uma vez. Menos Gustavo.

— A partir da semana que vem! Ettore Scola! Eu trago o primeiro filme!

Lembramos de outros filmes dos Cohen... *Barton Fink*, *Fargo*, *Brother*...Vamos nos levantando. Lavo meu copo. Em vão. Gustavo diz que eu sou um porco. Respeito. Estou na casa dele.

Finalmente, pego o pacote pardo, que ficou no chão durante todo o filme, e pergunto a Gustavo:

— Bom, Guga, eu trouxe aqui a primeira versão do livro. Por que você me pediu para trazer?

Simulando desdém, ele continuou falando sobre a obra de Ettore Scola e rapidamente respondeu.

— Deixa aí para eu dar uma revisada.

— Como assim "revisada"?

Ainda otimista, ele continuou.

— Eu quero ser o primeiro. Afinal, são minhas falas, meu pensamento que você vai tentar publicar. Depois, quem quiser, é só pegar comigo e acrescentar anotações. Queremos te ajudar, Victor. Não é, pessoal?

Respirei fundo; desta vez, ele fora longe demais. Os tais argumentos que eu preparara há tempos, nenhum se encaixava para responder a tamanha audácia. Deixei por conta do instinto.

— Vocês lêem, corrigem, revisam, anotam, trocam frases, suprimem passagens... e eu faço o quê?

— Você é o autor, esqueceu? — fala Paulina.

O fogo no meu corpo subiu como febre de neném.

— Autor! Eu não sou um lacaio! Sou um escritor. E não vou tentar publicar, Gustavo, eu já fui numa editora. Eles me deram o o.k.!

— Olha que legal! — aliviou Pink.

Marissa fez um aceno para ela conter a euforia. E, mansamente, perguntou se não seria melhor ficarem só os seis na sala.

— Eu não estou entendendo nada, posso ir embora na boa... — sugeriu Hasla.

— Ninguém vai embora. Victor Vaz é um escritor que gosta de público.

— Gustavo, sinceramente, cara, não dá para conversar sem ser irônico? Para debater o que você acha?

— Debater o quê, Victor? Estou propondo que façamos uma obra em conjunto. Que Paulina opine, Marissa, Irene...

— Quem mais, o teu porteiro?

— Eu que sou irônico??!!!

Irene arregalou os olhos amendoados, assustada. E tentou iniciar uma saída honrosa. Pegou o pacote das minhas mãos. Eu confiei. Mostrando a todos, velhos e novos integrantes, discursou:

— Isto aqui é um pacote, um amontoado de páginas com algumas verdades e um monte de mentiras, enfim, de idéias soltas, referências e muita opinião legal sobre cinema. Eu estou aqui dentro. Mas eu também não estou aqui dentro. Victor não sabe como comecei a namorar Gustavo, como ele terminou comigo, o que penso da vida, o que penso dele, de vocês. Sem querer ofender, esta discussão, o livro, é tudo muito raso, se comparamos com o que já ganhamos nestes meses todos. Vamos dar uma relaxada, beber algo, conversar sobre outras coisas e deixar o destino resolver. Eu não quero perder vocês.

Marissa, que escutava muito e falava pouco, perdeu a paciência com o discurso singelo e pretensamente inocente de Irene.

— Irene, acabou.

— É, acabou... — resumiu Gustavo.

— Acabou porque vocês querem. A TPM é uma coisa, o meu livro é outra. Vocês não embarcaram na minha viagem.

— Meu livro! Minha viagem! Victor, como você é equivocado — falou rispidamente Paulina, enquanto se levantava do sofá, pegava a bolsa e ameaçava ir embora.

— Fica aí!

— Não vai ter livro, não vai ter livro, não vai ter livro — repetia baixinho e randomicamente Gustavo.

— Eu vou embora. Vê se me deixa.

Puxei com violência o pacote pardo das mãos de Irene. André, Hasla e Sônia, solidariamente juntos, recusavam-se a dar qualquer parecer. Tirei com a mão direita todas as páginas do meu livro de dentro do envelope.

— Vocês querem saber? Eu não preciso de vocês, nem da insegurança de vocês, muito menos da imaturidade de vocês! Façam o que quiserem com esta merda. Porque, segundo vocês mesmos, isto aqui agora é uma merda! Uma merda em que ninguém vai meter a mão, ninguém vai revisar — e depois de balançar as páginas, com um barulho surdo e incômodo, na cara dos cinco principais personagens e ignorando os convidados de ocasião, abri os braços e arremessei para cima o fruto daqueles quatro meses intensos.

Na mesma hora em que abri a porta para ir embora, apareceu a figura tímida do vigia do prédio.

— Estão reclamando do barulho.

— Acabou o barulho. O senhor me dá licença.

E deixei para trás o vigia, a porta aberta e meus ex-namorados, uns em pé, outros sentados, alguns recolhendo as folhas brancas espalhadas pelo chão. Nem esperei o elevador. Desci pela escada. Chegando ao térreo, chutei com força a porta de metal que dava acesso à garagem.

Desliguei o celular.

E liguei o foda-se.

THE END

Como nos filmes. O destino dos personagens revelado no fim. Gustavo vendeu o apartamento. Mudou-se para o Leblon. Ganhou dois prêmios na empresa em que trabalha e conseguiu ir ao Festival de Cannes no ano passado. Como turista.

Paulina viajou. Vai morar fora novamente.

Irene continua fazendo jóias e foi descoberta por uma agência de modelos. Estrelou uma campanha de cosméticos orgânicos que invadiu a cidade.

Marissa casou e subiu a serra. Abriu um restaurante temático em Petrópolis chamado Cabíria.

Pink Starr trancou a faculdade de Psicologia depois que foi convidada para trabalhar numa peça de Beckett. A atriz principal ficou gripada, Pink a substituiu, ganhou o papel, caiu nas graças do diretor e está em algum lugar do país excursionando.

Victor Vaz soube de tudo isso por amigos. O livro vende bem, esgotou a primeira edição, ainda não tem o sucesso do terceiro. Foi convidado para ser crítico de cinema do maior jornal do país. Mas recusou. Disse que tem vergonha na cara.

Nenhum deles foi ao lançamento do livro.

Só Victor. O criador.

DIVINA COMÉDIA

*Erguendo os braços para o céu distante
e apostrofando os deuses invisíveis,
os homens clamam: — Deuses impassíveis,
a quem serve o destino triunfante,*

*por que é que nos criastes?! Incessante
corre o tempo e só gera, inextinguíveis,
dor, pecado, ilusão, lutas horríveis,
num turbilhão cruel e delirante...*

*Pois não era melhor na paz clemente
do nada e do que ainda não existe,
ter ficado a dormir eternamente?*

*Por que é que para a dor nos evocastes?
Mas os deuses, com voz inda mais triste,
dizem: — Homens, por que é que nos criastes?!*

                    Antero de Quental (1842-1891)

Este livro foi composto na tipologia Latin 725
BT, em corpo 10,5/15, e impresso em papel
off-white 80g/m², no Sistema Cameron da
Divisão Gráfica da Distribuidora Record.